한상일은 고려대학교를 졸업하고, 미국 클레어몬
트대학원대학에서 일본정치사로 박사학위를 취득
했다. 스탠퍼드대학교, 도쿄대학교, 도시샤대학
교, 프린스턴대학교 등에서 연구 활동을 계속했다.
그동안 『일본제국주의의 한 연구: 대륙낭인과 대
륙팽창』, 『이토 히로부미와 대한제국』 등 일본근현
대정치사를 천착한 연구 저술이 있다. 정년을 맞을
때까지 국민대학교 정치외교학과에서 강의했다.

일본공부 반세기의 회고

함께 살아가야 할 이웃 日本

일본공부 반세기의 회고

함께 살아가야 할 이웃 日本

한상일

일조각

사랑하는 사람에게

차례

일러두기

1. 이 책에 등장하는 인명 및 지명은 현재(2019년) 국립국어원 규정의 표기법을 따랐다.
2. 1부의 「대동강 철교와 피난 행렬」(맥스 데스포 촬영)을 제외하곤 이 책에 실린 모든 사진
   은 저자의 개인 소장품이다.
3. 잡지, 신문 및 단행본은 겹낫표(『 』)로 표기하고, 예술 작품의 제목 및 법률, 발표문
   등은 홑낫표(「 」)로 표기했다.

프롤로그

역사의 흐름에서 50년은 한순간에 지나지 않지만, 개인사에 있어서 반세기는 그리 짧은 시간이 아니다. 그 짧지 않은 시간을 나는 '일본공부'와 함께했다. 되돌아보면 2년 반의 '외도'를 제외하고는 다른 영역에 한눈팔지 않고 일본 공부에 열중했다. 그러면서 11권의 단행본, 2권의 번역서, 상당수의 논문과 칼럼을 집필했고, 그리고 2종의 일본 전문잡지 창간을 주도했다. 이 모든 작업은 일본에 관한 것들이다. 이 회고록은 이러한 작업을 하면서 살아온 나의 삶의 기록이다.

일본 공부를 위한 긴 여정의 첫걸음은 1969년 여름 스탠퍼드 대학에서 일본어를 배우는 것으로부터 시작했다. 한국은 일본과 '특수한' 역사적 관계를 가지고 있기 때문에 한 세대 전 선배들에게는 일본어가 생소한 언어가 아니었다. 그러나 전후戰後세대라 할 수 있는 나에게 일본어는 영어와 마찬가지로 또 하나의 새로운 외국어였다. 그런 의미에서 아마도 나는 일본어를 모르고 일본을 학문적으로 공부한 첫 세대가 아닐까 싶다.

회고록의 부제를 '함께 살아가야 할 이웃 일본'이라 했다. 너무 많이 회자되어 신선한 의미가 없지만, 한일관계를 생각할 때 이보다 더 적절한 표현은 없는 것 같다. 한반도가 아시아 대륙에서 떨어져 나가거나 일본열도가 태평양 속으로 잦아드는 '이변'이 일어나지 않는 한 한국과 일본은 이웃하고 지낼 수밖에 없는 숙명적 관계를 지니고 있다. 그리고 이 숙명적 관계는 오래오래 지속될 것이다. 한국도 일본도 이웃을 선택할 자유가 없다. 다만 주어진 상황에서 지혜롭게 경쟁하고 도와가며 함께 살아가는 길을 찾아야만 한다.

내가 일본을 공부해 온 지난 반세기 동안 한국과 일본 두 나라 모두 안팎으로 심대한 격변을 체험하면서도 발전의 역사를 이끌었다. 한국은 분단과 남북 대치라는 악조건 속에서도 자유민주주의 체제와 자본주의 경제를 굳히는 민족적 저력을 보였다. 엄청난 정치·사회적 격변을 경험하면서 자유민주주의에 대한 국민적 확신이 더욱 튼튼해졌고, 세계 10위권의 경제대국으로 성장했고, 또한 개방적이고 역동적인 문화강국으로 발돋움하고 있다.

일본 또한 경이적인 경제발전과 버블, 55년 체제의 종식과 정치적 혼미, 중국의 부상과 일본의 상대적 위축, 잃어버린 20년의 마감과 새로운 성장 등을 경험하면서 경제·기술 대국은 물론 군사강국으로 발전하고 있고, 그리고 여전히 동아시아의 중심국가로서의 지위를 지키고 있다. 그러나 이처럼 저력을 품고 있는 두 나라의 관계는 원만치 않다.

예로부터 한일 두 나라는 입술과 이, 위턱뼈와 아래턱뼈와 같이 떨어질 수 없는 관계(脣齒輔車)이고, 또한 작은 냇물 하나를 사이에 둔 이웃(一衣帶水)이라고 표현하고 있다. 가깝다는 뜻이다. 그럼에도 불구하고 역사의 현실에서는 늘 갈등과 투쟁이라는 현상으로 나타나고 있다. 그 갈등은 35년의 식민지 시대를 청산하고 한일두 나라가 "공통의 이익 증진"을 약속하면서 출발한 지 반세기가 지난 오늘날까지도 계속되고 있다. 이는 지난날의 '비틀어진' 역사가 '과거'가 아니라 '현재진행형'으로 오늘도 계속되고 있기 때문이 아닐까? 오늘을 살아가고 있는 우리는 한국인, 일본인 할 것 없이 현재로 이어지는 지난날의 '비틀어진' 역사를 슬기롭게 바로잡고 '함께 살아가야 할 이웃'을 만들어야만 하는 시대적 사명을 지니고 있다.

이를 위해 일본은 일본이 해야 할 바가 있고, 한국은 한국의 몫이 있다고 생각한다. 일본은 부정하고 싶겠지만, 한국에 진 역사적 부채는 크고, 끼친 상처는 깊다. 많은 세월이 흘러 빛은 바랬을지 모르지만, 그 상흔은 한국인의 가슴에 여전히 남아 있다. 일본은 마치 부채를 모두 탕감한 듯한 언설로 아물어가는 상처를 다시 휘젓는 일을 삼가야 할 것이다. 한국은 일본, 특히 국가로서의 일본을 상대할 때는 때때로 역사적 부채와 상처를 전면에 내세우는 경향이 있다. 앞에서도 지적했듯이 한국은 많은 어려움을 극복하고 오늘에 이르는 저력을 보여왔다. 이제는 역사적 부채를 앞세우는 '애국주의'에서 벗어나 지난날을 관조할 수 있는 위치에 이르렀고, 국가 관계에서도 과거사보다 공동번영의 길을 앞장서서 모색할 수 있는 능력을 갖추었다고 믿는다.

비교적 최근의 주거 형태로 한국에는 '다세대주택'이라는 것이 있다. 한 주거 공간 안에 여러 세대가 함께 살지만 각 세대마다 개별 현관을 갖추고 있어 독립적으로 주거 생활을 영위할 수 있다. 사생활이 보장된 공동주택이다. 지금은 역사적 유물이 됐지만, 일본에도 '나가야長屋'라는 집합 주거 형태가 있다. 전국 시대부터 에도 시대에 이르기까지 무사들의 거주 형태의 하나인 '나가야'는 단층으로 좁고 길게 지은 일자형의 건물로서 벽을 경계로 복수의 세대가 공유하는 주거 공간이다. 여러 세대가 한 채의 건물에서 살면서 우물을 공동으로 사용하지만 각 세대가 외부와 접한 독자적 출입구를 가지고 있기 때문에 이 역시 사생활이 보장되어 있다.

'다세대주택'이든 또는 '나가야'든, 한 건물 안에 사는 모든 세대가 평화로운 삶을 살아가기 위해서는 반드시 서로 '절제'와 '예의'를 갖추어야만 한다. 자기중심의 무례와 무절제는 공동체 생활을 혼란스럽게 만들고, 혼란스러움이 지나치면 갈등과 분쟁으로 발전하여 종국에는 돌이킬 수 없는 관계로까지 이어지게 마련이다.

서로 이웃하고 있는 한국과 일본은 다세대주택에 함께 살고 있는 것처럼 '사이좋게仲良く' 살아가야만 할 관계에 있다. 그러기 위해서는 넘어서는 안 될 '예의'와 '절제'를 지키고, 또한 상대의 입장이 되어보는 '역지사지易地思之'의 태도가 필요하지 않을까 생각된다.

정년을 맞으면서 2019년에 이 책을 출간하겠다는 계획을 가지고 일본공부와 연관된 기억들을 되살리면서 틈틈이 메모해왔다. 2019년을 택한 것은 이 해가 일본공부를 시작한 지 50년째가 되기 때문만은 아니다. 나에게 2019년은 결혼 50주년을 맞이하는 때이기도 하다. 어쩌면 후자가 더 중요한 이유였을지도 모른다. "모든 사람의 기억은 각자의 사적인 문학"이라는 올더스 헉슬리Aldous Huxley의 말처럼 나의 일본공부는 결혼 생활과 함께 시작한 아내와 나의 사적 문학이기도 하다. 1969년 6월 20일에 로스앤젤레스에서 결혼하고, 25일부터 시작하는 일본어 과정을 수강하기 위하여 아내와 나는 조그만 폭스바겐에 몸을 싣고 스탠퍼드로 향했다. 이것이 우리의 신혼여행길이었고, 10주간의 신혼여행을 일본어 공부와 함께 스탠퍼드 캠퍼스에서 지낸 셈이다. 아내는 그 후 오늘에 이르기까지 내가 활동할 수 있는 힘의 원천이었고, 일본공부라는 한 우물을 꾸준히 팔 수 있도록 지원해준 후원자였다. 비록 지금은 곁에 없지만, 그는 여전히 내 삶의 반려자이고, 연인이고, 그리고 내가 연구를 지속할 수 있게 해주는 든든한 버팀목이다.

아내는 5년 전 결혼 50년을 채우지 못하고 세상을 떠났다. 그와 함께, 그리고 그의 후원을 받으면서 연구 결과물들을 만들어냈으나 생전에 그에게 한 권의 책도 헌정하지 못했다. 기회를 놓친 것이 무척 아쉽고 미안하다. 함께해 준 그 모든 세월에 고마운 마음을 한데 묶어 그에게 바친다.

1부

기억의
조각들

1
/
희미한 기억

나는 1941년 5월 평양 기독병원에서 태어났다. 그러나 월남 후 가호적을 정리할 당시 1943년생으로 기재되는 바람에 호적에는 1943년생으로 되어 있다. 당시만 하더라도 출산은 대체로 산파産婆의 도움을 받아 집에서 이루어졌으나, 내가 병원에서 태어날 수 있었던 것은 외삼촌이 평양 기독병원의 외과 의사였기 때문이었다.

한국전쟁이 계속되고 있던 1950년 12월에 월남했으니 9년 동안 평양에서 살았다. 북한에서 살았던 날들의 기억이 드문드문 조각으로 남아 있다. 북한에서 '인민학교'라는 초등학교는 5년제였고, 나는 전쟁으로 2학년을 다니다 중단했다.

제적등본을 보면 원적은 평안남도 강서군 초리면 이로리平安南道 江西郡 草里面 伊老里 180번지로 되어 있다. 강서군은 우리 근현대사에서 커다란 발자국을 남긴 도산 안창호, 고당 조만식, 언론인 양기탁, 종교인이며 독립운동에 투신한 손정도, 김창준 목사 등을 배출한 지역이기도 하다.

흔히 '물개가 늙어가는 섬(이리섬)'으로 알려진 이로리에서 태어난 아버지는 중학에 가기 전 어린 시절을 그곳에서 보냈다. 등제공파登第公派의 28대손인 증조부 한기韓璣(1867~1944?)는 자수성가한 대지주였다. 일본의 야마구치山口고등학교로 유학가기 전까지 증조부와 함께 생활했던 당숙부(아시아연합신학대학을 설립한 한철하 목사)가 생전에 들려준 설명에 의하면, 증조부는 간만의 차가 큰 대동강 하구에 토사가 쌓여서 만들어진 넓은 갈대밭을 개간하여 농토를 일구었다고 한다. 증조부는 약 15m의 축대를 축조하여 몇 개의 섬(이리섬, 베기섬, 신풀이, 딴풀이 등)으로 이어진 수십만 평의 농토를 개간해서 논, 밭, 과수원을 일궜고, 여러 세대의 소작인과 함께 살아가는 집합생활공동체를 형성했으며, 지주와 소작인의 수확 분배를 그 당시로는 파격적인 6 대 4로 나누었고, 그래서 증조부 주변에는 늘 사람들이 모여들었다고 한다. 그는 개간사업을 황해도와 만주(營口)로까지 확장할 정도로 사업을 키웠을 뿐만 아니라, 학교를 짓는다거나 다리를 놓는 일 등 그 지역 발전에도 기여했다고 한다. 도산 안창호가 강서에 한국 최초의 사립 남녀공학 소학교(漸進學校)를 건립할 때도 적극적으로 참여했다고 한다. 1830년대 초부터 여러 곳에 교회가 설립된 강서군에서는 개신교의 영향이 커졌다고 한다. 당숙부의 설명에 의하면 증조부는 교회에는 나가지 않았으나 온 가족이 모여서 함께 저녁식사를 할 때는 반드시 기도를 했다고 한다. 아마도 일찍부터 교회에 출석한 증조모의 영향이 컸을 것이라고 했다. 증조부는 '기업가 정신entrepreneurship'이 강했고, 일찍이 '개명'했던 인물로서 분단이 발생하지 않았더라면 연구해 볼 만한 인물이라고 평가했다. 해방 직전에 돌아가셨다고 한다.

증조부는 슬하에는 5남 2녀를 두었는데, 조부는 셋째 아들이었다. 조부(韓錫龜)에게는 3남 1녀의 자녀가 있었는데 아버지는 둘째였다. 그러나 아버지의 형님이 어려서 세상을 떠났기 때문에 장남이나 다름없었다.

아버지의 삶에 커다란 영향을 미치신 분은 조부가 아니라 증조부였던 것 같다. 대지주의 자식에게서 흔히 볼 수 있는 현상이지만 조부는 생산적인 생활보다는 낭비하는 삶을 살았던 것 같다. 어렸을 때부터 아버지는 조부에 관해서는 별로 말씀이 없었다. 이상할 정도로 나의 기억에서도 조부의 모습을 찾을 수 없다. 그러나 증조부에 관해서는 많은 이야기를 들려주셨다. 증조부는 그 지역의 대지주였음에도 불구하고 대단히 검소하고 근면한 삶의 철학을 지녔던 것 같다.

이런 이야기를 들려주었다. 밥상에서 식사하다가 밥그릇을 깨끗이 비우지 않고 남기거나 밥알을 흘리면 증조부는 "농부가 쌀 한 톨을 만들기 위해서는 봄부터 가을까지 땀을 흘려야 하는 데 땀 한 방울 흘리지 않고 먹는 녀석이 고마운 줄 모른다"며 회초리를 들었다고 한다. 우리도 자라면서 밥을 남기거나 흘리면 아버지가 늘 꾸중을 했는데, 그때마다 증조부의 말씀을 하셨다.

정확히 언제인지는 모르겠지만 해방 직전 아버지가 징병을 피하기 위하여 고향에 내려가 있을 때 증조부 집에서 함께 생활했던 희미한 기억이 있다. 그러나 증조부나 증조모의 따뜻한 정을 느끼게 하는 기억이나 또는 그 지역과 연관된 강렬한 추억 같은 것은 남아 있지 않다. 다만 집이 굉장히 넓었고, 늘 많은 사람들이 오고 갔다는 것, 뜰에 상당히 큰 나무가 몇 그루 있었고 그 아래 평상이 있어 그곳에 앉아서 놀던 기억이 있을 뿐이다. 그러나 희미한 기억 가운데 지금도 뚜렷이 남아 있는 기억의 하나는 누군가가 집 안에 있는 연못과 같은 곳에서 커다란 뱀장어와 메기를 잡아서 굽고 찌개를 끓여 주어서 평상 위에 앉아서 먹었던 일이다.

경제적 어려움은 없었으나 행복하지 못한 가정 생활로 조모는 늘 가슴앓이를 했고, 장남이 일찍 죽은 후 기독교에 귀의하여 교회 생활을 열심히 했다고 한다. 이렇게 시작한 조모의 교회 생활은 훗날 아버지가 신앙인으로 살아가는 데 크게 영향을 미쳤다.

조부가 가정을 제대로 돌보지 않으니 그 몫을 증조부가 맡았다. 증조부는 손자인 아버지의 교육을 직접 챙길 정도로 교육에 열심이었던 것 같다. 보통학교 졸업 후 증조부는 동향인이면서 오산학교 교장을 역임했던 고당 조만식에게 당부하여 아버지가 오산학교에서 공부할 수 있도록 길을 열어주었다. 그러나 졸업하기 전 학교에서 벌어진 동맹휴학에 참가했다가 퇴학을 당해 1년 정도 고향에서 지내다 다시 증조부의 보살핌으로 1932년 서울의 보성학교 3학년으로 편입하여 학업을 계속했고, 이어서 고려대학교의 전신인 보성전문학교 상학과로 진학했다. 아버지는 초등학교를 졸업하고부터 부모의 슬하를 떠나 거의 객지 생활을 한 셈이다.

아버지는 대학에 다니는 동안 증조부가 맺어준 어머니와 결혼했다. 어머니는 강서군과 인접한 대동군에서 비교적 유복한 가정에서 태어났다. 외조부(申永穆)는 증조부와 같은 지주는 아니었지만, 아들 셋을 다 대학에 보낼 수 있을 정도로 경제적으로 여유가 있었고, 그 지역에서는 존경받는 지식인이었다. 결혼 후 아버지는 어머니를 강서의 시집에 남겨 두고 학업을 계속했고, 방학 때가 되면 상봉했다고 한다. 물론 아버지가 서울서 공부하고 생활하는 데 필요한 모든 경비는 증조부가 직접 보내주었다고 한다. 아버지는 매달 가계부를 작성하여 증조부에게 보고했고, 그러면 필요한 경비보다 20% 정도 더 여유 있게 송금해 주었다고 한다. "卒業番號 八八六號"로 기록되어 있는 보성학교 편입 당시 학적부의 보호자란에 "祖父 韓璣"라고 적혀 있는 것으로 보아 아버지도 자신의 보호자는 조부가 아니라 증조부로 생각했던 것 같다.

아버지는 보성전문학교 상과를 졸업하면서 한국인 자본으로 운영하는 동일은행에서 사회 생활을 시작했고, 그러면서 어머니와 함께 독립된 가정을 이루었다. 첫 근무지는 충청남도 예산이었으나 증조부는 곧 그를 평양의 조흥은행에서 근무할 수 있도록 배려해 주었다. 아버지는 얼마 동안의 은행 생활을 정리하고 독자적으로 평양에서 유경상회柳京商會(유경은 평양의 또 다른 이름)를 차렸다. 그러다 일제말기 징용이 심해지자 아버지는 평양의 생활을 정리하고 가족을 이끌고 증조부가 계신 강서로 내려가 몸을 은신했다. 해방 후 다시 평양으로 옮겨 접어 두었던 사업을 시작했다. 한약재, 곡물, 광물 등이 집 뜰과 창고에 쌓여 있던 기억이 남아 있다. 아마도 국내무역의 중간상으로 시작하지 않았나 생각된다.

아버지는 건강한 90수를 누렸다. 피난 생활 중 잠시 중병을 앓으셨지만, 돌아가실 때까지 자리에 눕지 않았다. 술과 담배를 하지 않고 규칙적 생활 습관이 건강에 크게 도움이 됐겠지만, 무병하게 건강을 지킬 수 있었던 것은 젊었을 때부터 생활화된 새벽 산행과 냉수마찰이 아닐까 생각한다. 말년에는 골프를 조금 하시기는 했지만, 아버지는 특별히 건강을 위한 운동을 하지 않았다. 다만 젊어서부터 늘 새벽에 산에 올라서 냉수마찰을 하는 자신만의 건강법을 가지고 있었다. 평양에서는 모란봉을, 그리고 서울에서는 60대 후반까지도 매일 아침 남산에 올라 냉수욕을 하셨다.

평양에서 나도 아버지를 따라 집에서 키우는 도베르만 두 마리와 함께 모란봉에 동행하곤 했던 기억이 있다. 내가 새벽에 눈을 부비며 아버지를 쫓아 산행에 나서곤 한 것은 특별히 산이 좋아서라기보다는 개와 함께 뛰어노는 것이 좋기도 했지만, 아마도 목적지까지 올라가면 반숙 또는 프라이를 한 계란 두 알을 먹을 수 있고, 때때로 집으로 오는 길에 설렁탕을 먹는 것 때문이었던 같다. 어렸을 때의 기억 때문인지는 모르지만 나도 대학 시절부터 길고 짧은 산행을 많이 했다. 물론 아버지처럼 생활화한 산행은 아니었지만.

나는 어머니의 뱃속에서부터 교회에 다녔다. 흔히 말하는 '모태 교인'이다. 어머니는 일찍부터 교인이었고, 아버지는 결혼 후 조모의 간청으로 해방 직전부터 교회에 나가셨다고 한다. 나는 학교에 가기 전부터 아버지와 어머니를 따라 평양의 산정현山亭峴 교회에 다녔다. 산정현 교회는 미국 북장로회가 파송한 편하설片夏薛, Charles F. Bernheisel 선교사가 1906년 평양에 창립한 교회였다. 105인 사건과 3·1운동 때 평양의 만세시위를 주도했던 강규찬姜奎燦, 송창근宋昌根 목사 등이 담임목사직을 맡았다. 그리고 1936년부터 44년까지는 신사참배를 거부하다 순교한 주기철 목사가 시무했던 교회이다. 고당 조만식도 1921년 이 교회에서 장로 안수를 받았다.

학교에 다니면서 매주 유년주일학교에 출석했다. 아버지는 유년주일학교를 담당한 교사의 한 사람이었다. 유년주일학교 시절의 기억으로는 아버지보다 4년 선배인 장기려 박사가 남아 있다.

1947년부터 평양의과대학 외과학 교수 겸 부속병원 외과 과장으로 활동한 장기려 박사는 병원에 근무하면서도 일요일에는 반드시 교회에 출석했고, 환자를 수술할 때도 먼저 기도하는 등 일관된 신앙인의 자세를 지켰다고 한다. 그는 산정현 교회 장로였다. 작은 체구와 카랑카랑한 음성의 소유자인 장기려는 우리에게 열정적으로 찬송가와 성경을 가르쳤다. 전쟁 중 부산에서 산정현 교회를 재건할 때 아버지도 이에 동참했고, 장기려 박사는 여전히 카랑카랑한 음성으로 유년주일학교와 청년부를 이끌었다. 교인들 사이에는 그가 평양의과대학 시절 김일성의 맹장 수술을 집도했다는, 또한 그가 이광수의 소설 『사랑』의 주인공 안빈의 모델이었다는 소문이 있었으나 본인은 이를 한 번도 확인해 주지 않았다. 그저 소문으로 입에서 입으로 전달됐을 뿐이었다. 전쟁이 끝난 후에도 그는 부산에 계속 남아서 어려운 사람을 위하여 봉사했고, 보험제도가 없던 그 시절에 부산에서 청십자의료보험조합을 설립하여 국내 의료사에 뚜렷한 발자취를 남기기도 했다. 1950년 12월 둘째 아들(장가용) 하나만 데리고 월남한 그는 북에 두고 온 아내와 자녀들에 대한 그리움을 한평생 가슴에 안고 홀로 살았다.

2

/

전쟁과 피난

1950년 6월 25일 한국전쟁이 일어났다. 전쟁이 시작하기 얼마 전부터는 초등학교 학생들도 공사판에 불려 나갔고, 당시 2학년 이었던 나도 길 닦는 일에 몇 차례 동원됐던 기억이 있다.

전쟁이 시작된 후부터 아버지는 밤마다 이불을 뒤집어쓰고 몰래 단파 라디오 방송을 듣곤 했다. 그 당시는 왜 이불을 쓰고 방송을 듣는지, 그리고 무슨 방송을 듣고 있는지 의아하게 생각했다. 당시에 남쪽방송을 듣는 것은 발각되면 '반동'으로 몰리기 때문에 대단히 위험했다고 한다. 그러나 보다 정확한 사태와 전황을 파악하기 위해서는 남쪽방송을 들어야만 했다.

폭탄이 집 주변에도 떨어지는 날이 잦아지자 아버지는 가족을 이끌고 어머니의 고향인 대동군 신흥리로 피난을 갔다. 그곳에 가니 외삼촌들이 벌써 와 있었다. 그 후 어른들은 낮에는 산에 가서 지내다 어두워지면 집으로 돌아오곤 하는 힘든 날들을 보냈다. 어린 우리들에게는 누가 찾아와서 남자 어른들은 다 어디 있냐고 물으면 무조건 모른다고만 답하라고 했다. 군대에 끌려가는 것을 피하기 위함이었다.

아버지와 외삼촌들은 산으로 피신해 지내야만 하는 힘들고 위험한 날들이었지만 어린 나에게는 즐겁기만 한 시골 생활이었다. 우선 학교에 가지 않으니 좋았고, 외갓집 아이들과 또 그곳 동네 친구들과 어울려 매일 산으로 들로 다니면서 머루와 다래도 따먹고, 냇가에서 물놀이와 고기잡이를 즐겼다. 때때로 몰래 남의 밭에 들어가 참외와 수박 서리도 다녔고, 벌집을 잘못 밟아 온통 벌에 쏘였던 기억도 있다.

비행기가 우리가 있는 시골까지 요란하게 지나가는 날이 며칠 계속되더니 세상이 조용해졌다. 전쟁이 끝난 듯했다. 우리 가족은 다시 평양으로 돌아왔다. 아마도 그해 여름의 끝자락이 아니었나 생각된다. 북한 군인은 다 없어지고 남쪽 군인과 미군이 평양거리에 넘실거렸다.

지금도 또렷이 뇌리에 남아 있는 기억은 평양에서 본 이승만 박사의 모습이다. 평양이 점령된 것이 10월 20일이니 그 직후가 아닐까 생각된다. 어느 날 아버지는 형과 나를 이끌고 평양시청 앞 광장으로 갔다. 그곳에는 구름같이 많은 사람들이 모여들고 있었다. 얼마 지나서 두루마기를 입고 중절모를 쓴 노인이 시청 발코니에 나와서 모인 사람들을 향하여 두 손을 높이 들고 흔들었고, 강렬한 몸짓과 함께 긴 연설을 했다. 그곳에 모인 사람들은 열광했다. 아무것도 모르는 나도 덩달아 손을 흔들었던 기억이 남아 있다. 돌아오는 길에 아버지로부터 알 듯 모를 듯한 설명을 들었다. 우리나라가 남과 북으로 나누어져 전쟁을 하고 있다는 것, 북쪽은 김일성과 공산당이 지배하고 있고, 남쪽은 국민이 뽑은 이승만이 이끌고 있다는 것, 이승만은 북한을 해방시킨 지도자라는 것, 우리나라가 드디어 통일됐다는 것 등 대체로 이러한 내용이었던 것 같지만, 그 속에 담겨 있는 뜻이 무엇인지 전혀 이해하지 못했다.

유엔군과 남쪽군의 북진은 한반도의 통일을 가져오는 듯했다. 북진을 계속하여 10월 말에는 압록강변까지 도달했다. 그러나 중공군의 개입은 전세를 역전시켰다. 그해 11월 중공군이 대대적인 반격을 취하면서 남쪽 군과 유엔군은 철수하기 시작했다. 유엔군은 12월 4일 평양에서, 12월 24일 흥남에서 철수했고, 12월 말에는 38선 이북을 다시 완전히 내주었다. 이후 북한군과 중공군의 계속된 공세로 서울방어가 어렵게 되었다.

유엔군이 평양을 포기하고 철수하기 직전 우리 가족도 피난길 준비를 했다. 대동강의 가장자리가 얼기 시작한 추운 날씨의 평양은 온통 수라장이었다. 대동강을 건너기 위하여 모두가 강변으로 몰려들었다. 남쪽을 향한 피난길의 유일한 통로인 대동강 다리는 이미 북한군이 평양을 철수하면서 끊어 놓았다. 그리고 유엔군이 끊긴 대동강 다리 옆에 임시로 설치한 부교浮橋는 남쪽 군인이 철저하게 관리하여 강 건너기가 자유롭지 못했다. 어쩐 연유인지 다리를 통제하는 군인들은 오직 여자와 어린이들만 건너게 하고, 청장년 남자들에게는 도강을 허락하지 않았다. 몇 차례 가족이 함께 도강을 시도했으나 제지당하자, 아버지는 어머니에게 형과 나와 여동생을 데리고 강을 건너가면 어떻게 해서라도 뒤따라 갈 테니 먼저 건너가라고 독촉했다. 4살 난 동생을 업고 있던 아버지는 다음날 강 건너 친척집에서 만나기로 약속하고 헤어졌다. 우리는 많은 사람이 부서진 철교 위를 마치 곡예 하듯 넘어가는 모습을 보면서 부교를 건넜다. 나중에 알게 됐지만 도강하

부서진 대동강 철교와 피난 행렬
(Max Desfor, 「Flight of Refugees Across Wrecked Bridge in Korea」, AP, 1950. 12. 4)

는 모습이 담긴 「부서진 철교」를 촬영한 AP통신 종군기자 맥스 데스포Max Desfor는 이 사진으로 1951년 퓰리처상을 받았다. 그 당시 왜 부녀자와 아이들의 도강을 허락하고 청장년 남자들은 통제했는지 지금까지도 알려지지 않았다. 그러나 확실한 것은 이로 인해 더 많은 이산가족이 생겼다는 사실이다.

피난길에 나설 때 아버지는 잔털이 남아 있는 계란 크기의 이상한 물건을 10여 개 정도씩 넣은 전대를 나와 형의 허리춤에 채워주었다. 그러면서 잘 간수하라고 했다. 무엇인지는 모르지만 귀한 것으로 알고 다닐 때는 물론 잘 때도 허리에 그대로 매고 잤다. 뒷날 알게 됐지만 그것은 '사향'이었다고 한다. 아버지가 한약재를 취급하면서 모아 두었던 것인데, 처음 부산에 도착해서 피난 생활을 시작하는 데 도움이 됐다고 한다.

대동강 다리를 건넌 그날 밤부터 유엔군이 본격적으로 평양을 철수하기 시작한 모양이었다. 바로 그날 밤 깊은 잠에 빠진 형과 나를 깨워서 일어나 보니 어머니가 짐을 챙기면서 피난길을 떠나야 한다고 서둘렀다. 아버지와 동생은 어떻게 하고 우리끼리만 떠나는 것이냐고 물으니, 어머니는 상황이 급박해서 우리들만이라도 먼저 떠나야 할 것 같다고 하면서 아버지와는 서울에서 만나게 될 것이라고 했다. 한 집에 있던 친척들도 피난길을 준비하고 있었다. 밖에 나가 보니 강변 한쪽 끝이 벌겋게 타고 있었고, 총소리와 폭탄 터지는 소리가 끊이지 않았다. 유엔군이 후퇴하면서 대동강 강변에 적재해 두었던 군수품과 포탄을 가지고 이동할 수 없게 되자 폭파시켰고, 그 폭발음은 그날 밤새 계속됐다. 총소리와 포탄 터지는 소리에 놀란 많은 사람들은 북한 군인이 코앞까지 쳐들어온 것으로 알고 엉겁결에 피난길에 나선 것이다. 우리 가족도 그중 하나였다.

새벽녘에 어머니가 지워주는 보따리를 둘러메고 피난길에 나섰다. 이미 거리에는 긴 피난 행렬이 이어졌고, 몇몇 친척 식구들과 함께 그 행렬에 끼어들었다. 낮에는 비행기가 날아다녔고 때때로 피난 행렬을 향한 폭격도 있었기 때문에 피난민들은 뿔뿔이 흩어져 빈집에 들어가서 밥을 지어 먹거나 잠을 잤다. 그리고 어두워지면 다시 남쪽을 향한 피난 행렬이 이어졌다. 겨울이라 날씨가 매우 추웠다. 피난길에서 얻은 동상 후유증은 고등학교 때까지 계속됐다. 우리는 어느 방향으로, 얼마 동안, 그리고 어떻게 가야 하는지 모르고 다만 피난 행렬을 따라서 밤마다 걸었다. 그렇게 해서 서울까지 왔다. 서울에 도착한 뒤 묻고 물어서 돈암동에 살고 있는 당숙부의 집을 찾은 것은 12월 중순이 넘어서였다. 거지와 다를 바 없었던 우리 네 식구를 따뜻하게 맞아주었다.

그러나 우리를 크게 실망시킨 것은 이미 도착해 우리를 기다리고 있을 것으로 기대했던 아버지가 아직 오지 않았다는 사실이었다. 아버지는 평양과 서울을 내왕한 경험이 있어서 서울에 오는 길을 잘 알고 있었을 뿐만 아니라, 동생 하나만 업고 행동했기 때문에 기동력이 있는 편이었다. 그런데도 아직 서울에 도착하지 못한 것은 무언가 잘못된 것이 아닌가 하여 어머니는 걱정이 컸다.

중공군과 북한군의 남진이 계속되자 서울에서도 피난길에 나서는 사람이 늘어났다. 당숙부의 가족도 피난을 결정하고 어머니에게 함께 떠날 것을 권유했다. 그러나 어머니는 당숙 댁에 그대로 남아 있기로 결정했다. 아버지가 서울로 온다고 했으니 기다려보겠다는 것이고, 여자와 어린애들밖에 없으니 만일 북한군이 내려온다 해도 설마 무슨 일이 있겠냐고 판단했다. 그리고 서울에는 그런대로 거처할 곳이 있고 또한 얼마간의 양식도 있어서 당분간은 숙식 문제도 없었다.

12월 막바지 서울거리도 비어가는 어느 날 아침, 아버지가 막냇동생을 업고 외삼촌과 함께 나타났다. 대동강 앞에서 우리와 헤어진 아버지는 결국 대동강을 건널 수 없어서 강서와 사리원으로 우회하는 우리의 피난길보다 훨씬 먼 길을 돌아서 서울에 왔다. 우리도 다시 피난 보따리를 챙겨서 남행길에 나섰다. 다행스럽게도 영등포역에서 무개차無蓋車의 한 귀퉁이를 차지할 수 있었다. 평양에서 서울까지 걸은 것에 비하면 그것이 비록 무개차라 할지라도 행복한 피난길이었다. 눈과 바람을 피하기 위하여 이불을 뒤집어쓴 우리 가족은 가다서기를 반복하는 무개차 속에서 1951년 새해의 첫날을 맞았다.

부산에 도착하여 피난민들이 많이 모인 영주동 피난민촌에 천막을 쳤다. 누구나가 다 겪는 어려움이었기에 우리 가족만의 고생이라는 생각은 들지 않았지만, 부산에 도착한 후 일 년 가까이는 참으로 힘든 세월이었다고 생각된다. 피난 생활을 시작한 지 얼마 안 되어서 여동생이 장질부사에 걸렸다. 같이 있을 수가 없었다. 어머니는 동생의 병 치료를 위해 아버지의 친구가 마련해 준 송도의 모처로 동생을 데리고 나갔다. 아버지가 직장이 있는 것도 아니니 그야말로 하루 벌어 하루 먹는 그런 처지였다. 아버지가 아침을 끓여 놓고 나가면 남은 셋이서 그것을 저녁까지 먹는 날들이 많았다. 다 같이 어려운 환경에서 살아가는 처지이기는 했지만, 그래도 아이들만 셋이 있다고 끼니 때가 되면 이웃에서 김치나 꽁치 구운 것과 같은 반찬을 날라다 주곤 했다.

　그렇게 몇 달이 지난 후 어머니가 동생을 데리고 다시 집으로 돌아왔다. 건강한 모습으로 돌아온 동생을 보고 모두가 무척 기뻐했지만, 머리털이 많이 빠져서 혹시 대머리가 되면 어떻게 하나 하고 염려했던 기억이 난다. 가족이 한데 모인 기쁜 날도 잠시였다. 어머니가 돌아온 후 얼마 안 되어 이번에는 아버지가 눕게 되었다. 무슨 병이었는지 모르지만 거동이 어려웠고 한번은 이웃에 업혀서 응급실까지 갔던 일도 있었다. 그해 가을이 지나고 겨울이 되어도 일어나지 못했다. 꽤 오랫동안 힘들어하셨다. 그 당시만 해도 부산까지 북한군과 중공군이 밀고 내려올지 모른다고 하여 제주도로 피난가는 사람이 많았다. 피난민들 가운데서도 제주도로 떠나는 사람들이 늘어났다. 만일 아버지가 눕지 않았다면 우리 가족도 제주도 피난길을 택했을는지도 모른다.

　아버지가 눕자 형과 나와 어머니가 생활전선에 나섰다. 어떻게 시작하게 됐는지는 모르겠지만 형과 내가 새벽에 시외로 떠나는 버스 손님들에게 빵을 파는 일을 시작했다. 당시 영주동 피난민촌에서 그리 멀지 않은 곳에 시외로 떠나는 버스 종점이 있었다.

대구, 포항, 마산, 진주, 목포, 여수 등으로 떠나는 상당히 큰 버스 종점이었다. 새벽에 지방으로 떠나는 사람들은 대개 아침을 먹지 않고 오기 때문에 요깃거리가 필요했다. 어머니는 새벽 일찍 일어나 저녁에 받아 두었던 빵을 따뜻하게 김을 올려 엿 녹인 물을 붓으로 발라 보기에도 좋고 입맛을 당기게 만들면 형과 내가 그것을 가지고 나가서 팔았다. 몇 달 사이에 단골손님도 생기고 잘 팔렸던 것으로 기억된다. 이 일은 새벽 5시에서 8시 사이에 끝났다. 그리고 오후에는 다시 신문을 받아서 팔았고, 그해 겨울이 되자 어머니는 팥죽을 쒀서 국제시장 근처의 노상에서 팔았다. 이런 날들이 1952년에 접어들어 아버지의 건강이 회복될 때까지 계속됐다. 훗날 어머니는 피난 시절을 이야기할 때면 빼놓지 않고 형과 나를 가리키면서 "한때 저것들이 벌어다 주는 밥을 먹고 살았다"고 말씀하시곤 했다.

영주동 피난민촌에 초등학교가 시작한 것은 1952년부터였던 것으로 기억된다. 3학년으로 입학했다. 학교라고 하지만 산꼭대기에 판잣집 몇 채가 이어진 임시 건물이었고, 수업이 정상적으로 진행되지도 않았다. 날씨가 따뜻한 날이면 건물 안보다는 밖에서 수업하는 경우가 많았다. 별로 수업다운 수업이 있었던 것은 아니고 그저 모여서 노는 것이나 다름없었다. 교과서가 있었던 것도 아니고, 선생님 두세 분이 국어, 산수, 역사, 지리 등 모두 가르쳤다. 특정 선생님이나 수업 내용이 기억에 남는 것은 별로 없다. 당시 우리 가족은 몹시 힘들었던 때였고, 나 또한 그해 겨울에는 새벽마다 시외버스 정류장에서 빵을 팔았기 때문에 학교 생활에 그리 충실하지도 않았다.

건강을 회복한 아버지가 활동하면서부터 가정도 그런대로 안정되어 갔다. 휴전회담이 지루하게 계속되는 동안 아버지는 서울을 내왕하는 빈도가 잦아졌고, 휴전 협정이 체결된 얼마 후인 1954년 초 온 가족이 서울로 올라와 돈암동에 정착했다. 그곳에서 초등학교를 졸업하고 대광중고등학교를 거쳐 고려대학교 법과대학 행정학과에 입학했다. 1961년이었다.

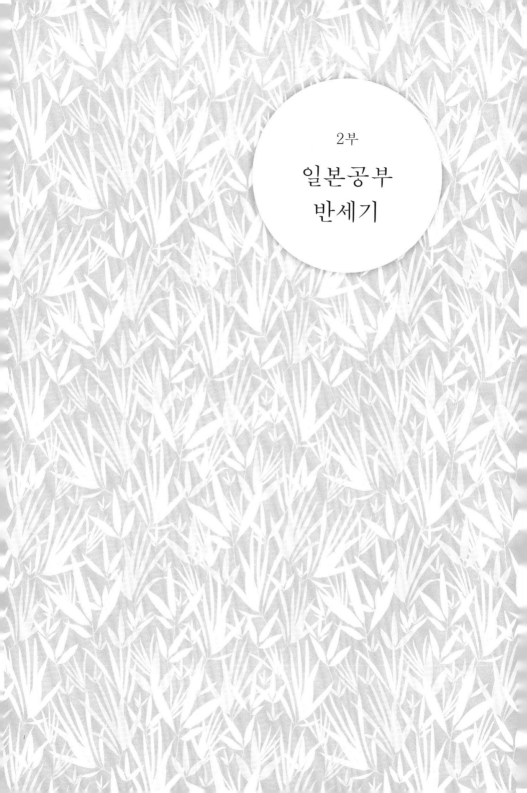

2부

일본공부
반세기

1

/

일본과의 만남

일본공부의 첫걸음

미국 유학은 1967년 남가주대학University of Southern California 행정대학원에서 출발했다. 대학에서 행정학과를 졸업했기에 대학원에도 진학했으나, 강의를 들으면서 행정학보다 정치학과에서 개설한 동아시아 과목에 더 관심을 가지게 됐다. 당시 남가주대학에는 태평양전쟁 당시부터 일본과 인연이 깊었던 두 명의 일본전문가가 강의와 세미나를 담당하고 있었다. 태평양전쟁 중 일본인 전쟁포로를 심문하고 관리했던 조지 타튼George O. Totten 교수가 일본정치사와 전후정치를 담당하고 있었다. 전후 예일대학에서 일본정치를 전공한 그는 점령사령부가 압수한 일본 내무성의 비밀자료를 바탕으로 전전戰前 사회주의운동에 관하여 학위논문을 썼다. 뒷날 그의 논문은 책, *The Social Democratic Movement in Prewar Japan*(1966)으로 출간됐다.

또 다른 한 사람은 일본의 공산당운동과 일본과 소련 및 중국과의 관계 전문가인 로저 스웨린젠Rodger Swearingen 교수였다. 그는 전쟁 중 맥아더 장군이 가장 신뢰하는 보좌관의 한 사람으로 미주리 함상의 일본항복 조인식에도 참석했다. 남가주대학 졸업생이기도 한 그는 전후 하버드에서 학위를 끝내고 남가주대학에서 동아시아 정치와 일중, 일소관계를 강의하고 있었다. 그의 첫 번째 저서, *Red Flag in Japan*(1952)은 많은 대학에서 교재로 사용하고 있을 정도로 널리 알려져 있었다.

되돌아보면 일본을 연구 전공으로 선택하게 된 결정적 계기는 1968년 여름학기에 있었던 조지 베크만George M. Beckmann 교수의 특강이었다. 당시 베크만 교수는 클레어몬트대학원 대학 Claremont Graduate University에서 아시아학Asian Studies 프로그램을 확장하고 있었다. 특강의 주제는 일본과 중국의 근대화 과정이었던 것으로 기억한다. 강의의 핵심은 동아시아의 한중일 세 나라가 거의 같은 시기에 서양으로부터 '충격'을 받았는데 어째서 일본만 근대화에 성공했나에 대한 해답 모색이었다. 특강의 중심

주제는 일본과 중국이었으나 한국의 상황도 포함됐던 것으로 기억된다.

나중에 알게 됐지만, 당시 베크만 교수는 한국과 인연을 맺고 있었다. 포드재단의 프로그램 운영을 책임지고 있었던 그는 1960년대 중반부터 고려대학교 아시아문제연구소에 재정 지원을 담당하고 있었고, 한국을 자주 내왕하면서 한국학계와도 교류를 가지고 있었다. 그런 연장선상에서 그는 나에게도 호감을 보였다.

특강이 끝나갈 무렵 나는 그에게 일본을 전공으로 공부하고 싶다는 뜻을 밝혔다. 나에게 관심을 보였던 베크만 교수는 쾌히 응낙하고, 남가주대학에서 석사과정이 끝나는 1969년부터 박사과정을 지속할 수 있도록 재정 지원을 포함한 필요한 모든 조치를 취해 주었다. 그리고 1969년 여름 스탠퍼드대학에서 실시하는 10주간의 집중일본어 프로그램에 클레어몬트대학원생으로 참여할 수 있도록 배려해 주었다.

베크만 교수는 순수한 학자라기보다는 보스 기질이 있는 행정가에 더 가까웠다고 생각된다. 하버드대학을 거쳐 1952년 스탠퍼드대학에서 학위를 받은 그는 당시 포드재단의 풍족한 재정적 지원을 바탕으로 클레어몬트대학원에 아시아 연구, 특히 일본연구

프로그램을 확장하고 있었다. 그는 중앙도서관 안에 동양학 도서관Oriental Library을 별도로 신설하고 일본어와 중국어 원서 수집을 대대적으로 확충하고 있었다.

이미 고인이 되었지만 그를 마지막으로 만날 수 있었던 것은 1994년 여름 시애틀의 워싱턴대학을 찾았을 때였다. 당시 그는 이미 은퇴했지만, 학교의 배려로 작은 연구실을 가지고 있었다. 얼마 동안 옛이야기를 나누었는데 그것이 마지막이었다. 그는 나로 하여금 일본을 공부할 수 있는 길을 열어 준 스승이라 늘 고맙게 생각한다.

1969년 6월 남가주대학에서 석사과정을 끝내고 스탠퍼드대학에서 시작한 10주간의 일본어 코스는 상당히 가혹했던 것으로 기억된다. 언어에 재능이 없기도 하지만 아침 9시부터 오후 3시까지 계속하는 '집중과정'은 생각했던 것보다 훨씬 어려웠다. 일본어의 기본이라 할 수 있는 한자를 알고 있고 또 문장 구조도 한글과 비슷하기 때문에 일본어를 익히는 것이 그리 어렵지 않으리라 생각했으나 그렇지 않았다. 초급반에서는 한자는 물론 히라가나나 가타카나도 사용치 않고, 모든 일본어를 알파벳Romanize으로 바꾸어 가르치기 때문에 결국 영어를 통해서 일본어를 배우는 이

중 고통을 겪어야만 했다. 생각했던 것보다 훨씬 어렵게 과정을 끝냈으나, 초급반의 어려움은 뒷날 일본어를 익히는 데 많은 도움이 됐다.

클레어몬트 시절

10주의 일본어 과정을 끝내고 클레어몬트대학원의 결혼한 학생을 위한 학교 아파트(Apt. F. 516 Blanchard Place, Claremont)에 짐을 푼 것은 8월 하순이었다. 6세대가 들어 있는 ㄷ자형의 단층 건물이었다. 앞뜰은 공동으로 사용하는 정원이었고, 뒤로는 공원이 이어진 조용한 곳이었다. 일본 생활 1년 반을 제외하고는 3년 반을 이곳에서 살았다.

클레어몬트는 전형적인 캠퍼스타운이다. 흔히 볼디산Mt. Baldy으로 불리는 샌 안토니오산Mt. San Antonio 밑자락에 자리 잡은 클레어몬트대학은 한 캠퍼스 안에 Pomona, Scripps, Claremont McKenna, Harvey Mudd, Pitzer 등 5개의 대학College과 Claremont Graduate University와 Keck Graduate Institute of Applied Life Sciences(생물의학대학원, 1997년 설립)라는 2개의 대학원이 자리 잡고 있으며, 강의와 학점은 공동으로 관리하고 있다.

호놀드Honnold 중앙도서관
도서관 너머 보이는 볼디산 정상에 눈이 쌓여 있다

Scripps College는 여자대학이고, 내가 다닐 당시 Claremont McKenna College의 교명은 Claremont Men's College로 남학생만이 입학할 수 있었으나 1981년 남녀공학으로 바뀌면서 현재의 교명이 되었다. 한 블록 떨어진 곳에 클레어몬트신학대학 Claremont School of Theology이 있지만 재단이 다르다.

볼디산은 해발 3천 미터나 되는 산이기 때문에 정상에는 5월까지 눈이 쌓여 있고 3월까지도 스키를 탈 수 있다. 대도시인 로스앤젤레스에서 그리 멀리 떨어져 있지 않지만, 분위기와 삶의 양태는 매우 달랐다. 미국에서 가장 살기 좋은 도시의 하나인 이곳은 나무가 많고 대부분의 주민이 대학과 연계돼 있기 때문에 'The City of Trees and PhDs'라고 부르기도 한다.

당시 클레어몬트대학원 아시아학과에는 30명 정도의 학생이 있었던 것으로 기억된다. 10명 정도의 학생이 박사과정에 등록하고 있었는데, 그 가운데 5~6명이 일본을, 그리고 나머지가 중국을 전공으로 하고 있었다. 한국인은 나 혼자였다. 메이지 이후의 일본정치사는 베크만 교수가 주관했고, 일본문학과 일본어는 스탠리 존스Stanleigh Jones 교수, 그리고 미국에서 가부키歌舞技와 노能의 대가로 알려진 포모나대학의 레오나드 프롱코Leonard Pronko 교수가 일본문화와 예술을 주관하고 있었다.

현대일본정치는 한스 베어워드Hans Barewald 교수가 담당했다. 도쿄 태생의 베어워드는 전후 맥아더의 점령사령부에서 일본의 새로운 정치 구도를 짜는 데 깊이 관여했다. 뒷날 점령사령부에서 경험했던 '정치인 숙청'에 관한 책, *The Purge of Japanese Leaders under the Occupation*(1959)을 출간했다. 그는 버클리대학에서 학위를 끝내고 UCLA의 교수로 있으면서 일주일에 하루는 클레어몬트에서 강의와 세미나를 이끌었다.

신해혁명 이전의 중국정치사는 예일대학의 메리 라이트Mary Wright 교수의 지도를 받으며 논문을 쓴 아서 로젠바움Arthur Rosenbaum 교수가 담당했다. 그리고 마오쩌둥毛澤東을 중심으로 한 중국 공산당혁명과 정치는 당시 연구교수로 잠시 클레어몬트에 체류했던 국무성 출신의 중국전문가가 주관했다. 이름은 기억나지 않지만, 그는 중국대표의 상대역으로 판문점 휴전회담에 참석하기도 했다. 과는 달랐지만, 미래학자 피터 드러커Peter Drucker의 정치사회학 강의는 인상적이었다. 1960년대를 중심으로 정치, 경제, 사회의 역동적 상호작용을 설명하고 있는 그의 책 *Men, Ideas and Politics*(1971)에는 강의와 토론 내용이 많이 포함됐다. 특히 그는 일본 기업의 경영 기법에 많은 관심을 보였다. 드러커는 일본 고미술에도 조예가 깊고 우키요에浮世繪 등 많은 그림을 소장하고 있는 것으로 알려져 있었다.

베크만 교수는 내가 1969년에 이어 1970년 여름에도 세인트루이스의 워싱턴대학에서 실시하는 10주간의 고급 일본어 집중프로그램을 수행할 수 있도록 지원해 주었다. 고급반에서는 한문을 사용했기 때문에 스탠퍼드의 초급반보다는 여유 있게 지낼 수 있었다. 틈틈이 마크 트웨인의 대표작 『톰 소여의 모험』의 산실인 미시시피 주변을 돌아보기도 했다. 프로그램이 끝날 때 아내와 5개월 된 딸이 세인트루이스로 와서 함께 클레어몬트에 이르는 미대륙의 2/3를 자동차로 횡단했다. 약 2주에 걸친 여행은 캔자스 주를 지나 로키 산맥을 넘고, 그랜드 캐니언, 나바호 인디언 자치구역이 남아 있는 모뉴먼트 밸리Monument Valley, 자이온Zion 국립공원, 미국에서 유일하게 4개의 주(유타, 애리조나, 콜로라도, 뉴멕시코) 경계가 만나는 Four Corners Monument, 그리고 애리조나와 네바다에 걸쳐 있는 후버댐을 지나 클레어몬트로 돌아왔다. 황량한 애리조나의 황토 사막 지평선 너머로 태양이 잦아들 때의 장관은 오래오래 기억에 남아 있는 그림이다.

나의 일본 공부에 커다란 변화는 1970년 가을 학기에 나타났다. 그동안 클레어몬트대학원의 동양학 프로그램 확장에 크게 기여한 베크만 교수가 시애틀의 워싱턴대학 부총장직을 맡아 클레어몬트를 떠났고, 그 후임으로 피터 듀스Peter Duus 교수가 부임해 왔다. 행정가의 자질이 더 많았던 베크만 교수에 비하면 듀스 교수는 연구자로서의 자질이 뛰어난 학자였다. 그는 3년 동안 클레

아시아학과 건물인 McManus Hall

어몬트에서 아시아학과를 주관했고, 그 후 스탠퍼드대학으로 자리를 옮겼다. 베크만과 듀스 모두 일본정치사를 전공했으나, 학문적 업적은 듀스가 더 뛰어났다.

듀스 교수로부터 지도를 받을 수 있었던 것은 나로서는 큰 행운이라 하지 않을 수 없다. 그는 사교적인 성품의 소유자라기보다는 연구실을 지키면서 사색하고 연구업적을 만들어 내는 전형적인 학자이다. 그의 연구 범위는 일본 봉건시대의 특성에서 다이쇼大正 데모크라시, 그리고 제1차 세계대전과 제2차 세계대전 사이의 지성사와 제국주의사에 이르기까지 광범위하다. 또한 한국 자료를 활용하지 못했다는 약점이 있지만, 일본의 한국침탈사를 다룬 *The Abacus and the Sword*(1998)를 펴내기도 했다. 하버드 대학에서 훈련받은 미국인 일본연구 2세대라 할 수 있는 그는 자료를 대단히 중요시하는 학자였다. 또한 유럽정치사에 대해서도 해박한 지식을 가지고 있는 그는 일본정치사의 변화를 유럽과 비교해서 설명하곤 했다. 그의 첫 저작이라 할 수 있는 일본 봉건주의에 관한 연구인 *Feudalism in Japan*(1969)도 16세기 이후 일본의 정치, 사회, 경제를 유럽의 봉건주의와 비교해서 설명하고 있다. 그가 아시아학과에서 메이지 이후 현대에 이르기까지 강의한 개설사는 1976년 *The Rise of Modern Japan*으로 출간됐고, 이 책은 한글로도 번역되었다(김용덕 역, 『일본근대사』).

그는 학부와 대학원에서 강의와 세미나를 주관했고, 또한 코스과정이 끝나가는 박사과정의 학생들에게는 '개인지도tutorial readings'를 통해서 논문 주제를 찾아가는 과정을 병행했다. 나는 1971년 여름학기부터 개인지도를 통해 그와 논문 주제를 논의했고, 1971년 말 종합시험을 끝내면서 세 주제를 선정하여 구체적으로 검토했다. 첫 주제는 이토 히로부미伊藤博文였다. 우리에게는 한국병탄의 주역으로 알려져 있지만, 이토는 메이지 일본 건설의 주역이었다. 일본이 근대국가로 발전하는 과정에서 안으로는 헌법, 의원내각제, 정당, 교육, 철도, 화폐제도 등 그의 손을 거치지 않은 법과 제도가 없었고, 또한 밖으로는 청일전쟁, 러일전쟁, 만주확장, 한국병탄 등을 주도했다. 이토가 없었다면 근대 일본의 모습이 달라졌을지도 모를 정도로 그는 일본 근현대사에 지대한 영향을 미쳤다. 그럼에도 불구하고 영어권에서는 학위 논문이 나오지 않은 것은 물론이고, 인물평가와 역할에 관한 전체적 연구도 이루어지지 않았다. 한국병탄과도 밀접한 관련이 있는 이토를 논문 주제로 삼는 것은 도전해볼 만한 작업이라고 생각했다.

함께 검토한 둘째 주제는 일본 외교의 전통을 확립하는 데 크게 기여한 것으로 평가되는 고무라 주타로小村壽太郎와 그를 중심으로 한 격동기 일본의 대외관계를 분석하는 것이었다. 규슈의 오비飫肥번 하급무사 집안에서 태어난 고무라는 도쿄제국대학의 전신인 다이가쿠난코大學南校를 거쳐 제1회 문부성유학생으로 선발되어 미국의 하버드대학에서 법학을 공부했다. 귀국 후 사법성을 거쳐 1884년 외무성에서 일하기 시작했다. 당시 외상이었던 무쓰 무네미쓰陸奧宗光의 눈에 들어 발탁되면서 그는 외교관으로서의 능력을 발휘했다. 청일전쟁 후 1895년 특명공사로 한국에 부임하여 한국에서 철도부설권을 확보하는 등 초기 제국주의 정책을 고안했고, 1901년 제1차 가쓰라 다로桂太郎 내각의 외무대신으로 취임하여 영일동맹(1902)을 성사시키면서 러일전쟁을 승리로 이끌었다. 전쟁 후 포츠머스 강화조약을 주도하여 한국병탄의 전진기지라 할 수 있는 통감부를 한반도에 설치했고, 1910년에는 제2차 가쓰라 다로 내각의 외상으로서 한국병탄을 막후에서 주도한 인물이다. 그는 무쓰의 영미협조외교를 바탕으로 대륙진출의 물꼬를 튼 '고무라 외교'를 확립하고 '가스미가세키霞ヶ關 외교'의 본류를 다진 인물이다. 고무라를 논문의 주제로 생각하게 된 것은 그가 일본이 본격적인 제국의 길로 들어서는 문턱에서 영일동맹, 러일전쟁과 포츠머스 강화조약, 그리고 전후 처리의 가장 중요한 문제인 한국병탄을 이토 히로부미, 가쓰라 다로와 더불어 주도한 인물임에도 불구하고 영어권에서는 전혀 연구되지 않았기 때문이었다.

셋째 주제는 대륙낭인이었다. 대륙낭인은 메이지 유신 이후에 나타난 '특수한' 집단이다. 1877년 세이난전쟁西南戰爭에서 패배

듀스 교수와 함께
(1977년 교토)

한 정한파(대륙진출파)를 중심으로 형성된 이들은 정한론의 꿈인 대륙진출을 실현하기 위하여 안에서 조직적 활동을 전개하고, 밖으로는 한국, 중국, 동남아시아 등 현지에서 활동한 집단이다. 비정부집단인 이들 대륙낭인은 대륙팽창의 첨병으로서 일본의 대륙진출에 중요한 역할을 담당했다. 내가 관심을 가졌던 대상은 이 대륙낭인 가운데 우치다 료헤이內田良平와 그가 주도한 일본의 대표적 우익 집단이라 할 수 있는 고쿠류카이黑龍會였다. 대륙낭인의 제2세대라고 할 수 있는 우치다와 그가 주도적으로 조직하고 활용한 고쿠류카이는 러일전쟁, 한국병탄, 신해혁명에 깊숙이 관여하면서 일본의 대륙팽창에 결정적 역할을 했다.

세 주제를 놓고 몇 차례 논의를 거쳐 셋째 주제인 대륙낭인을 논문 주제로 확정했다. 듀스 교수는 이토 히로부미는 연구해 볼 가치가 있는 주제이지만, 다루어야 할 자료가 너무 방대하고 또한 많은 시간을 필요로 하기 때문에 학위 논문으로서는 적절치 못하다고 평했다. 그러면서 학위를 받은 후에 가르치면서 시간을 두고 연구해 보라고 권유했다. 비록 학위논문으로는 포기했지만 기회가 있을 때마다 자료를 조금씩 모아 그로부터 40년 후 이토에 관한 연구결과를 출간할 수 있었다.

두 번째 주제인 고무라 주타로도 의미 있는 연구대상이라는 데 동의했으나, 당시 컬럼비아대학의 오카모토 슌페이岡本俊平 교수가 이 주제를 중심으로 연구를 하고 있기 때문에 독창성을 요구하는 학위논문으로는 적절치 못하다는 것이 듀스의 판단이었다. 특히 오카모토는 이미 1970년 컬럼비아대학에서 러일전쟁에 관한 책인 *The Japanese Oligarchy & the Russo-Japanese War*를 출판하였기 때문에 러일전쟁의 주역의 한 사람이었던 고무라에 대하여 많은 자료를 수집해 가지고 있을 터이니 독창성뿐만 아니라 내용 면에 있어서도 뒤질 수 있다는 것이 듀스의 생각이었다. 오카모토는 그 후 고무라에 관한 논문은 발표했으나 책으로 발전시키지는 못했다.

결국 나는 학위논문 주제를 대륙낭인과 우치다 료헤이로 결정했다. 듀스가 이 주제에 무게를 실어준 첫째 이유는 이 주제에 대한 독창성이다. 메이지 유신 이후 나타난 '대륙낭인'이라는 우익 소수집단이 일본의 대륙팽창정책에 중요한 역할을 했음에도 불구하고 영어권은 물론이고 일본학계에서도 깊이 있는 학문적 연구가 전혀 이루어지지 않은 영역이라는 점이다. 메이지 대외정책의 이면을 밝히기 위해서 충분히 연구할 가치가 있는 주제임에도 불구하고 아직 누구도 손을 대지 않고 있다는 것이 무엇보다 중요한 이유였다. 둘째는 대륙낭인이나 우치다, 또는 대표적 우익 단체인 겐요사玄洋社나 고쿠류카이에 대한 기존의 평가는 사실과 전혀 다르다는 점이다. 특히 영어권에서 정설처럼 고착된 기존의 연구는 '흑룡회'를 'black dragon society'라고 한자를 그대로 번역했고, 그래서 그 이름이 풍기는 어두운 이미지와 음산함 때문에 이를 마치 폭력집단의 소굴처럼 평가하고 있었다. 실질적으로 흑룡회의 '흑룡'은 'black dragon'을 지칭하는 것이 아니라 일본의 최북단 국경을 흑룡강Amur River까지 확장한다는 팽창을 의미하고 있었다. 바로잡을 필요가 있고, 그 과정에서 대륙팽창을 위한 정치권과 대륙낭인집단의 상호보완 관계를 규명해 냄으로써 지금까지 가려져 있던 메이지 시대의 정치와 외교의 한 면을 찾아볼 수 있다는 것이었다. 셋째는 고쿠류카이를 창립하고 이 조직을 주도적으로 운영한 우치다 료헤이가 한국병탄과정에서 한국인, 특히 일진회와 밀접한 관계를 가지고 있고 또한 병탄과정에 중요한 역할을 했기 때문에 한글자료를 통해서 보다 충실한 연구를 수행할 수 있고 그것이 내 연구의 강점이 될 수 있다고 판단했다. 학교에 제출한 논문 계획서의 제목은 *Uchida Ryohei and Japanese Continental Expansionism*(1874~1916)였다.

일본 속의 생활

클레어몬트 대학원 과정에서 종합시험을 끝낸 후 내가 해야 할 일은 두 가지였다. 하나는 학위논문 주제를 확정하는 것이고, 또 다른 하나는 논문 준비에 반드시 거쳐야 하는 과정인 현지체류를 위한 기금과 일본 내 대학으로부터 체류 자격을 확보하는 것이었다.

1972년 이른 봄 도쿄대학 국제관계학과의 에토 신키치衛藤瀋吉 교수로부터 지도를 맡겠다는 승낙서와 함께 1972년 2학기부터 연구생으로서의 입학허가를 받았다. 그리고 거의 같은 시기에 학교로부터 논문 집필을 위한 해외체류 연구기금Porter Fellowship이 확정됐음을 통보받았다. 아파트를 정리하고 타이프라이터와 필요한 책을 싸가지고 일본으로 향한 것이 1972년 6월이었다.

도쿄와 치바千葉의 경계선에 위치한 나리마스成增라는 곳(東京都板橋區成增3丁目 10-12, 山光マンション 106号)에 짐을 풀었다. 학교 근처나 시내에서는 월세가 너무 비싸 내 형편으로는 집을 찾을 엄두를 낼 수 없었다. '맨션'이라고는 하지만 다다미 6장과 4장 반으로 이어진 방 둘, 부엌, 화장실, 목욕탕으로 만들어진 작은 아

파트였다. 미국에서 살던 집 면적의 절반도 안 되는 좁은 공간이었다. 방이 둘이라고는 하지만 실은 하나의 방을 창호지 문으로 구분해 놓았을 뿐 옆방에서 바스락거리는 소리도 다 들릴 정도였다. 이곳에서 2살 반의 큰아이와 막 백일이 지난 둘째, 그리고 나와 아내 넷이서 18개월 동안 살았다. 공간은 좁았지만 새 집이라 그런대로 지낼 수 있었다. 그러나 임대료는 미국 아파트에 비하여 훨씬 비쌌던 것으로 기억된다. 집값뿐만 아니라 식비도 만만치 않았다. '소비가 미덕'이었던 60년대와 70년대의 미국은 모든 것이 풍족했으나, 일본은 그렇지 못했다. 그러나 점차 익숙해지면서 주어진 환경에 만족하면서 살아가는 지혜를 배울 수 있었다.

일본으로 가기 전까지 일본과의 접촉이 전적으로 책을 통한 것이었으나, 1972년 여름부터는 책과 몸으로 부닥치는 사회 생활을 통한 만남이었다. 대체로 미국에서 캠퍼스타운의 학생 생활이라는 것은 집과 강의실과 도서관을 왕래하는 비교적 사회와 격리된 단조로운 양식이었다. 그러나 도쿄의 생활은 전혀 달랐다. 남성 위주의 사회관습이 그대로 남아 있고, 고도성장기의 '회사인간'인 남편과 '전업주부'인 아내가 중심인 가정구조는 남자는 늘 밖에서 활동하고 여자는 집에서 자녀 교육과 가사 일을 돌보는 식으로 확연히 업무가 분할된 생활 방식이었다. 남자는 더욱 자유롭고 활동 영역도 넓을 수밖에 없었고, 이러한 사회적 생활 구조와 관습은 가정을 이루었어도 남자의 경우 가족과 지내는 시간보다 밖에서 보내는 시간이 더 많게 마련이었다. 학교를 중심으로 한 교수나 대학원생의 생활도 다를 바 없었고, 나도 점차 그 생활에 익숙해졌다. 1년 반의 일본 생활은 논문을 준비하는 것은 물론 일본사회를 이해하는 데 크게 도움이 됐다.

생활할 수 있는 기초적 여건이 준비되면서 논문을 쓰기 위한 연구 활동을 시작했다. 주로 이용한 곳은 국회도서관의 헌정자료실, 도쿄대학의 법학부와 동양사 도서관, 그리고 도쿄대학의 혼고本鄕와 고마바駒場의 중앙도서관이었다. 당시 내가 당면했던 가장 커다란 문제는 혼자 앉아서 수집한 자료를 정리하고 논문을 집필할 수 있는 장소가 없다는 점이었다. 도쿄대학은 고마바 캠퍼스 내 도서관에 책상 하나를 전용으로 이용할 수 있도록 배려해 주었으나, 내 경우는 타이프를 이용해야 하는데 도서관에서는 이를 사용할 수가 없었다. 그렇다고 해서 좁고 복닥거리는 집에서 연구와 집필 작업을 할 수도 없었다.

나의 이러한 고충을 해결해 주신 분이 야성 김정주也城 金正柱였다. 1915년생인 야성은 학문과 행동을 겸한 인물이었다. 메이지대학明治大學을 졸업한 그는 해방 후 일본에 머물면서 재일한인사회의 민족운동에 투신하여 재일한국거류민단 창립에 참여했다. 그 후 도쿄대학 법학부에서 국제법과 외교사를 전공했다. 그는 민단활동을 계속하면서 1961년 韓國史料研究所를 설립하고 소장에 취임하여 한일고대관계사자료와 일제의 한국침략사료를 많이 수집하여 세상에 알렸다. 특히 1970년 연구소에서 출판한 10권의 『朝鮮統治史料』는 개항기의 한일관계, 병탄과정과 지배정책, 독립운동 등 많은 1차 자료가 수록된 중요한 자료집이다.

도쿄의 한국인학교장을 지내기도 한 김정주는 내가 일본에 머물게 된 1972년 초부터 재일거류민단중앙본부의 단장직을 맡고 있었다. 그러면서 간다神田에 위치한 한국 YMCA 안에 있었던 그의 연구소는 사실상 비어 있었다. 지인의 소개를 받아 영문으로 된 논문계획서를 가지고 민단 사무실로 그를 찾아갔다. 미국의 대학과 지도교수가 듀스라는 것, 학위논문을 위하여 1년 정도 도쿄대학에 연구생으로 왔다는 것, 도쿄대학의 지도교수는 에토 신키치이고 논문의 주제가 우치다 료헤이와 대륙낭인이라는 것, 집은 좁고 대학교 도서관에서는 타이프를 사용할 수 없는 내가 처한 상황 등을 소상히 이야기하고, 연구소가 비어 있으니 일본에 체류하는 동안 이용할 수 있도록 허락해 달라고 간청했다. 나의 논문에 관해서도 의견을 나누었다. 그는 내 논문의 한 부분을 차지하게 될 우치다 료헤이와 한국병탄을 논할 때 반드시 읽어야 할 자료가 "一進會日記"라는 것을 지적하고, 자신이 편찬한 『朝鮮統治史料』 제4권에 "일기" 전문이 수록돼 있다는 것을 알려 주었다. 그리고 그는 나를 사무실 주변의 스시 집으로 데리고 가서 점심까지 사주었다. 점심 식사 후 사무실에 다시 돌아와 연구소에는 귀중한 고서들이 있으니 잘 보살피고, 일본에 있는 동안 논문을 다 끝내도록 하라고 격려하면서 흔쾌히 연구소 열쇠를 내주었다.

열쇠를 받아들고 나는 즉시 연구소로 달려갔다. 지금은 재건축되어 도쿄 한국 YMCA 호텔로 쓰이고 있지만, 그 당시에는 상당히 낡은 붉은 벽돌의 3층 건물로서 사무실만 있었다. 이 건물이 마치 2·8 독립선언의 본거지처럼 알려져 있고, 지금도 호텔 입구에 '朝鮮獨立宣言記念碑, 1919 2·8'이라는 비석이 놓여 있으나 이것은 잘못 알려진 것이다. 이 건물은 도쿄 유학생들이 2·8 독립선언서를 낭독하였던 조선청년회관이 1923년 간토대지진關東

大地震 때 불타버리는 바람에 1929년 새로 마련한 집이다.

2층 오른쪽의 맨 끝 방인 206호 문 옆에 종서縱書로 쓴 "韓國史料研究所"라는 간판이 붙어 있었다. 열쇠를 열고 들어가 보니 20평 정도의 직사각형 사무실이다. 아래에서 위로 밀어 올리는 창문이 두 개 있었고, 그 앞에 낡은 책상 두 개와 안락의자 하나가 놓여 있었다. 그리고 나머지 공간은 전체가 책장과 책으로 가득 차 있었다. 그의 장서 가운데는 내 연구에 필요한 자료도 많이 있었던 것으로 기억된다. 오랫동안 비어 있어서 먼지가 가득 쌓인 사무실을 한나절 걸려 깨끗이 청소하고 내가 사용하기 편리하게 정돈했다.

이후 1973년 12월 일본을 떠날 때까지 이곳은 참으로 나의 안식처였다. 야성의 회갑기념집에 담은 다음과 같은 구절은 감사한 나의 마음의 지극히 적은 부분이다.

나의 일본 생활은 마치 바다를 건너던 해조海鳥가 해초 위에서 잠시 머물러 가는 듯한 짧은 세월이었다. 김정주 박사의 『한국사료연구소』는 나의 짧은 일본 생활을 살찌게 만든 곳이고 내가 머물러 쉴 수 있었던 해초였기에 잊을 수 없는 곳이다. 20평 남짓한 연구소에 가득

也城金正柱回甲紀念文集

回顧60年
－雅友들과 함께

1975

昌震社 刊

김정주와 그의 회갑기념문집

쌓인 고서古書의 냄새는 언제까지나 잊을 수 없는 향취다. …… 지금
도 잊히지 않는 것은 민단 일로 바쁘신 가운데서도 종종 연구소로 나
를 찾아 불편한 객지 생활을 위로해 주고, 연구를 격려해 주시던 자
상함이다. (『也城金正柱回甲紀念文集 回顧六十年: 雅友들과 함께』, 1975)

자료를 찾기 위하여 도서관을 간다거나 또는 학교 세미나에 참
석할 때를 제외하고는 월요일에서 토요일까지 늘 이곳에 머물렀

다. 집에서 가족과 함께 보낸 시간보다 이곳에서 혼자 지낸 시간이 더 많았던 것 같다. 사무실 문에 걸려 있던 "韓國史料研究所" 간판과 내부 모습을 사진에 담아두지 못한 것이 무척 아쉽다.

연구실이 자리 잡고 있는 간다는 고서점 거리로도 유명하다. 진보초神保町를 중심으로 길게 늘어선 다닥다닥 붙어 있는 고서점에는 많은 책이 쌓여 있다. 전자책이 보편화돼 가고 있는 오늘날에도 일본에서는 여전히 절판된 책이나 고서를 중요시하고, 그래서 간다의 고서점은 불황을 모른다.

점심을 먹고 나서는 한 시간 정도 고서점을 순례하는 것이 중요한 일과였다. 오전 내내 타이프라이터와 마주 앉아 있다가 점심을 먹은 후 돌아보는 고서점 순례는 건강은 물론 머리를 식히는 데도 대단히 효과적이었다. 그뿐만 아니라 책을 사기 위해서라기보다도 고서들을 뒤적거리다 보면 나에게 필요하면서도 구하기 어려운 책을 염가로 건지는 수확도 있었다. 지금 내가 보관하고 있는 대부분의 일본 책들은 이때 구입한 것들이다. 또한 책방에서 학술잡지와 신간을 통해서 학문의 동향도 접할 수 있는 이점이 있었다. 때때로 자료를 찾기 위하여 국회도서관이나 대학도서관을 찾아가거나, 또는 학교 세미나에 참석하는 이외에는 연구실에서 오후 6시경까지 있다 귀가하는 비교적 규칙적인 생활을 했다.

내가 일본에서 논문을 준비하는 같은 시기에 듀스 교수가 1년 가까이 도쿄에 체류했던 것도 나에게는 커다란 행운이었다. 그는 1973년 초부터 자신의 연구를 위하여 약 9개월 동안 게이오대학慶應大學에 머물렀다. 일본 체류가 겹치는 이 기간 동안 나는 논문의 초고가 준비되는 대로 그에게 보냈고, 그는 원고를 정성껏 읽고 내 주장과 논지에 대해서 자기 생각을 자상하게 제시해 주었을 뿐만 아니라, 불완전한 영어까지 세밀히 보살펴 주었다. 우리는 2~3주에 한 번 정도 간다의 찻집에서 만나곤 했다. 그는 내가 넘긴 논문에 대하여 작은 부분까지 평가해 주었고, 관련된 자료의 소재지를 알려 주고, 또한 자신이 교류하고 있는 일본학자들을 소개해 주는 등 나에게는 더할 나위 없는 유익한 시간이었다. 그가 일본에 체류하는 1년 가까이 나는 그의 개인지도를 받으면서 논문을 쓴 것이나 다름없었다.

7개 장으로 구성된 A4 용지 344페이지의 논문은 이런 과정을 거쳐서 만들어졌다. 지금 생각해도 어떻게 그렇게 열심히 할 수 있었을까 하고 나 스스로가 놀랄 정도로 1년 반의 일본 생활을 효과적으로 보냈다. 일본을 떠날 때는 논문의 초고를 마무리할 수 있

UCHIDA RYŌHEI AND JAPANESE CONTINENTAL

EXPANSIONISM, 1874-1916

by

Sang Il Han

A Dissertation submitted to the Faculty
of Claremont Graduate School in partial
fulfillment of the requirements for the
degree of Doctor of Philosophy in the
Graduate Faculty of Asian Studies.

Claremont, California

1974

Approved by

Peter Duus

대학에 제출한 학위논문

었다. 대학에 제출한 논문 계획서를 약간 수정하여 1916년까지의
우치다와 그를 중심으로 한 대륙낭인들의 활동 연구로 마감했다.
우치다 료헤이는 1937년까지 생존했고 말년까지 정치활동도 계속
했다. 그러나 대륙낭인으로서 우치다의 활동은 1916년 제2차 만
주와 몽골 독립운동에 개입하는 것으로 끝난다. 다이쇼大正 시기

와 맞물리기도 하는 그 이후 우치다의 활동은 대체로 국내 문제에 치중했고, 한때는 정당(大日本生産党)을 결성하기도 했다. 물론 우익진영의 원로로서 그의 위상은 죽을 때까지 확고부동했다.

내 논문이 일본 우익 연구에 어느 정도 공헌했을까를 스스로 평가해 본다면 당시까지만 해도 학문적 관심영역 밖에 있던 대륙낭인과 우익을 연구대상으로 끌어 올렸다는 점이다. 일본의 팽창주의와 제국주의는 그동안 여러 시각에서 학문적 연구의 주제가 되어 왔고, 또한 역사가나 정치학자들 사이에 논쟁의 핵심이기도 했다. 그러나 이러한 모든 연구와 논쟁은 메이지 정부의 정책에 그 초점을 맞추어 왔다. 대륙팽창정책에 이념적 바탕을 제공했고, 팽창을 위해 대륙 현장에서 실천적으로 활동했고, 또한 대륙팽창을 합리화시키는 데 결정적 역할을 한 '비정부적 요소'들은 전적으로 무시되었다.

나의 연구는 그동안 잊혀져 있던 '비정부적 요소'의 역할을 규명한 것이다. 정부의 정책결정에 직접 참여하지는 않았지만, 이념과 행동으로 대륙팽창정책을 선도했던 대륙낭인의 실체를 찾아봄으로써 그들이 정부의 외교정책과 국민여론에 어떻게 영향을 미쳤고, 또한 그들의 활동이 메이지 정부의 대륙진출정책에 어떻게 작용했나를 추적하는 것이었다. 이를 보다 실증적이고도 구체적으로 찾아보기 위하여 우치다 료헤이와 고쿠류카이를 연구의 핵심 대상으로 삼았다.

우치다 료헤이는 대륙낭인의 제2세대를 대표하는 인물이다. 그는 일본의 대륙팽창을 위하여 정부의 대륙정책과 국민여론에 강력한 영향력을 미치려 했고, 몽골, 시베리아, 만주, 한반도를 통합한 대일본제국 건설을 꿈꾸었다. 그뿐만 아니라 본인이 그 꿈을 실현하기 위하여 대륙팽창의 최전선에서 활동했다. 우치다는 삼국간섭 후 러시아의 실체를 파악하기 위하여 블라디보스토크에 대륙낭인의 거점을 만들었고, 유럽의 러시아와 시베리아를 잇는 철도개설의 진척 상황을 파악하기 위하여 단독으로 시베리아를 횡단하여 상트페테르부르크St. Petersburg에 이르는 긴 여행을 감행하기도 했다. 그는 또한 일본의 대륙진출을 위하여 동학혁명과 청일전쟁, 러일전쟁, 한국병탄, 중국혁명 등에 깊숙이 관여했다. 안으로는 정계, 군부, 재계 팽창주의자들과 긴밀한 유대관계를 맺었을 뿐만 아니라, 고쿠류카이와 같은 국가주의 우익단체를 결성하여 일본의 대륙팽창을 앞장서서 조직적으로 이끌었다. 그리고 밖으로는 한국의 일진회나 중국의 퉁멍회이同盟会와

같은 조직과 연대하여 일본의 침략정책을 '연대'로 위장하면서
대륙진출의 길을 닦았다.

이 연구를 통해서 우치다로 대변되는 대륙낭인들은 정부의 대
륙정책을 선도하는 역할을 했음을 알 수 있었다. 정한론 좌절 후
그들은 한편으로는 활동공간을 일본열도에서 대륙으로 확장하
여 그곳에 거점을 만들고, 또 다른 한편으로는 동지들을 규합하
여 정책결정자들과 연대, 또는 압력을 통해서 그들이 품었던 대
륙웅비의 뜻을 펼쳐 나갔다.

2

/

잊을 수 없는
일본인들

논문을 쓰는 과정에서 자료 측면에서 나에게 가장 큰 도움을 준 사람은 아시즈 우즈히코葦津珍彦가 아닌가 생각된다. 스스로 대륙낭인의 마지막 세대임을 자처한 아시즈는 겐요샤玄洋社나 고 쿠류카이와 긴밀한 관계를 맺고 있었고, 전후에는 신도神道와 일 본주의를 바탕으로 한 보수 논객으로 활동한 인물이다. 그와의 대화를 통해서 어렴풋이나마 대륙낭인의 체취를 느낄 수 있었던 것 같다.

후쿠오카福岡 태생인 아시즈는 대륙낭인에 대한 그의 신념을 다음과 같이 표현하고 있다.

요즘은 '대륙낭인'에 대한 평판이 좋지 않다. 사실 대륙낭인이라고 불리는 자들 가운데는 상종 못할 무뢰한적 존재가 적지 않다. …… 그러나 아무리 많은 무뢰한적 대륙낭인의 존재가 사실이라 해도, 그 반면으로 일본인의 명예와 긍지를 지켜온 대륙낭인의 이상과 절개의 역사가 맥맥이 이어 가고 있다는 사실을 결코 잊어서는 안 될 것이다. 메이지 유신 이래 일본민족의 이상을 가장 순수하게 계승하고, 그리고 이 장대壯大한 이상에 생명을 걸고 아시아와 일본을 위하여 자신과 가족을 돌보지 않고 생애를 끝낸 대륙낭인도 존재하고 있다. 이 사실은 일본민족사에서 영원히 명예롭게 이어가야만 할 기록이다. 우리는 결코 그 기록을 잃어서는 안 될 것이다. (葦津珍彦, 『大アジア主義と頭山滿』, 1965)

이미 고인이 됐지만, 아시즈는 지식과 행동을 겸비한 마지막 대륙낭인이 아닐까 생각된다. 내가 처음 만났을 당시 그는 가마쿠라鎌倉에 별채에 서고書庫가 있을 정도의 큰 저택에서 살고 있었다. 1909년생이니 내가 그를 만났을 때 그의 나이 63세였다. 당시 그는 집에서 '일본 혼日本魂'을 이어갈 기록을 남기기 위한 저술활동에 전념하고 있었다. 1934년 『日本民族の世界政策私見』을 출판한 이래 그는 아시아주의, 국체國体, 신사, 천황, 무사도 등에 관하여 상당히 많은 저서를 남겼다. 사후에 3권의 『葦津珍彦選集』(1996)이 출판되기도 했다.

아시즈는 "제정일치祭政一致의 천황국 일본" 실현을 이상으로 삼는 존황신도尊皇神道를 주창하는 전통보수주의자였다. 도쿄에서 고등학교를 졸업한 후 국학원대학, 도쿄외국어대학 등 여러 대학을 다녔으나 졸업하지 않고 모두 중도에 그만두었다. 전쟁 전에는 도야마 미쓰루頭山滿의 지도를 받으면서 우익 진영의 조직 활동에 관여했다. 전후에는 신사본청神社本廳 설립에 진력하면서 국체호지·신사호지운동의 최전선에서 활동했고, 또한 『神社新報』를 창간하여 주필로서 활동하면서 직접 운영했다.

아시즈는 우익의 대부인 도야마 미쓰루를 가장 존경하고 따랐지만, 동시에 신도사상의 대가인 이마이즈미 사다스케今泉定助, 전후 자유당 총재를 역임한 오카타 다케토라緖方竹虎, 대만제국대학 교수를 지낸 이노우에 다카마로井上孚麿 등 여러 우익진영 인사들과 폭넓은 인맥을 형성하고 있었다. 생전에 우치다 료헤이와도 상당히 가깝게 교류했고 함께 활동했다고 한다. 그는 '조선 문제'에 대해서도 깊은 관심을 가졌던 것 같다. 몽양 여운형이 그에게 써준 휘호를 보여 주면서 자신이 만났던 한국인 가운데 가장 인상 깊었다고 말했다. 식민지 시대에 많은 한국인과 교류를 가졌으나, 1945년 이후 만난 한국인은 내가 최초라고 했다.

그는 내가 필요로 하는 많은 자료를 가지고 있었다. 고쿠류카이의 성격을 올바로 평가할 수 있는 중요한 단서인 기관지『黑龍會會報』나『黑龍』과 같은 희귀한 자료도 창간호부터 소장하고 있었다. 특히 창립과 함께 발간되고 제2호로 폐간된『黑龍會會報』는 좀처럼 찾아보기 어려운 귀중한 자료다. 이와 같은 기관지는 고쿠류카이의 성격을 규명할 수 있는 결정적 자료였다. 내가 논문에서 이러한 1차 자료를 근거로 고쿠류카이의 성격을 정확하게 밝히기 전까지 고쿠류카이는 조직폭력집단이나 다름없었고, 따라서 이들과 함께 활동한 대륙낭인 또한 비슷한 폭력집단으로 알려졌다. 영어권의 O. Tanin and E. Yohan의 *Militarism and Fascism in Japan*(1934), Hugh Byas의 *Government by Assassination*(1942), Richard Storry의 *The Double Patriots*(1956) 등과 같은 연구가 이러한 인식을 보편화시키는 데 크게 기여했다.

내가 논문에서 밝히고 있는 바와 같이 고쿠류카이는 조폭이나 폭력집단이 아니라 일본의 대륙진출이라는 뚜렷한 목표를 가지고 조직적으로 활동한, 비교적 교육수준이 높은 우익집단이었다. 이러한 성격을 밝힐 수 있었던 것은 고쿠류카이가 창립하면서부터 매월 발행한 기관지인 『黑龍會會報』(제2호로 폐간)와 『黑龍』이 창립회원은 물론이고 새로 가입하는 회원의 출생, 교육, 직업 등의 비교적 자세한 기록을 남기고 있기 때문이었다.

1972년 늦여름부터 1973년 초에 걸쳐 나는 가마쿠라로 아시즈를 자주 찾아 갔다. 갈 때마다 그는 자상한 할아버지처럼 반갑게 맞아주었고, 자신의 서고를 나에게 개방했다. 그의 서고에는 다른 곳에서 볼 수 없는 귀중한 자료들이 많았다. 그는 내가 필요로 하는 자료를 빌려줬고 복사해 가는 것까지 허락했다. 또한 대화 중에 나오는 인물들 가운데 만나고 싶은 사람이 있으면 소개해 주기도 했다. 그뿐만 아니라 그는 나에게 틈틈이 서신과 자료를 우편으로 보내주고, 또한 내가 만나 볼 필요가 있는 사람에게는 직접 소개장을 보내주기도 했다. 고쿠류카이의 후신으로서 그 조직을 이어가고 있는 黑龍俱樂部의 간부들로부터 자료를 얻을 수 있었던 것도 그의 중개가 있었기 때문에 가능했다.

지금도 남아 있는 당시 그와의 대화 메모나 주고받은 편지를 보면 그가 얼마나 열심히 나에게 대륙낭인의 이미지를 긍정적으로 설명하려고 애썼나 하는 것을 알 수 있다. 그가 나를 이해시키려

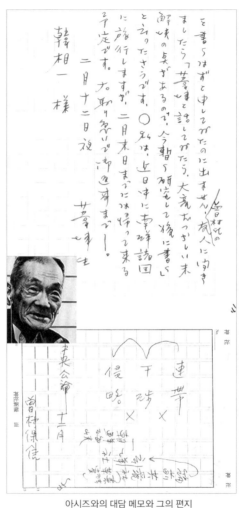

を書くはずと申してゐたのに出ません。蘆人に行き
ましたら「蘆さと話してゐたら、大変むつかしい
海峡の兵があるので、今朝〜研究して稿に書く
と云ったさうです。○名は、近日中に東洋諸国
に旅行しますが、二月末日までには帰って来る
予定です。大切気いで即逆寺まふ〜。

二月十二日夜

蘆委生

韓相一様

아시즈와의 대담 메모와 그의 편지

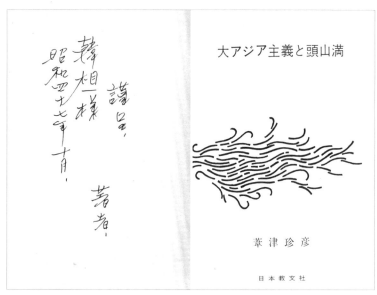

大アジア主義と頭山満

葦津珍彦

日本教文社

韓相様

謹呈、

昭和四十七年十月.

著者.

아시즈의 대표작

했던 점은 대륙낭인이 품고 있었던 '아시아연대'라는 이념의 바탕은 침략이나 팽창이 아니라 한중일이 각자의 독자성을 인정하면서 하나의 공동체, 진정한 의미의 동아시아공동체를 만들어간다는 것이었다. 그러나 이러한 순수한 이념이 정치화하고, 정치인들에 이용당하면서 '연대'가 '간섭'으로, 그리고 '간섭'이 다시 '침략'으로 변질되면서 그 순수성이 퇴색했다는 것이다. 이는 태평양전쟁은 침략전쟁인 동시에 식민지 해방을 위한 전쟁이었다는 다케우치 요시미竹內好의 아시아주의와 그 맥을 같이하고 있다.

아시즈의 설명과 논리의 찬반을 떠나서 그와의 만남은 나의 연구에 많은 도움이 됐고, 또한 그가 제공해 준 1차 자료들도 크게 유익했다. 그 후 그가 세상을 떠나기 전까지(1992) 일본을 방문할 때면 가마쿠라로 그를 찾아가 만나곤 했다. 그는 언제나 나를 따뜻하게 맞아 준 고마운 일본인이었다.

일본에 체류하는 동안 보호자 역할을 해준 에토 신키치 교수 또한 잊을 수 없는 고마운 일본인이다. 논문을 위하여 그로부터 특별히 지도받은 바는 없으나 그는 전반적인 내 일본 생활의 '보호자'였다. 만주 선양瀋陽에서 태어났기 때문에 신키치瀋吉라고 이름 지었다고 한다. 당시 일본 대륙진출의 전진기지였던 펑텐奉天 (선양의 옛 이름)에는 만주경영의 중추격인 남만주철도주식회사滿鐵의 도서관이 자리 잡고 있었고, 에토의 부친은 그 도서관장으로 재직했다.

에토 교수는 일본 제1의 중국전문가로서 학계는 물론 정부의 대對중국정책결정에도 영향력이 컸다. 국회도서관 헌정자료실의 특별열람실과 같이 출입이 까다로운 곳에서도 그의 '소개장'은 위력을 발휘하곤 했다. 구마모토熊本가 고향인 그는 정계나 관계는

물론 우익들 가운데 대륙낭인의 뿌리를 두고 있는 사람들과도 끈끈한 교류를 가지고 있었다. 그의 관심과 배려로 연구과정에 필요한 일본인들을 많이 만날 수 있었다. 앞에서 설명한 아시즈 우즈히코도 그의 소개를 통해서 만났다. 그는 컬럼비아대학에서 연구한 경력이 있어서 영어도 유창했다. 이러한 인연으로 나도 그의 고희 기념논문집에 「日本における西欧の衝撃と危機意識」이라는 논문 한 편을 게재했다. 에토는 도쿄대학 퇴임 후에는 아시아대학亞細亞大學 학장과 동양영화여학원東洋英和女學院 원장을 역임했다. 한국에도 그의 제자가 몇 분 계셔서 생전에 비교적 자주 내왕했다.

나는 그가 주관하는 세미나에 두 학기 매주 한 번씩 참석했다. 7~8명 정도가 참석한 첫 학기는 그의 대표적 저서의 하나인 『東アジア政治史研究』를 중심으로 동아시아 국제관계를 토론했다. 나도 대륙낭인과 고쿠류카이를 주제로 몇 차례 발제했다. 두 번째 학기는 고전이라 할 수 있는 미야자키 도텐宮崎滔天의 『三十三年の夢』을 함께 읽는 시간이었다. 1902년 출판된 미야자키의 자서전이기도 한 이 책은 메이지 초기의 한중일, 특히 대륙낭인들과 중국혁명의 관계를 이해하는 데 많은 도움이 됐다. 책 읽기를 다 끝내지 못하고 학기가 끝난 것이 무척 아쉬웠다.

에토 신키치와 그가 현대어로 쓴 『三十三年の夢』

교재로 쓴 『三十三年の夢』은 에토가 현대문으로 번역하고 자세한 해설과 교주校註를 붙여 1962년 출판한 책이었다. 그 후 그는 이 책을 프린스턴대학의 마리우스 잰슨Marius Jansen과 함께 영어로 번역하여 1982년 프린스턴대학 출판부에서도 출간했다. 제목은 *My Thirty-Three Years' Dream: The Autobiography of Miyazaki Toten*이다.

에토 교수를 생각할 때마다 잊혀지지 않는 기억은 그가 항상 의사의 흰 가운을 입고 강의실에 들어오곤 하던 모습이다. 교수가 강의실에서 강의를 한다거나 세미나를 이끄는 것은 마치 의사가 환자를 대하는 것과 같이 신성하다는 것이 그의 변이었다. 2007년 세상을 떠나기 전까지 한국과 일본을 오가면서 교류했다.

다키자와 마코토瀧澤誠와의 만남은 일본에서 나의 연구 생활을 즐겁게 했을 뿐만 아니라 그 후 지금까지 친구로 지낼 수 있는 계기가 되었다. 그는 우익진영의 후예나 재야한국연구가들과도 폭넓은 관계를 맺고 있어, 내가 일본에 체류하는 동안 많은 사람을 나에게 소개해 주었다.

다키자와는 특이한 경력과 성격의 소유자이다. 니가타현新潟縣의 나가오카시長岡市 출신인 그는 세이케이成蹊대학 정치과를 졸업하고 광고회사에서 직장 생활을 하면서 한일근현대사에 관심을 가지고 연구하는 재야사학자라 할 수 있다. 1943년생인 그는 28세의 약관에 농본주의자이며 아나키스트였던 곤도 세이쿄權藤成卿의 전기를 출간하여 재야사가로서 학계의 주목을 받았다. 곤도는 1930년대의 사상적 흐름에 중요한 역할을 했음에도 불구하고 거의 잊혀진 인물이었다. 다키자와는 또한 우치다 료헤이, 이용구 등과 함께 막후에서 일본의 한국병탄에 중요한 역할을 한 다케다 한시武田範之에 관하여서도 최초로 자료를 발굴하여 출판함

다키자와 마코토와 함께
(2001년 치바)

으로써 한일관계사 연구에도 기여했다. 연구 단행본 외에도 그는 이토 다카시伊藤隆와 공동으로 메이지 시대에 출간된 한국 관련 책을 선정하여 『明治人による近代朝鮮論』이라는 20권의 영인총서 출간을 주도했다.

내가 처음 다키자와를 만났을 때 그도 우치다 료헤이의 평전을 쓰고 있었다. 내가 대륙낭인과 고쿠류카이를 연구한다는 소식을 어디서 듣고 간다의 한국사료연구소로 나를 직접 찾아와 만났다. 일본에서는 그리 흔한 일이 아니다. 그는 어떻게 보면 무례하기까

소후쿠지崇福寺
문 앞에 도야마 미쓰루의 묘 표시가 있다

지 한 언행을 거침없이 행하는 전혀 일본인답지 않은 성격의 소
유자이기도 하다. 그래서 쉽게 가까워질 수 있었는지도 모른다.
1972년 겨울 첫 만남 이후 우리는 비교적 자주 만나 우치다를 보
는 서로의 시각을 토론했고 자료에 대한 정보도 교환했다. 그로
부터 40년이 지난 지금도 우리는 서로의 안부를 묻고 한국과 일
본을 오가며 만나고 있다.

　지금도 잊을 수 없는 경험은 그와 함께 대륙낭인의 본거지라

겐요샤 회원의 무덤

러일전쟁 때 만주에서 활동한
고쿠류카이 회원의 무덤

할 수 있는 후쿠오카까지 여행했던 기억이다. 그는 나에게 겐요

샤와 고쿠류카이와 관련이 있는 그곳의 향토사가들을 소개해 주

었고 겐요샤 묘지로도 안내해 주었다. 후쿠오카 시내 한복판에

자리 잡고 있는 소후쿠지崇福寺의 겐요샤 묘지에는 일본 우익의

대부라 할 수 있는 도야마 미쓰루를 위시하여 오쿠마 시게노부大

隈重信의 조약개정에 반대하여 그에게 폭탄을 던져 암살을 시도하

고 현장에서 자결한 구루시마 쓰네키来島恒喜 등 수많은 대륙낭인

과 겐요사, 고쿠류카이 멤버들이 묻혀 있다. 그리고 참배객들이 끊임없이 이어졌다. 남아 있는 흔적들이 연구에 도움이 된 것은 아니지만, 대륙낭인의 정신을 후세에 전하고 그 전통을 이어가려는 움직임이 일본사회의 한 부분에서 여전히 계속되고 있음을 실감할 수 있었다.

다키자와는 나의 첫 책의 일본어 번역 출판을 주도했고, 또한 그 책의 해설을 담당해 일본학계에 소개했다. 다키자와는 자신이 한국에 관심을 가지게 된 중요한 이유 중 하나가 아버지 때문이라고 했다. 식민지 시대에 그의 아버지는 한때 황해도에서 관리로 근무했다고 한다. 부모님은 30년대 말에 일본으로 귀환했으나, 그는 식민지 시대 한국에서의 아버지 행적을 찾아보기 위하여 관보를 뒤지는 등 집요한 태도를 보였다.

그는 한국 예술품에 대해서도 상당히 관심이 많고, 전문가 수준의 높은 안목을 가지고 있을 뿐만 아니라 비교적 많은 한국 골동품을 소장하고 있었다. 그 가운데는 물론 아버지로부터 물려받은 것도 있다고 한다. 또한 아마도 그는 일본사람으로는 한국 대중가요의 레코드판, 테이프, CD를 가장 많이 소유하고 있는 사람일 것이다. 이제는 정열이 많이 식었지만, 한때 그는 한국 가

요의 열렬한 팬이었다. 한국 방문할 때마다 CD를 한 보따리씩 사서 가지고 갔다. 당뇨가 심한 그는 일찍이 도회지 생활을 정리하고 치바千葉의 산속에서 여유로운 삶을 지내고 있다.

마쓰모토 겐이치松本健一도 그 시절에 만나 최근까지 교류가 있었던 학자이다. 군마群馬현 출신인 그도 특이한 인물이다. 도쿄대학 경제학부를 졸업하고 직장 생활을 하다 다시 호세이대학法政大學 대학원에서 일본문학을 전공한 마쓰모토는 재학 중『若き北一輝』를 출간하여 학계의 주목을 받았다. 그러나 학계의 기대와 달리 그는 오랫동안 재야에서 활동하다 1994년 레이타쿠麗澤大學 경제학과에 정착했다.

1946년생인 마쓰모토를 처음 만난 것은 다키자와와 함께였다. 나의 연구주제인 우치다와 2·26 쿠데타의 정신적 지주인 기타 잇키는 다 같이 우익이면서 아시아주의자라는 공통점이 있었다. 그뿐만 아니라 기타는 한때 고쿠류카이 기관지『時事月函』의 편집장으로 일했고, 또한 중국혁명 당시 고쿠류카이 특파원으로 중국혁명 현장을 취재했기 때문에 우치다와 긴밀한 관계를 맺고 있었다. 그러한 연유로 그와 만나면 많은 이야기를 나눌 수 있었고, 또 필요한 자료도 서로 교환했다.

岩波現代文庫
学術 14

松本健一

竹内 好
「日本のアジア主義」
精読

岩波書店

마쓰모토 겐이치와 그가 재편집한 竹内好의 책

내가 그를 만났을 당시 그는 자신의 기대와 그에 대한 보상 간의 괴리로 정신적인 슬럼프에 빠져 있었던 시절로 기억한다. 첫 출판으로 학계의 주목을 받았으나 그가 원하는 명문대학에서 그를 받아들이지 않아 직장 없는 '낭인'으로 지냈다. 그 후 상당 기간 그는 학교보다 재야에서 정치, 사상, 문학 등 광범위한 분야에서 평론활동을 전개했다.

그는 학술적 연구보다 근대일본정신사를 '긍정적'으로 대중에게 전하는 글을 많이 썼다. 학자라기보다 다작多作의 문화평론가로 더 잘 알려진 그의 주요 관심사는 일본인의 내셔널 아이덴티티와 일본정신의 확립에 있었고, 그런 연장선상에서 1990년대 선풍을 일으켰던 "새로운 역사교과서를 만드는 모임"에도 관여했으며, 또한 아시아-태평양전쟁(대동아전쟁)을 재평가하자는 "역사·검토위원회"의 회원으로도 활동했다. 그는 한때 간 나오토菅直人 내각의 동아시아외교문제 특별보좌관으로 정부에 참여했다.

그와의 잊을 수 없는 기억은 장대 같은 비가 쏟아지는 여름날에 함께 북한산을 등산했던 일이다. 1990년대 초반, 광복절 기념 국제학술회에 참석했던 그가 북한산을 올라가 보고 싶다고 해서 안내했었다. 대남문에 올라 잠시 쉬고 하산할 때부터 쏟아지기 시작한 비를 그대로 맞으며 내려왔다. 그 후 만날 때마다 '빗속의 북한산 등산'을 즐거운 추억으로 이야기하곤 했다. 일본의 국가진로를 진단하는 그와의 대담을 『일본평론』 제8집(1993, 가을호)에 게재했다. 그의 많은 책 가운데 두 권(『사상으로서의 우익』과 『평전 기타 잇키』)이 한국어로 번역 출판됐다.

마쓰모토는 2014년 68세라는 비교적 젊은 나이에 세상을 떠났다. 서울과 도쿄를 오고 가면서 자주 만나 관심영역에 관하여 대화를 나누고 또한 함께 학술회의에도 참석하곤 했다. 내가 그를 마지막으로 만난 것은 하기萩에서였다. 2009년 초여름 이토 히로부미의 생가와 초기 활동의 근거지를 돌아보기 위해서 하기에 갔을 때였다. 당시 1859년 처형된 요시다 쇼인吉田松陰의 150주기를 맞아 하기의 쇼인신사에 참배를 하러 온 마쓰모토를 여관에서 조우하여 이야기를 나눈 것이 마지막이었다.

이미 고인이 됐지만, 도쿄대학의 사토 세이자부로佐藤誠三郎 교수도 자주 만나곤 했다. 고마바 캠퍼스에서 정치학을 강의한 사토와는 그가 잠시 클레어몬트에 있었던 관계로 논문과는 무관하게 일본에 체류하는 동안 비교적 자주 만났다. 1950년대 공산당에 입당할 정도의 열렬한 공산주의자였으나 후에 전향하여 대학에서 강의하면서 보수 논객으로 활동했다. 오히라 마사요시大平正芳와 나카소네 야스히로中曾根康弘의 브레인 역할을 하면서 자민당 정책에도 깊이 관여한 이론적 보수주의자였다. 한국과 일본에서 개최되는 한일관계 학회에서도 만나곤 했다. 그도 70을 채우지 못하고 세상을 등졌다.

논문을 준비하면서 일본에서 만난 '재일' 조선인 가운데 잊을 수 없는 두 사람이 있다. 한 사람은 재일 역사학자 금병동琴秉洞이고, 또 다른 사람은 우치다 료헤이와 함께 한국병탄을 주도했던 일진회 회장 이용구의 아들 이석규李碩奎이다.

경상북도 문경이 '고향'인 금병동은 1927년 후쿠오카에서 태어났다. 다키자와의 소개로 만났으나 그의 가족이나 교육배경, 또는 경력에 관해서는 알지 못했고 또 물어보려고 하지도 않았다. 그는 패전 후 재일본조선인총연합회(조총련)에 관여했고, 조총련과 북한이 운영하는 도쿄의 조선대학 교수와 도서관장으로 활동했다. 한국 정부 당국에서는 금기시하는 인물이었다.

내가 금병동을 만난 것은 그가 오랫동안 김옥균을 연구했기 때문이었다. 당시 나의 관심은 김옥균이 일본에 망명한 후 상하이上海에서 암살당하기까지 일본에서의 행적이었다. 김옥균이 일본에 망명해 있는 동안 그는 우익의 거두인 도야마 미쓰루, 미야자키 도텐 등과 같은 대륙낭인들, 그리고 대륙낭인의 후원자인 이누카이 쓰요시犬養毅 등과 같은 정치인들과 밀접한 관계를 맺고 있었고, 또한 그들로부터 많은 도움을 받았다. 죽음을 불러온 김옥균의 상하이행에는 많은 의문점이 있고, 대륙낭인들이 개입한 흔적도 있다. 혹시 금병동으로부터 새로운 자료나 참고가 될 만한 이야기를 들을 수 있을까 해서 만나기 시작했다. 평생 김옥균

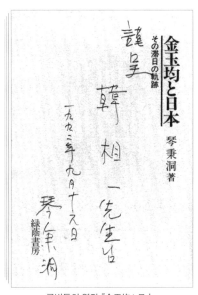

금병동의 역작 『金玉均と日本』

을 연구한 그는 자신의 연구를 종합하여 『金玉均と日本: その滯日の軌跡』이라는 989페이지의 두꺼운 책을 출간했다. 그와의 만남이 내 연구에 직접 도움이 되지는 않았지만, 그는 오랫동안 기억에 남아 있는 사람이다. 그를 만날 때마다 식민지 시대의 한국인, 해방과 자이니치(在日-韓國, 朝鮮人), 남북 분단 후 일본, 한국, 북조선 그 어디에서도 동류로 인정받지 못하는 제3지대의 인간 등 역사가 남겨준 상처와 그늘진 모습을 보는 것 같아 늘 마음의 서늘함을 느끼곤 했다.

요즘과 달리 당시 일본에서는 조총련의 활동이 활발했기 때문에 조총련과 연관되어 있는 사람을 만나는 것은 대단히 조심스러웠다. 그 역시 나를 만나는 것을 몹시 조심스러워했다. 처음에는 다키자와 마코토와 함께 만나곤 했으나, 그 후 가끔 둘이서 만나 정치나 이념과 무관한 식민지 시대 재일한국인의 삶이나 우익과 같은 주제에 관하여 의견을 나누었던 기억이 남아 있다. 그는 나보다 15년 정도 연상이었음에도 늘 예의를 갖추어 대해 주었다. 김옥균 외의 그의 주요 관심사는 역사에 나타난 우익의 활동, 한국병탄에 기여한 일본인의 행적, 관동지진 당시 한국인 학살 등 다양했다.

미국으로 돌아간 후 연락이 끊겼으나 1990년대 이후 일본에 가는 기회가 있으면 가끔 만나곤 했다. 1980년대 이후 한국의 경제성장과 조총련계 상공인들에 대한 헌금 강요, '86년 서울아시안게임'과 '88년 서울올림픽'의 개최로 인해 조총련의 세력이 크게 약화됐고 활동도 위축됐다. 금병동도 집필에 전념하고 있었고, 그러면서 우리는 전과 달리 편안한 마음으로 만날 수 있었다. 그러다 딸과 함께 일본 시사만화를 중심으로 책을 준비할 때 다시 자주 연락했다. 메이지 시대의 시사만화는 고어古語가 많을 뿐만 아니라, 일본 만화의 특징이라 할 수 있는 동음이의어同音異義語의 '말장난言葉遊び'이 많아 정확한 의미를 파악하기 어려운 것들이 많이 있다. 일본식 한문과 만화에서만 볼 수 있는 은유어隱喻語에 해박한 그가 그런 어려움을 해결해 주었다.

금병동을 마지막으로 만난 것은 2007년 초여름인 것 같다. 일본에 가는 길에 그를 만나 출간한 『일본, 만화로 제국을 그리다』를 전하고 저녁을 함께하면서 많은 이야기를 나누었다. 헤어질 무렵 그는 세상과 하직하기 전에 부모가 살았던 '고향' 문경을 가보고 싶다고 하면서 다음 기회에 서울에서 만나자고 했다. 그러나 그는 고향땅을 밟아보지 못하고 세상을 떠났다.

이석규는 한국인이라기보다는 일본인이라 부르는 것이 더 정확할지 모르겠다. 그는 44년의 짧은 삶을 살았으나 영원히 지워지지 않는 '매국노'라는 이름을 지닌 이용구李容九의 아들이다. 이석규는 오히가시 구니오大東國男라는 일본 이름으로 알려져 있지만, 그의 일본 법적 이름은 부인 호적에 입적된 사토 고쿠로佐藤國郎이다. 이석규를 처음 만난 것은 1973년 벚꽃이 피기 시작하는 봄이었다. 동시대를 살아온 아시즈 우즈히코의 소개로 만났다.

무사시노시武藏野市의 기치조지吉祥寺에 있는 그의 집은 꽤나 컸고 정원도 넓었다. 기대했던 자료는 얻지 못했지만, 질곡과 같은 그의 인생역정에 연민의 정 같은 것을 느끼면서 그 후에도 가끔 만났다. 그가 세상을 하직하기 직전까지 일본을 방문하는 기회에 그의 집을 찾아보곤 했다. 내가 처음 그를 만났을 당시 그의 나이 64세였다. 나이에 비해 늙어 보이는 모습은 그의 삶이 고달팠음을 말해주는 것 같았다.

이석규는 1909년 이용구의 후처 이화사李華師에게서 태어났다. 그의 나이 세 살 때(1912) 고베神戸 근처에 있는 수마須磨의 한 암자에서 생명이 끝나가고 있는 이용구를 어머니와 함께 만난 것이 아버지를 본 처음이자 마지막이라고 했다. 아마도 그의 임종을 알고 조선총독부가 베풀어 준 배려였을 것이라고 했다. 그 후 그는 어떤 연유에서인지는 모르지만 어머니를 떠나 일본 나고야名古屋 근처의 한 절에서 자랐고, 여러 명의 양육자의 손을 거쳐 도쿄에 정착한 것이 6세 때라고 했다. 그가 자기의 아버지가 '매국노' 이용구라는 사실을 알게 된 것은 중학교 3학년 때라고 했다. 3살 때 조선을 떠난 후 처음으로 서울에 가서 어머니를 만나게 되었는데 그때 어머니를 통해서 이용구를 둘러싼 이야기를 들었다는 것이다. 그때부터 그는 술과 여자에 파묻혀 방탕한 생활을 했다. 릿교立敎대학에 입학했으나 4년 만에 퇴학을 당하고 3년 과정의 전문학교(二松學舍專門學校)를 5년 걸려 졸업했다. 그래도 자신이 힘들고 어려울 때 관심을 가져준 사람은 아버지의 동지였던 우치다 료헤이나 우익의 대부인 도야마 미쓰루였다고 했다.

허무주의자이고 성격파탄자인 이석규에게 새로운 삶의 길이 열린 계기는 그가 일본인 부인 사토 야쓰기佐藤八木를 만나면서부터였다. 총독부 철도국 고급관리의 딸인 사토는 도쿄의 한 여자전문학교(實踐女子專門)를 졸업하고 이화여중에서 교편을 잡고 있었다. 1944년 결혼하여 1946년 일본으로 갈 때까지 그들은 서울에 살았다. 그가 시인하지는 않았지만, 총독부가 주도한 정략결혼이었을 것이다. 이석규를 만난 후 사토의 삶은 끝없는 고달픔의 연속이었다. 사토는 노동의 대가로 돈을 벌어본 적이 없는 무능한 남편을 뒷바라지하며 생활을 꾸려가야 했고, 그러한 생활은 이석규가 생명을 다할 때까지 계속됐다. 이러한 환경 속에서도 사토가 혼신의 노력을 기울인 것은 이석규로 하여금 아버지 이용구의 역사적 행적을 추적하고 정당화하는 작업을 하게 한 것이었다. 이용구에 대한 이석규의 다음과 같은 변호는 어쩌면 이석규의 뒤에서 남편을 독려한 사토의 목소리인지도 모른다.

이용구와 일진회가 (메이지 정부로부터) 이용당했다는 것은 틀림없는 사실이다. 그렇지만 일진회가 전력을 다하여 노력했기 때문에 일한 병합은 커다란 파란이나 희생 없이 평화롭게 무사히 체결될 수 있었다. 당시 국제정세에서 본다면 일본의 19세기 제국주의정책과 외교는 용인되지 않을 수 없었다. 병합조치로 이 왕가는 황족으로 대우받았고, 그 외의 권력지배층은 모두 작위를 받고 또한 하사금을 받음으로 납득했다. 그렇지만 이용구는 세속의 부귀와 타협을 할 수 없었다. …… 이해는 진실을 알 때 더욱 강한 힘을 가질 수 있다. 그러한 의미에서 철저한 친일정치가이면서 민간정객이었던 이용구의 사상과 행동을 올바로 이해해야만 할 것이다. 요컨대 그를 재인식하고 재검토하는 작업은 반드시 일본국민의 정의감과 양식의 공감을 얻을 것이고, 그때 비로소 일본은 한국에 대하여 어떻게 할 것인가라는 국민여론의 형성과 일한우호친선의 공기가 일어날 것으로 믿는다. (大東國男, 『李容九の生涯: 善隣友好の初一念を貫く』, 1960)

이용구는 죽었으나 역사에 선명하게 남아 있는 '매국노'라는 이름을 지워보겠다는 것이었다. 그 후 그들은 상당기간 일본 안에서 이용구를 "재인식하고 재검토하는 작업"에 매달렸고, 어느

정도 성과를 거둔 듯했다. 특히 규슈九州대학의 니시오 요타로西尾陽太郎와 후쿠오카福岡 유네스코가 중심이 되어 '재인식'을 위한 홍보와 논문과 책자 등(『李容九小伝』, 『父は祖國を賣ったか』 등)을 발표했다. 이석규는 나에게 『李容九の生涯』 3판 3천 권은 뒷날 한일 국교정상화를 성사시킨 사토 에이사쿠의 요청으로 1962년 인쇄됐고, 사토는 이 책을 정계, 재계, 언론계, 문화계의 지도급 인사들에게 전달했다고 자랑스럽게 말하기도 했다. 3판에는 "謹呈"이라고 쓴 사토의 서문이 들어 있다. 사토는 서문에서 "이조말기의 친일민간정객 이용구의 정신을 서술한 이 책은 일본을 믿고, 일본에 협력하고, 일본과 손잡고 아시아의 확립과 평화를 위해 진력했던 한국인 지사의 숨겨진 사적事跡"의 기록이라고 설명하면서, 이는 "그의 아들이 일한양국의 백년대계를 위한 하나의 지침이 됐으면 하는 비원悲願에서 9천만 일본국민에게 호소하는 기원을 묶은 것"이라고 높이 평가했다. 사토는 "오히가시 구니오 군의 염원인 일한우호친선의 충정과 절절한 효심에 크게 감명"받아 각계 지도자에게 책을 증정한다는 뜻을 밝혔다.

이러한 움직임들이 일본에서 이용구 평가에 영향을 미쳤는지는 모르지만, 한국에서는 '매국노'라는 역사적 평가가 달라지지 않았다. 아버지를 변호하려는 그의 충정은 이해할 수 있으나, 병탄과 그 후 이어진 35년의 노예나 다름없는 한민족의 고달픈 삶을 생각한다면, 이용구는 한민족이 존속하는 동안 결코 '매국노'라는 역사적 평가에서 벗어날 수 없을 것이다.

이석규가 나에게 호감을 가지고 자신과 아버지에 관하여 이야기를 하게 된 이유는 이용구가 '매국노'이기는 하지만 송병준이나 이완용과는 달리 평가되어야 할 부분이 있다는 나의 견해 때문이었다. 이용구는 '매국노'이고, 결코 그 짐은 벗을 수 없다. 그러나 송병준이나 이완용과 달리 이용구는 병탄 후 일본 정부가 준 작위나 특전을 받지 않았고 일체의 사회적 활동도 하지 않았다. 또한 그는 병탄에 협조했던 것을 고민한 흔적이 있다. 그는 임종을 맞아 자신은 일본에 "속았고," 그래서 자신은 "바보"였다고 탄식하면서 세상을 하직했다. 그런 의미에서 이용구가 비록 같은 매국노이기는 하지만 송병준이나 이완용과 구별해서 평가할 여지가 있다는 것이 나의 관점이었다.

내가 그를 마지막으로 만났던 1984년에는 몸도 많이 쇠약해졌고 집도 작은 곳으로 이사하여 궁색한 모습이 완연했다. 부인 사토와의 사이에 딸이 하나 있었으나 그때도 결혼하지 않고 혼자

만년의 이석규

살고 있었다. 이석규는 1986년 사망했고, 그로써 이용구의 대도 끊어졌다. 그는 44세에 죽은 아버지보다 33년 더 살았다. 이석규가 세상을 하직한 얼마 후 그의 처 사토 야쓰기가 서울을 다녀갔다는 소식을 바람결에 전해 들었다. 이석규의 가족사를 생각하면 지금도 가슴이 아련해진다.

논문을 준비할 당시 만났던 대부분의 일본인들은 이미 세상을 떠났다. 그들 모두가 실타래처럼 얽히고설킨 한국과 일본 근현대사의 증인으로서 나에게 일본을 알게 해 준 선생들이다. 그들을 만났던 것을 늘 고맙게 생각하고 있다.

3

/

첫 책 출간

귀국

논문을 최종적으로 다듬어 학교에 제출하기 위하여 1973년 말
일본 생활을 정리하고 클레어몬트로 돌아왔다. 제1차 오일 쇼크
로 인하여 일본의 주부들이 슈퍼마켓에서 화장지와 생활필수품
사재기 전쟁이 벌어지기 시작한 바로 그 시기였다.

일본에서 지낸 약 1년 반의 생활은 참으로 유익한 시간이었다.
무엇보다도 큰 성과는 충분한 1차 자료를 바탕으로 한 논문을 거
의 완료할 수 있었다는 것이다. 물론 이러한 결과가 나오기까지는
한국사료연구소의 김정주 박사의 특별한 배려와 듀스 교수의 정
력적인 지도, 그리고 에토 신키치와 아시즈 우즈히코를 위시해서
연구를 도와준 많은 일본인의 도움이 컸다.

1년 반이라는 시간이 한 사회를 이해하기에 충분한 시간은 아니었지만 '생활체험'은 일본을 이해하는 데 중요한 준거를 마련해주었다. 현지에서 일본인들과 부닥치면서 보고 느낀 경험은 일본인의 사고와 생활양식, 눈에 보이지는 않지만 일본사회를 지배하고 있는 인간관계의 규칙과 사회규범, 일본식 민주주의 속에 담겨 있는 전통 등과 같이 실질적으로 일본을 움직이고 떠받들고 있는 원리 같은 것을 어렴풋이나마 깨달을 수 있게 했다.

　　일본 생활을 돌이켜볼 때 늘 미안하고 후회스럽게 생각되는 것은 아내의 일본 생활을 전혀 배려하지 못했던 나의 무성의였다. 물론 논문을 준비하기 위한 것이기는 하지만, 나는 미국에서와 달리 매일 일정한 장소로 출퇴근하면서 가정사를 떠나 자유롭게 활동하고 생활할 수 있었다. 그러나 아내의 경우는 전혀 그렇지 못했다. 1973년 여름 몇몇 가족과 함께 이즈伊豆반도에 2박3일 여행을 다녀온 것을 제외하고는 거의 나리마스를 벗어나 보지 못했다. 아내는 1년 반 도쿄에 살면서 바보처럼 긴자銀座의 미쓰코시三越 백화점도 구경하지 못하고 일본을 떠났다고 옛이야기를 하곤 했다. 아내는 두 아이를 데리고 같은 또래의 아이들이 있는 이웃집 아주머니와 잘 어울리면서 불평 없이 지내주었다. 언어에

탁월한 재능을 가진 아내는 일본어를 전혀 배우지 않았으나 일본을 떠날 때쯤에는 이웃과의 대화에 전혀 불편함을 느끼지 않았다. 그 후 가끔 일본을 여행하거나 또는 일본에서 친구가 올 경우에도 의사소통에 어려움이 없었다. 늘 주어진 현실에 충실하며 함께해 준 그 사람에게 고마운 마음뿐이다.

미국에서의 생활은 그리 오래 계속되지 못했다. 논문을 제출하기 위하여 마지막 손질을 하고 있을 때 어머니가 중병에 걸리셨다는 소식을 전해 받았다. 폐암이었다. 수술을 받았으나 암 덩어리가 자리 잡고 있는 위치가 좋지 않아서 손을 쓰지 못했고, 남은 삶이 그리 길지 않다는 것이 의사의 최종 진단이라고 했다. 1974년 1월 중순이었다. 가까운 사람의 죽음을 체험하지 못한 나로서는 죽음이라는 것은 나와는 무관한 것으로 알았는데 갑자기 현실로 다가왔다.

어머니는 아버지의 고향인 강서군과 인접한 대동군 고평면 신흥리에서 1919년 태어났다. 우리 세대에 볼 수 있었던 모든 '어머니'처럼 자기희생을 미덕으로 삼고 산 현모양처였다. 남편의 얼굴도 보지 못하고 부모가 맺어주는 남자와 결혼하여 6남매를 낳아 키우면서 온갖 어려움을 마다하지 않고 가정을 이끈 분이다.

어머니와 함께
(1962년)

학교는 일제 강점기에 중학교까지만 다녔으나 결단력과 생활력

이 강한 성품이었다. 한국전쟁 당시 어린 세 자녀를 이끌고 한 번

도 가본 일 없는 평양에서 서울까지의 피난길을 강행했고, 서울

에 도착한 후 모두가 또다시 피난길을 떠날 때에는 남편이 반드시

온다고 믿으며 끝까지 떠나지 않았고, 또한 남편이 병으로 누웠을 때 직접 생활전선에 나서기도 했다. 철저한 종교적 힘이 어려운 시기마다 그를 더 강건하게 만들었다.

어머니는 55년이라는 너무 짧은 삶을 1975년에 마감했다. 남편의 사업이 안정되고, 자식들도 장성하여 대접을 받을 그러한 연세에 돌아가셨다. 그 시대를 살았던 어머니들이 다 그랬듯이 되돌아보면 참으로 고달픈 일생이었다. 내가 미국으로 유학 떠난 후 어머니의 가장 중요한 기도 제목은 나의 건강이었고 결혼 후에는 나와 가족의 평안이었다고 한다. 그나마 조금 위로가 되는 것은 종합시험이 끝난 후 1972년 초 어머니와 아버지를 모시고 함께 요세미티 공원 등을 2주 동안 여행을 할 수 있었고, 또한 귀국 후 1년 가까이 곁에서 함께할 수 있었던 것이다.

서둘러 논문을 정리하여 학교에 제출하고 학위수여식에도 참석하지 않은 채 1974년 초봄에 귀국했다. 귀국 후 1년 동안 어머니 옆에 있으면서 학위논문을 틈틈이 한글로 번역·보완하는 작업을 시작했다. 그리고 몇몇 대학에 강사로 나가면서 기회가 있는 대로 신문이나 학술지에 일본관계 글을 발표했다. 아래의 글은 내가 처음 신문에 쓴 글이 아닌가 생각된다. 판문점 도끼 살인 사건(1976) 이후 극도의 긴장상태가 계속되고 있는 남북관계를 중재하기 위하여 일본의 친한, 친북 인물이 서울과 평양을 교차 방문한다는 기사가 있었다. 내 글은 이와 관련된 것이다.

「두 일본인」

이토 히로부미伊藤博文와 야마가타 아리토모山縣有朋는 근대 일본의 국가체제와 근대화의 기틀을 확립하는 데 크게 공헌한 메이지明治 일본 정계의 양대 지주였다. 우리에게는 한일합병의 원흉으로 더 잘 알려진 이토는 메이지 헌법의 초안을 작성하고, 내각 중심의 체제를 확립하고, 정당정치의 기틀을 마련했다. 야마가타는 징병제를 제정·실시함으로써 군을 제도화·조직화했고, 지방자치제를 고안하기도 했다.

같은 시대에 같은 곳에서 태어나 한 스승을 사사師事했으나 두 사람은 여러 면에서 비교가 되는 대립적인 인물이었다. 정치적 사상이나 정견政見을 달리했을 뿐만 아니라 서로를 정적시政敵視했던 그들은 공적으로나 사적으로 결코 좋은 사이는 아니었다. 그러나 이와 같이 이질적인 두 사람은 오랜 세월을 정계에서 공존하며 협력하여 국가발전의 길을 지향하고 공헌했다. 그것은 '부국강병'이라는 당시 일본의 지상목표가 모든 것에 우선한다는 대원칙이 정치적 사상이나 정책결정에 전제가 되었기 때문이다. 즉 국가가 추구하는 목표나 실리를 위해서는 정치적 이념이나 사사로운 감정의 대립은 용납될 수 없었던 것이다.

두 일본인이 남북한의 긴장완화를 돕고 교착상태에 있는 남북대화의 길을 트기 위하여 서울과 평양을 교차 방문할 것이라고 한다. 국책연구회를 경영하는 야쓰기 가즈오矢次一夫와 자민당의 아시아-아프리카문제연구회 대표인 우쓰노미야 도쿠마宇都宮德馬가 그 장본인으로서 일본 정계의 실력자들이지만 정치적 신념이나 경력에는 많은 차이가 있다. 낭인浪人으로 자처하며 막후에서 영향력을 행사하는 야쓰기는 한일 국교정상화에 일역을 담당했던 친한파의 대표적 인물로 알려졌으며, 의회활동을 통하여 정치적 기반을 굳혀온 우쓰노미야는 친북정객으로 일본에서 북한의 창구 역할을 해온 인물이다.

두 사람은 자신들의 평화임무가 남북한의 평화공존과 한반도의 궁극적 통일에 대한 일본국민의 '순수한 염원'을 대표하는 것이라고 한다. 그러나 일본이 순수한 자세로 한국의 발전을 염원한 사실이 한일관계사 그 어느 페이지에서도 찾아볼 수 없다는 사실을 생각할 때 두 사람의 기도에 긍정적인 기대보다 부정적인 회의가 앞선다. 이 두 일본인 역시 사상이나 입장과 위치가 달라도 국익을 위해서는 이견을 일치시키고 협력할 수 있는 일본인 특유의 생리가 심층에 깔려 있기 때문이다. 두 일본인의 서울과 평양의 교차 방문과 그 목적이 일본의 국익을 전제로 하고 진행되지 않을까 걱정된다. (『조선일보』, 1977. 12. 28)

그 후 교차 방문에 관한 기사가 없어서 어떤 결과를 가져왔는지 알 수 없었지만, 물론 남북관계에 아무런 영향을 미치지 못했다.

『日本帝國主義의 한 研究: 大陸浪人과 大陸膨脹』출간

학위 논문을 번역한 것이지만 지속과 중단을 반복한 첫 책 출판을 위한 작업은 꽤나 시간이 걸렸고, 또 한동안 방치해 두기도 했었다. 그러다 1979년 국민대학교에 자리 잡으면서 책으로 출판할 수 있는 마무리 작업을 끝냈다. 물론 책을 위한 원고는 학위논문을 바탕으로 했지만 논문완료 후 발굴된 새로운 자료와 부족했던 부분을 보완하는 작업도 동시에 했다. 마지막 원고를 1979년 말 도서출판 까치에 넘겼다.

첫 책은 1980년 8월에 출간됐다. 「책머리에」는 일본을 공부하는 나의 다짐을 다음과 같이 서술했다.

우리는 일본을 어느 누구보다도 가장 잘 알고 있다고 자부하지만 실제로는 너무 모르는 것이 우리의 현실이라면 지나친 속단일까? 비록 안다고 해도 그것은 일본의 존재 양식 위에서 역사적 특성과 일본의 사고방식을 이해함으로써 축적된 지식은 아니다. 객관적이고 이성적인 차원의 것이라기보다는 한국의 입장을 전제로 설정해 놓거나 또는 식민지 시대의 일본상을 그대로 지니고 보는 다분히 주관적이고 감정적인 차원의 것이다. 한국적 사고의 틀과 입장에서 볼 수 없는 일본 자체의 존재 양식이 있고, 일본 특유의 생리와 사고방식이 존재함을 인식해야 할 것이다. 일본을 움직이는 원동력은 사실상 이러한 일본 특유의 요소들이다.

우리에게는 아직도 일본을 "특수한" 역사적 틀에서 이해하려고 하는 경향이 있는 듯하다. 35년 동안의 식민지 통치라는 특수한 관계는 일본을 국제사회라는 테두리 안에서 일반적이고 보편적인 의미에서 외국이라는 관념을 가지고 대하기보다는 특수한 관계에 있는 외국으로 인식케 하고 있다. 쓰라린 역사의 상흔은 일본과 한국 속에 뿌리깊은 불신과 혐오감을, 그리고 열등의식과 거부감을 심어 놓았고, 이러한 의식은 배일排日과 배일拜日이라는 극단적인 현상으로 표출되곤 한다.

지난날의 역사적 사실을 잊을 수도 없고 또 잊어서도 안 될 것이다. 그러나 지난날에 너무 집착할 필요도 없다. 그보다는 일본인의 특성과 일본을 움직이는 힘이 무엇인가를 인식함으로써 보다 새로운 관계를 이끌어 나갈 수 있는 능동적 자세가 필요하다. 그러기 위해서는 무엇보다 먼저 객관적이고 이성적인 일본연구가 필요하고, 그 결과로 축적된 일반적인 지식을 우리의 특수한 상황과 연결시키고 보다

첫 책 『일본제국주의의 한 연구: 대륙낭인과 대륙팽창』
(까치, 1980)

구체화하는 작업이 있어야겠다. 그럼으로써 자타가 뚜렷이 구별된 한 일관계가 정립될 수 있다.

이 속에 담긴 뜻은 지금도 여전히 유효하다고 생각한다. 또한 지난 반세기 동안 일본을 공부하면서 나는 이 원칙을 지키려고 노력했다.

서론과 결론을 제외하고 6장으로 구성된 책은 대륙낭인으로 시작한다. 제1장에서 메이지 유신 후에 나타난 대륙낭인이라는 특수한 집단의 기원과 그들이 지니고 있었던 사상과 활동의 궤적을 추적했다. 그리고 대륙낭인의 선구적 인물로서 일찍이 한국병탄의 이론을 확립한 다루이 도키지樽井藤吉와 중국대륙에 거점을 만들고 대륙웅비의 꿈을 키웠던 아라오 세이荒尾精의 활동을 살펴보았다. 제2장에서는 대륙낭인의 제2세대라 할 수 있는 우치다 료헤이의 초기 활동과, 그가 "러시아의 실체 파악을 위하여" 시베리아를 횡단하여 상트페테르부르크에 이르는 긴 여행길을 따라갔다. 제3장에서는 명실상부한 일본 최초의 우익 국가주의 단체라 할 수 있는 고쿠류카이黑龍會의 조직, 성격, 초기 활동 등을 분석했다. 특히 창립회원의 출신, 교육배경, 직업 등을 규명함으로써 고쿠류카이가 지금까지 알려진 것과 같은 폭력집단이 아니라, 교육수준이 비교적 높고 대륙팽창의 구현이라는 확실한 목표를 지닌 비슷한 세대의 젊은이들로 구성된 국가주의 단체임을 밝혔다. 제4, 5, 6장에서는 우치다와 그를 중심으로 한 고쿠류카이가 러일전쟁, 한국병탄, 그리고 중국혁명기에 정부와 협력하면서 일본의 대륙진출의 길을 닦아 나가는 과정과 활동을 살펴보았다. 총체적으로 우치다와 고쿠류카이, 그리고 동시대 대륙낭인들은 일본의 대륙진출과 그들이 꿈꾸었던 대일본제국 건설에 크게 기여했다. 그러나 동시에 일본을 태평양전쟁과 파국으로 인도하는 데 또한 중요한 사상적 동인과 근거를 제공했다.

출판 후 반응은 좋았던 것 같다. 출간되자마자 대부분의 일간신문이 서평을 실었다. 『동아일보』(1980. 8. 20)는 4면 "화제의 책"란에 내용을 비교적 자세히 소개하면서, "일본의 침략정책을 시대적 배경과 인물연구, 정치적 사건 등으로 치밀하게 파헤쳐 근대일본의 국수주의 및 당시 동북 「아시아」의 세력분포를 조명할 수 있게 한 저서이다"라고 평가했다.

성균관대학의 교수였던 고故 차기벽 교수는 1980년 『국제정치학회논총』(20집)에 긴 학술서평을 게재했다. 책의 구도와 내용의 요점을 자세히 설명하고, 끝으로 "'親日'도 '反日'도 아닌 이른바 '知日'의 입장에서 방대한 사료를 적절히 활용하며 쉬운 말로 착실하게 논지를 펴 나간 이 책은 구체적 史實에 입각한 객관적인 논리전개가 비분강개나 호언장담大言壯語보다 얼마나 더 호소력이 있고 설득력이 있는가를 잘 보여준다"라고 격려해 주었다. 1981년에는 한국정치학회가 선정하는 올해의 책으로 선정되어 학술상을 수상했다.

『아시아 연대와 일본제국주의: 대륙낭인과 대륙팽창』
(오름, 2002)

첫 책은 1985년의 중판 후 오랫동안 절판됐다. 그러다 1990년
대 말 이후 한국과 일본 지식인 사회에서 다시 동아시아공동체
담론이 활발히 진행되면서 찾는 사람이 늘어났고, 그동안 일본에
서 새로 정리된 자료들도 나왔다. 부족했던 부분을 수정하고 보
완하여 2002년 『아시아연대와 일본제국주의: 대륙낭인과 대륙
팽창』이라고 개제하여 증보판을 냈다. 첫 인쇄의 인명이나 지명
등 고유명사를 한자로 표기한 것과 달리 증보판에서는 일본식 발

음으로 표기했다.

일본학계의 관심

해방 후 일본을 공부한 첫 한글세대의 연구라 할 수 있는 내 책은 일본에서도 관심이 많았다. 1982년 일본경제평론사日本經濟評論社에서 일본어 번역 출판을 희망했고, 1984년 5월에는『日韓近代史の空間: 明治ナショナリズムの理念と現實』이라는 제목으로 일본에서 출간됐다.

나는 일본어판 서문에 지리적으로나 역사적으로 밀접한 관계에 있음에도 불구하고 여러 가지 복합적인 이유 때문에 전후 한국에서 일본에 관한 학문적 연구가 부진했다는 점, 동아시아의 한쪽 끝에 위치한 작은 섬나라인 일본은 메이지 유신이라는 역사적 계기를 통해 아시아의 다른 민족보다 한걸음 먼저 서구의 문명을 받아들이고, 부국강병이라는 국가적 목표를 성취하기 위하여 근대화작업을 추진했고, 그로부터 50년 만에 일본은 아시아의 지배자로서 군림하고 세계의 강국으로 등장했다는 사실, 일본은 국력의 발전과 더불어 아시아 정복이라는 팽창주의와 태평양전쟁을 유발하고 결국 패전의 나락으로 떨어졌다는 점, 그리고 제2

『일본제국주의의 한 연구』의 일본어 번역판
(日本經濟評論社, 1984)

차 세계대전 후 일본은 또 다시 패전의 잿더미에서 새로운 국가건
설의 역사를 창조하고 경제대국으로 발전할 수 있는 '저력과 모
순'을 보여주었다는 점 등 메이지 이후 현대에 이르는 역사적 사
실을 간단히 기술했다. 그리고 이어서 "이 책은 메이지 유신 이후
일본사회에 나타난 대륙낭인의 사상과 행동을 통하여 근대 일본
의 역사가 보여준 '저력과 모순'의 한 측면을 해명하려고 했다. 서
론에서 강조하고 있는 바와 같이, 한국인인 저자는 일본 식민지

통치라는 '특수한' 역사적 틀에서 벗어나 객관적인 분석을 시도했다. 저자의 보다 발전적 일본연구를 위해 이 책에 대한 일본학계의 비판과 문제 제기를 기대해 본다"라고 밝혔다.

일본에 체류할 당시 지도교수였던 도쿄대학의 에토 신키치 교수가 발문跋文을 썼다. "세계의 메이지 일본"이라는 발문에서, 그는 막말幕末 이후 개국론과 양이론을 거쳐 새로운 체제가 확립되고 부국강병의 역사가 전개되면서 보여준 '메이지의 빛과 그림자'를 지적한 후, 그는 "이 책은 확실히 원사료原史料에 근거하여 역사의 주름(襞)을 해명하고 있다. 우치다 료헤이에 대한 종래 한국 역사학계의 평가는 대단히 나빴다. 그리고 일진회 또한 매국노로 애먼 평가를 받고 있다. 그러나 한국의 역사학계도 변하고 있다. 여기 소장학자인 한상일 교수의 업적을 보니 역사의 주름을 극명하게 분석하는 노력이 보여 일본인이 읽어도 충분히 납득할 수 있다. 근대 일본과 한반도와의 관계에 관한 역사연구는 확실히 새로운 단계에 접어들었다고 하지 않을 수 없다. 지금까지 이 분야의 학문적 협력은 거의 이루어지지 않았으나, 이제부터 일한협력에 의한 연구가 더욱더 발전하기 위해 많은 일본인이 한상일 교수의 업적에 관심을 가질 것을 기대한다"라고 격려했다.

1976년 『評傳內田良平』를 출간한 다키자와 마고토가 "해설"을 기고해 주었다. 그는 "이 책의 특색은 일한병합으로 일본의 식민지화가 되고, 지배·통치를 받은 나라의 연구자에 의한 연구다. 종합적으로 평가한다면 그 수준은 지금까지 우리나라에서 간행된 우치다 료헤이 연구를 훨씬 뛰어넘는다"고 밝히면서, "지금까지 관념적으로 말해 온 고쿠류카이를 획기적인 방법(그것은 마치 광개토대왕비의 비문 개찬의 과정을 명쾌히 분석한 이진희의 방법을 방불케 하고 있다)으로 분석하고 있고, 이 분석을 위하여 그는 우리나라의 연구자들도 거의 주의를 기울이지 않았고 또 볼 기회가 없었던 원原자료들을 사용하고 있다"라고 높이 평가했다.

우치다와 고쿠류카이를 연구 주제로 삼았던 다키자와는 특히 내가 활용한 자료에 관하여 "이 책은 광범위하고 질 높은 일급자료를 찾아내 치밀하게 분석하여 설득력 있는 많은 새로운 견해를 제시하고 있다. 예를 든다면 초기의 고쿠류카이 분석과 같은 것이다"라고 평했다. 그러면서 "저자의 독특한 연구와 분석방법은 우리들 일본연구자들 사이에 자칫 놓치기 쉬운, 좋은 의미로 구식의 연구방법을 재인식하게 만들고 있다. 최근에 복각된 고쿠류카이의 기관지 『고쿠류黑龍』에 첨부한 마쓰자와 데쓰나리松澤哲成

의 해제에 기술하고 있는 동 회의 회원 분석은 『黑龍』의 전신인 『會報』 1, 2호의 존재를 전적으로 고려치 않았다(松本健一의 『天佑侠』의 해설). 고쿠류카이가 최초에 발행한 『會報』는 희귀한 문헌이지만 외국인인 이 책의 저자는 이것까지 모두 참조한 후 분석 작업을 수행했다. 이 책에 사용된 자료의 질이 어느 정도인지는 이것만으로도 이해할 수 있다"라고 지적하면서, "이 책은 우치다 료헤이 연구를 위해서 가장 신뢰할 수 있는 백과사전이다"라고 분에 넘치는 해설을 추가했다.

출판 후 일본 내의 일간지, 주간지, 월간지 등 여러 언론매체에서도 책을 소개했다. 『시나노마이니치信濃毎日신문』은 「大陸浪人に目, 神髄に泊まる」라는 제목으로 다음과 같은 비교적 긴 서평을 실었다.

일한관계의 현상, 그 가운데에서도 지적교류의 그것은 어떤 상황에 있을까?

'일의대수'라고 부르면서도 '가깝고도 먼 나라'라는 이율배반적인 현상은 양국의 뜻있는 지식인들이 극복해야만 할 과제로서 우리 모두의 마음을 무겁게 누르고 있다. 이 책은 이와 같은 명제와 정면에서 대결하는 기념비적 역작이다.

해방 후 세대인 저자는 한국적 사고의 틀과 입장에서는 볼 수 없는 일본인 특유의 생리와 사고방식에 착목하고 있다. 저자는 일본을 움직이는 원동력은 이와 같은 특유의 요소라고 전제하고 대륙낭인의 제2세대를 대표하는 우치다 료헤이(1874~1937)를 중심에 놓고, 일한근대사의 신수神髓에 거침없이 메스를 가하고 있다.

"우익 애국운동가, 겐요사玄洋社에서 공부하고 고쿠류카이黑龍會를 조직하여 대륙진출을 주창, 한일병합의 이면에서 활약"(고지엔廣辭苑)한 것으로 자리매김한 이 인물을 택하여 '선인善玉·악인론惡玉論에서 한 걸음 나가 인간의 주름(襞)을 분석'하고 있는 것이 이 책의 특징이다.

거기에는 기성개념을 타파한 새로운 시야가 있다. 대륙낭인들은 일본에 의한 아시아 지배라는 환상의 실현을 위하여 일본의 정치, 특히 외교정책에 중대한 영향을 미쳤다. 그들은 메이지 이후의 일본을 근대화하고 대국화하는 데 원동력으로 기여했으나, 그 반면 일본을 제국주의로 몰아내는, 그래서 제2차 세계대전, 그리고 패전의 늪에 몰아넣은 근본 원인의 하나가 되기도 했다. 이 책은 아시아의 구제救濟와 연대가 침략으로 변하는 과정을 극명하게 그리고 있다. 주목할 만한 것은 러일전쟁 당시 우치다가 보인 강화에 대한 관심이다. 시베리아 횡단을 체험했고, 러시아의 내정을 잘 알고 있었고, 러시아와 일본의 전쟁능력을 알고 있었기 때문에 그는 강화반대운동에 찬성하지 않았고, 히비야日比谷 공원에서 벌어진 반대투쟁에도 참가하지 않았다는 사실이다. 즉 대부분의 대륙팽창주의자나 국권주의자와 다른 견해에 이르는 과정의 분석은 시사하는 바가 많다. (1984. 7. 9)

아사히신문사에 근무하면서 연세대학과 고려대학에서 한국어를 익혀 최인훈의 『광장廣場』을 일본어로 번역하여 소개한 다나카 아키라田中明는 "일본의 전통적 우익 우치다 료헤이의 사상과 행동을 실증적으로 분석하여 근대일본의 특질을 밝힌 역작"이라고 평가했다. 특히 그는 일본의 우치다 연구자와 비교하면서, 일본인들은 대체로 "우치다 료헤이의 아시아 연대의식을 강조하지만, 한상일은 일본 우익이 어떻게 아시아연대와 전제타파를 외치면서도 제국주의적 팽창주의자에 이르렀나를 날카롭게 추궁하고 있다"고 지적했다. 그러면서 그는 "일본인이 우치다를 설명할 경우 주로 그의 지사적 풍모를 강조하고, 기개 또는 지조라는 측면에서 보려고 하지만 저자는 제3자의 눈으로 우치다의 '냉철함과 치밀함'을 분석함으로써 새로운 관점을 제공하고 있다. 우치다가 일한병합 시 일진회를 이용했으나 합병 후 버린 것이라든가, 또는 제1차 세계대전 후 중국영토보전론에서 중국분할론으로 전환한 것 등은 이미 학자들이 지적한 바 있다. 그러나 국제관계를 주시하며

우치다를 분석한 사람은 처음이 아닐까?" 그러면서도 그는 아시아 연대주의가 침략을 위장한 수단이었다는 나의 주장에는 다음과 같은 의문을 제시했다. "만일 (저자가 주장하는 것처럼) 아시아주의가 위장 침략주의만이라면 일본인, 조선인 모두 함께 더없이 어리석은 종족이겠지만 사실이 그럴까?(『現代コリア』, 1984, 11/12호)"

『近代日本の土着思想』,『異端と孤魂の思想』등 근대 일본인의 정신사를 추적한 긴키近畿대학의 쓰나자와 미쓰아키綱澤滿昭는 우익, 일본주의, 대륙낭인 등 근대일본사 연구의 공백부분을 메우는 "견실하고 날카로운" 연구라고 평가하면서 책 내용을 자세히 소개했다. 그러면서 "근대 일본과 아시아를 생각할 때 읽을 가치가 있고 큰 역할을 성취한 연구서"(『讀書人』, 1984. 8)라고 평가해 주었다.

일본학계에서 내 연구에 관심을 가졌던 중요한 이유는 일본 학자들도 방치해 두었던 영역을 한국인이, 그것도 식민지 시대의 경험이 없는 전후 한글세대가 1차 사료를 근거로 객관적인 분석을 했기 때문이라고 생각한다.

『日本軍國主義의 형성과정』

첫 번째 책이 출간된 직후로 기억된다. 한길사의 김언호 대표가 한길사에서 10권으로 구성된 〈한길아카데미 시리즈〉를 계획하고 있는데 그 가운데 일본을 주제로 하는 책도 한 권 포함되면 좋겠다면서 내가 맡아 줄 것을 제안했다. 10권의 시리즈는『한국농업의 역사』(강동진)에서『한국극장사』(유민영)에 이르기까지 주제가 다양했고, 또한『의적의 사회사』(E. J. 홉스보옴 저/황의방 역)와 같은 번역서도 포함돼 있었다.

첫 번째 책을 출판한 직후였고, 또한 짧은 시간 안에 또 한 권의 책을 만들어 낼 만한 능력이 없다는 것을 스스로 잘 알고 있기 때문에 다음 기회를 보자고 사양했다. 그러나 한길사 측에서는 하나의 주제로 일관된 것이 아니라도 좋고 이미 발표한 논문을 포함해도 좋다고 하면서 일본연구의 관심을 자극하기 위해서 참여해줄 것을 거듭 당부했다. 한글과 영문으로 발표했던 논문(4편)과 준비하고 있던 것을 포함하면 출판사에서 요구하는 정도의 책은 될 수 있을 것 같아 결국 응낙했다.

〈한길아카데미 8권〉으로 1982년 빛을 보게 된『日本軍國主義의 형성과정』은 8편의 독립된 논문이 수록된 사륙판, 208페이지

두 번째 책 『일본제국주의의 형성과정』
(한길사, 1982)

의 작은 책이다. 이 책을 구성하고 있는 각기의 논문은 각각 다른 상황에서 독립적으로 쓰인 것이기 때문에 연속성이 결여될 수밖에 없었고, 또한 부분적으로 중복된 곳도 있다. 그러나 논문들의 밑바탕에 깔려 있는 일관된 흐름과 문제의식은 메이지 유신 이후 전개된 역사의 기복起伏 속에서 발전과 퇴보를 거듭한 '저력과 모순'의 해답을 찾아보려는 것이었다. 이 뜻을 「책을 내면서」에 다음과 같이 표현했다.

한 세기도 안 되는 짧은 기간 속에서 일본은 국가건설에서 패전이라는 시대적 경험과 역사의 한 주기週期를 체험했고, 봉건사회에서 근대민족국가로, 민주체제에서 군국주의 체제로, 그리고 패전국에서 경제대국으로 진행하고 성장할 수 있었던 저력과 모순을 보여주었다.

우리의 중요한 관심사는 근대 일본사를 통해서 보여준 민족적 저력과 모순이 무엇이고, 일본을 움직이는 긍정적·부정적 힘이 무엇인가를 찾아보려는 것이다. 아시아의 모든 나라가 전통적 세계관에 젖어 있을 때 무엇이 일본으로 하여금 서구의 문명을 수용케 했고, 부국강병이라는 국가적 목표에 국론을 집결시킬 수 있었을까? 서구문명을 받아들이면서도 일본적이고 전통적인 것을 보전·발전시킬 수 있었던 요소는 무엇일까? 왜 일본은 결국 군국주의로 발전할 수밖에 없었나? 그리고 패전과 피점령상태에서 경제대국으로 발전할 수 있었던 일본민족의 힘은 과연 무엇인가? 이들 의문에 대한 가능한 해답의 모색은 중요한 의미를 가진다 하겠다. 더욱이 일본과 특수한 역사관계를 가졌고, 또한 싫든 좋든 밀접한 관계를 가져야 할 우리가 일본의 강점과 약점, 그리고 긍정적인 측면과 부정적인 측면을 정확히 인식해야 함은 당연한 과제라 하겠다.

8편의 논문은 메이지 유신 이후 현대에 이르기까지의 메이지, 다이쇼, 쇼와를 거쳐 오면서 일본이 경험한 영광과 좌절을 거시적으로 본 "일본 근대사의 인식", 도쿠가와 유산이라는 내적 요인과 서세동점이라는 외부로부터의 충격이라는 역사진행 속에서 이루어진 위로부터의 정치혁명인 "메이지 유신론", 연대라는 이념으로 침략을 분석한 "아시아 연대주의의 실상", 제1차 세계대전 후 '민본주의' 시대로 전후 높이 평가되고 있는 다이쇼 시대의 정당정치를 분석한 "다이쇼기 정당의 특수성", 정당정치 속에서 싹튼 군국주의의 필연성을 분석한 "일본 군국주의의 전개와 성격", 쇼와 쿠데타의 이념적 진원지라고 할 수 있는 "기타 잇키와 국가개조안", 1930년대 쿠데타의 서막이라고 할 수 있는 "3월 사건과 국가개조운동", 그리고 '구국'이라는 이름으로 '일인일살一人一殺'을 외치며 정치적 암살을 단행함으로써 정당정치의 종막을 고하는 데 결정적 역할을 한 "혈맹단 사건"으로 구성됐다.

4

일본연구 분위기

1980년이라는 시점에 출간된 내 첫 책에 대한 큰 관심과 긍정적 평가는 당시 일어나기 시작한 "일본을 좀 더 정확히 알아야한다"는 학문적·사회적 분위기와도 무관치 않았다고 생각된다. 과거 식민지 시대의 어두운 그늘에서 벗어나 일본을 무조건 도외시할 것이 아니라 하나의 '외국'으로 보고 알 필요가 있다는 분위기가 조성되기 시작한 때이기도 했다.

1965년 국교정상화가 성사되었으나 국민감정은 '반일'로 충만했다. 1970년대에도 일본에 대한 일반적 관심이 미약했을 뿐만 아니라, 학계에서조차 일본을 학문적 연구대상에서 제외하고 있었다. 당시 일본의 정치나 사회변동에 관한 과목을 학부 교과과정에 개설하고 있는 대학을 찾아보기 힘들 정도였다. 그 이유는 여러 가지가 있을 수 있으나 아마도 일본에 대한 '증오심'과 일본을 잘 알고 있다는 '편견' 때문이 아니었을까 한다.

오랜 식민통치에서 벗어난 한국인들은 해방 후 일본을 학문의 연구대상으로 삼을 수 있을 만큼 여유를 지니지 못했다. 해방을 맞이했으나 수탈과 민족말살정책의 대상으로서 가혹한 통치를 체험한 세대에게 이성과 객관성에 기초한 연구는 가능치 않았다. 그들이 심정적 여과과정 없이 가해자의 역사는 물론 일본의 정치와 사회변화를 학문의 연구대상으로 상정하기 쉽지 않았다는 것은 충분히 이해할 수 있다.

일본에 대한 이러한 '증오심'과 함께 해방 후 학계를 포함한 한국사회를 주도적으로 이끌었던 지도계층은 대체로 일본을 잘 알고 있다는 '편견'을 지니고 있었다. 오랜 식민지지배 속에서 무의식적으로 일본의 생활양식에 길들여지고 일본식 교육을 받았던 이 세대들은, 비록 그것이 상식적이고 부분적이고 일본적이기는 하지만, 스스로 일본을 잘 알고 있다고 생각하게 했다. 이러한 관념적 자신감과 편견은 일본을 학문적 연구대상에서 제외했고, 그 결과 일본 연구자 배출에 상당한 공백 기간을 가져오게 만들었다.

1965년 한일국교정상화 이후 정치적으로나 경제적으로 두 나라의 관계가 빠르게 밀착하면서 좀 더 이성적이고 객관적인 일본 연구가 필요하게 됐다. 국교정상화를 위한 한일 두 나라의 교섭이 막바지 단계에 이르렀을 때 집필된 『日本史』가 당시 일본에 대한 우리의 학문적 연구 분위기가 어떠했는지를 잘 설명해주고 있다. 해방 후 최초의 통사적 기술이라 할 수 있는 이 책의 서문에서 저자인 전해종全海宗과 민두기閔斗基는 한일 두 나라의 지리적 근접성과 역사적 긴밀성을 강조하고, "이렇듯 중요한 일본의 역사에 대하여 우리가 무엇을 아는가를 자문해 볼 때 상식 이상으로 안다고 대답할 수 없다. 해방이 된 지 20년이 지났음에도 아직도 日本史를 한 책도 내지 못한 것은 우리 史學界의 부끄러운 일"이라고 반성하면서 "日本史를 알아야겠다는 의욕에서 이 책을 엮게 되었다"라고 밝혔다. 저자인 두 사람은 모두 일본 전문가는 아니었고 동아시아역사와 중국사를 전공한 사학자들이었다.

국교정상화 직후인 1966년 한국국제정치학회가 일본의 정치, 경제, 사회, 문화, 사상, 대외관계 등을 중심으로 『오늘의 日本』이라는 논총을 계획하고 '2년 동안' 준비했으나 최초의 계획과 달리 축소해서 발간할 수밖에 없었다. 당시 학회장이었던 이용희는 발간사에서 중국의 팽창과 일본의 경제성장 등 동아시아의 정세 변동이 한국으로 하여금 일본에 관심을 가지지 않을 수 없게 빠르게 변하고 있다는 점을 지적했다. 그러면서 그는 "우리 학회가 재작년 『오늘의 日本』이란 문제를 선정하고 그 준비계획을 추진하면서 몇 가지 난관에 봉착하게 되었는데 그중에서도 가장 아프고 당장 넘지 못할 난관은 오늘 우리 학계가 『오늘의 日本』이란 문제를 다방면에서 또 자세히 검토·토론할 준비가 충분히 되어 있지 않았다(『國際政治論叢』第七輯, 1968)"라고 한국학계의 일본 무지론을 고백했다. 1970년 전국역사학대회 또한 "한국과 일본"을 주제로 삼고, "한일관계의 올바른 관계를 정립하기 위해서도 우리는 역사에서 더 많은 교훈을 얻어야 한다"고 강조하면서 일본 역사에 대한 학계의 관심을 환기시켰다.

'일본을 알아야겠다'는 현실적 필요성과 '학문적 축적'이라는 학계의 요구에 부응하여 태어난 학술단체가 現代日本硏究會(1994년부터 現代日本學會로 개칭)라 할 수 있다. 연구회가 공식적으로 창립된 것은 1978년이지만 실질적으로 태동한 것은 1977년부터였다. 연구회는 비록 26명이라는 소수 학자가 모여서 시작했으나 해방 후 일본연구의 새 지평을 열었다. 당시 고려대학교 아시아문제연구소 일본연구실장으로 연구회 결성에 중심적 역할을 한 한배호는 "'일본을 다 아는 것'으로 되어 있는 우리의 지적 풍토에 경각심을 불러일으키고 일본연구에 관심을 갖는 비기성 세대에게 진지하고 객관적인 자세를 취하도록 인도하기 위해서" 연구회가 마련됐다고 밝혔다. 또한 창립회원으로 조선일보 논설위원이었던 양호민은, "현대 일본에 대한 정확한 인식을 위해 일본의 정치, 경제, 사회, 문화, 군사 전반에 걸친 한국학자들의 깊이 있고 객관적인 연구를 더욱 절실히 요청하고 있다"라고 전제하고, "일본이라는 나라의 여러 측면들을 과학적으로 면밀히 분석하고, 자신의 입장에서 일본 문제를 엄밀하게 규명해 나가기까지는 전문학자들의 끈질긴 노력과 상당한 시간이 필요하다. 그러나 이 지적 작업은 누군가에 의해서든 이루어지지 않으면 안 된다"라고 연구회의 '사명'을 강조했다. 이들의 입장은 『日本研究論叢』 창간호에 실려 있다. 학회는 창립하면서 첫 사업으로 『日本研究論叢』을 발간하기로 하고, 전후 일본연구를 전공한 7명이 원고를 준비했다. 창립 1년 후인 1979년 해방 후 사회과학 영역에서 최초의 일본연구 전문 학술지라 할 수 있는 『日本研究論叢』 창간호를 발간했고, 나도 「대륙낭인과 아시아연대주의」라는 논문을 게재했다.

그 후 12권까지의 『논총』은 대체로 2년에 한 번씩 출간했다.

『일본연구논총』 창간호
(현대일본연구회, 1979)

물론 출판에 필요한 재정을 충당하는 데도 어려움이 없었던 것은
아니지만, 그보다는 매년 『논총』을 꾸려가기에는 논문이 부족했
다. 그만큼 일본연구가 당시만 해도 일천했음을 보여주고 있다.

창간호로부터 22년 후인 2001년은 일본연구와 『논총』 출간사
의 한 획을 긋는 이정표를 이루었다. 1970년대 이후 그동안 외국
에서 일본을 전공으로 공부하고 귀국한 학자들이 수적으로 늘어
났을 뿐만 아니라 연구 분야도 다양해졌다. 그러면서 2001년 여

름에 출간한『논총』13권부터 1년에 여름호와 겨울호 두 번씩 발행하고, 논문심사제를 도입하여 심사에 통과된 논문만을 게재하는 것으로 하면서 새 출발을 시작했다.

당시 학회의 회장이었던 서울대학교의 이정복 교수는 제13호 『논총』(2001. 6)에서「『日本硏究論叢』의 새로운 출발」이라는 글을 통해 "과거 오랫동안 학회의 편집이사들은 논문 제출을 회원들에게 간청해서 논총을 만들었다. 일본에 관한 사회과학적 논문의 수는 2년에 한 번씩 나오는 논총을 채우기도 어려울 정도로 부족했다. 이러한 상황에서 우리 학회는 양 중심의 활동을 할 수밖에 없었다"고 회고했다. 그러면서 그는 "이제는 일본연구자의 수와 그들이 쓰는 논문이 과거와는 비교가 안 될 정도로 증가하여 논문의 질에도 관심을 기울일 수 있는 여유를 갖게 되었다. 지난 20여 년의 세월 속에서 일본연구의 수준이 높아졌다고 평가할 수 있다"라고 우리 학계에서 발전한 일본연구의 위상을 밝혔다.

연구회 태동으로부터 25주년을 맞이하는 2002년 여름에 출간된 논총 제15권에 나는 학회의 발자취를 '회고'하고 앞으로 해야 할 과제를 나름대로 '전망'해 보았다. 이 글에서 학회를 창립하게 된 계기, 창립에 참여한 26명의 연령, 전공, 최종학력 배경 등, 그리고 그동안 학회가 일구어낸 업적들—논총, 책, 국제학술회의 등의 경위와 내용—을 개략적으로 설명하고, 4반세기의 학회사學會史를 다음과 같이 맺었다.

4반세기를 맞이하고 있는 현대일본연구회는 오늘 또 한 단계의 도약을 위한 전환점에 서 있다. 연구회는 다양한 분야의 인적자원을 보유하고 있고, 연구 분위기도 성숙돼 있고, 또한 회원들은 타 학회와 달리 긴밀한 유대감으로 연결돼 있다. 도약을 위한 연구회의 사명은 연구회의 중심을 이루고 있는 새로운 세대의 몫이 아닌가 생각된다.

(「『現代日本研究會』의 '일본연구': 회고와 전망」)

학회는 금년(2019)으로 창립 41주년을 맞이하고, 논총은 48권(2018 겨울호)에 이르는 발전을 이룩하고 있다.

1980년대의 한일관계와 언론

국교정상화 후 한국과 일본 두 나라는 정치적으로나 경제적으로 밀접한 관계를 이루어 나갔으나, 국민감정은 그렇지 못했다. 잊힐 만하면 튀어나오는 일본 지배계층의 '망언'은 한국인의 반일감정을 부채질했고, 주기적으로 터져 나오는 대형 사건들은 두 나라를 국교단절 직전까지 몰고 가곤 했다. 1970년대의 김대중 납치와 재일조선인 문세광의 박정희 암살 시도와 육영수 피살 사건, 1980년대의 교과서 파동과 안보경협, 1990년대의 일본군 위안부와 독도 문제와 같은 사건들이 그렇다. 그러나 이처럼 아물지 않는 국민감정과 현해탄의 파고를 높인 사건들은 역설적으로 일본과 한일관계사에 대한 지적 욕구를 자극했다. 1980년대 중반 이후부터 대학에서도 일본 과목이 개설됐고 일본연구소가 문을 열었다. 또한 1980년대 대학을 졸업하고 외국에서 일본을 전공으로 공부한 사람들이 돌아오면서 일본연구도 활발해졌다.

언론의 관심도 커지면서 일본에 관한 지면이 늘어났고, 또한 계기가 있을 때마다 특집을 기획하곤 했다. 1970년대 말과 1980년대에 들어서면서 나도 몇 편의 글을 실었다. 「한국인이 체험한 외국인의 의식구조: 일본」(『조선일보』, 1978. 5. 5), 「한일관계의 재정립」(『대구매일신문』, 1980. 1. 1), 「민족사의 새 흐름(9)—한일관계사 정립을 위한 학계의 조명: '정한론'」(『동아일보』, 1982. 12. 16), 「'한국과 일본' 21세기를 내다본다 (5): '야망'의 탈바꿈」(『조선일보』, 1984. 8. 19), 「러일전쟁 80주년 특별기고: 러일전쟁」(『조선일보』, 1985. 2. 24) 등이 1985년까지 기고한 글의 일부다. 특히 『동아일보』에 기고한 「정한론」과 2면에 걸친 『조선일보』의 「러일전쟁」은 논문이라고 해도 좋을 정도로 꽤 오랫동안 준비한 학술적이고 긴 글이었다.

1982년 여름, 일본 문부성이 개입된 교과서 왜곡 문제가 알려지면서부터 번진 한국인의 반일감정은 심각한 외교마찰로 발전했다. 한국 택시는 "日本人乘車拒否"라는 스티커를 붙이고 다닐 정도로 국민적 반일감정이 격화됐다. 2년 가까이 지속된 두 나라의 외교마찰은 일본 정부가 "근린제국과 국제이해, 국제협조에 배려한다"는 이른바 「근린제국조항」을 교과서 검증에 추가하고, 한국이 일본의 안전보장에 기여한 대가로 40억 불의 「안보경협차관」에 합의하면서 최종적으로 해결됐다.

역사교과서 왜곡 사건을 계기로 한국에서는 국민성금을 바탕으로 독립기념관 건립운동이 전개됐고, 그 결과 1987년 8월 15일 충남 목촌에 독립기념관을 개관할 수 있었다. 한일 두 나라의 외교마찰은 1983년 1월 나카소네 야스히로 총리의 방한과 1984년 9월 전두환 대통령의 방일로 일단락됐다.

전후 최초로 국가원수의 공식 일본 방문을 맞아 『조선일보』에서 특집 「'한국과 일본' 21세기를 내다본다」를 기획했고, 다섯 번째 필진으로 나도 참여해서 아래의 글을 실었다.

「'한국과 일본' 21세기를 내다본다 (5): '야망'의 탈바꿈」

일본열도가 태평양 속으로 잦아들거나 또는 한반도가 아시아 대륙에서 떨어져 나가는 이변이 일어나기 전에는 한국과 일본은 싫든 좋든 이웃하고 지낼 수밖에 없는 숙명적 관계에 있다.

호혜와 선린, 그리고 공동이익의 증진을 약속하면서 한·일 두 나라가 국교정상화의 문을 연 지도 20년째 접어들었다. 그러나 그간 우리가 체험한 한일관계의 현실은 그 정신과는 달리 정상–불편–격앙이라는 난기류의 연속이었다.

21세기를 지향하는 한일관계는 20세기의 불행했던 것과는 달리 진정한 선린의 유대가 정립되었으면 하는 바람이다. 그러기 위해서 양국의 국가적·사회적 지도층은 다시 한 번 지난날의 관계사를 겸허하게 성찰하고, 국민 간의 융화와 이해를 위한 역할을 모색해야 할 것이다.

역사적으로 한반도를 일본 보존의 '방파제'로, 그리고 대륙진출의 '작전기지'로 인식해온 일본의 지도층은 줄곧 한국을 협력의 상대가 아니라 정복의 대상으로 삼아왔다. 18세기 중기부터 일본의 지배계급 사이에서 구체적으로 나타난 '지한론知韓論'은 도쿠가와 말기에는 '한국공략론'으로, 그리고 메이지 초기에는 '정한론'으로 발전했다.

결국 일본은 1910년 한국을 강점하고 그 후 35년에 걸친 수탈정책을 수행했다.

해방 후에도 일본의 지도층은 치유되지 않은 한국의 국민감정을 자극하여 한일관계의 전진을 저해해온 것이 사실이다. 그동안 현해탄의 격랑을 몰고 왔던 일본 지도층의 거듭된 망언(구보타, 이케다, 다나카, 기무라 등)이나 교과서 왜곡 등이 이를 잘 설명해주고 있다. 일본인 지도층에 깔려 있는 이와 같은 대한인식이 불식되지 않는 상태에서 선린관계를 논한다는 것은 허구에 지나지 않을 뿐이다.

우리의 지도층은 어떠했나? 한국 최초의 신문인 『한성순보漢城旬報』의 발행을 주도했던 일본인 이노우에 가쿠고로井上角五郎는 1882년 한국 지배계층의 모습을 "왕족(대원군계)은 몰래 척족(민씨계)을 꺾으려 하고, 척족 또한 왕족을 능가하려는 서로의 알력 때문에 국상國狀은 평탄할 날이 없고," 지배계급인 "양반 또한 왕족, 척족과 더불어 세도잡기에 여념이 없다"라고 기록하고 있다. (『漢城之殘夢』)

일본의 지배계급은 격변하는 국제정세를 틈타 정한론의 실현을 위하여 준비할 때 한국의 지도층은 권력투쟁에 집착하고 있었다. 한반도가 열강의 각축장이 되었을 때 지도층은 주체성을 확립하여 국력을 결집하기보다 친청파, 친러파, 친일파 등으로 사분오열하였고, 러일전쟁 후 일본이 한반도에서 주도권을 장악하게 되자 모두 친일파로 탈바꿈하는 모습을 보여주었다.

물론 안중근, 윤봉길, 유관순, 의병, 그리고 수많은 무명의 지사들이 끊임없이 나타나 일본의 침략에 저항했고 또한 독립을 위해 투쟁함으로써 민족혼의 지속을 보여주었다. 그러나 이들 모두가 국가정책을 결정하거나 또는 영향력을 행사하는 지도층이었다기보다는, 평범한 애국 국민들이었을 뿐이다.

이에 반하여 국정을 논하던 대부분의 지배계층은 외세에 영합했다. 한말에 싹텄던 개화사상을 억누른 세력도, 민중적 저항 속에서 을사강제조약을 조인시킨 집단도, 헤이그 사건 후 고종을 양위시키는 데 앞장섰던 무리도, 그리고 한일합병을 추진한 주도세력도 모두 당시 권력을 쥐고 있던 지배층이었다. 그리고 합병 후 총독부 통치에 아부하여 식민통치의 수족 노릇을 한 많은 사람들 또한 당시의 사회적 지도층이었다.

해방 후에도 우리는 입으로는 배일排日하고 행동으로는 배일拜日하는 많은 지도자들을 보고 들어 왔다. 지도층의 이러한 일그러진 상像에 대해서 우리는 냉엄한 자기비판에 인색해서는 안 되겠다. 자기비판과 자기극복의 과정 없는 망국과 광복이라는 사건이 시사하는 참의미를 깨달을 수 없고, 바람직한 대일자세를 확립할 수 없다고 믿기 때문이다.

같은 격동기에 중국을 이끌었던 지도층을 통해서도 우리는 교훈을 얻을 수 있다. '멸청흥한滅淸興漢'의 기치를 들고 새 국가건설을 주도했던 쑨원孫文, 황싱黃興, 쑹자오런宋敎仁 등 중국의 지도세력도 친일적 색채가 짙었다. 그들은 일본을 중국혁명운동의 거점으로 삼았고, 새 국가건설에 필요한 막대한 자금을 일본 재벌에게서 빌려 썼고, 그리고 대륙낭인들을 통하여 일본 정부의 지원을 받았다.

그러나 그들은 처음부터 목적과 수단을 명확히 구분하고 있었다. 그들의 친일은 어디까지나 중화민국 건설이라는 목적을 위한 수단에 지나지 않았다. 목적을 성취한 그들은 주체성을 확립하고 일본의 영향력을 배제했다. 그뿐만 아니라 그들은 일본 제국주의를 중국 민족주의운동의 동인으로 발전시킬 수 있는 현실적 계산과 정치적 감각을 가지고 난국을 이끌었다.

동시대를 살았던 두 나라의 지도층이 남긴 역사적 결과는 엄청난 차이가 있다. 하나는 망국의 길로 이끌었고, 다른 하나는 건국의 길로 인도했다.

일본은 지금 변화하고 있다. 경제대국에서 정치대국의 길을 모색하고 있고, 그들의 관심은 구미에서 아시아로 서서히 회귀하고 있다. 그리고 일본의 지도층은 다가오는 21세기에 아시아에서 일본의 주도적 역할을 구상하고 있다. 이러한 변화 가운데서도 '한국의 존망은 일본제국의 안위에 직결돼 있다'는 종래의 한국관, 즉 한국을 일본 안보에 필요한 '종속변수'로 보고 있는 인식은 크게 변하고 있지 않다.

일본의 지도층에는 오늘도 '일한운명공동체', 또는 '한국은 일본의 생명선'이라는 논리를 펴는 사람을 많이 볼 수 있다. 마치 한국과 일본의 '합방'을 주장했던 다루이 도키치의 대동합방론이나 또는 주권선인 일본을 보존하기 위해서 이익선인 한국을 지배해야 한다는 야마가타 아리토모의 '주권선-이익선'의 논리가 되살아난 듯한 느낌마저 가지게 한다. 우리는 일본 속에서 일어나고 있는 이러한 변화와 지속성을 깊이 꿰뚫어보지 않으면 안 된다.

지금 한·일 두 나라 사이에는 무역 불균형, 재일동포의 법적지위, 첨단기술의 이전, 아시아 평화유지의 역할분담 등 많은 현안이 놓여 있다. 이 모두가 중요한 문제들이다. 더구나 보다 더 중요한 것은 일본의 국가진로가 어느 방향으로 전개되고 있는가에 대한 우리 지도층의 정확한 인식이라 하겠다. 그럼으로써 일본의 움직임에 대한 근본적인 대응책을 구사할 수 있고, 한일관계에서 보다 동태적인 역할을 할 수 있다고 믿는다.

눈앞에 보이는 이익을 위하여 원칙을 포기하거나 과거사가 주는 교훈을 외면해서는 안 될 것이다. 동시에 현실과 시대에 맞지 않는 과거사와 원칙에 또한 집착해서도 안 되겠다. 건국 이래 처음 맞이하는 국가원수의 방일을 계기로 우리는 스스로의 모습과 자세를 다시 한 번 가다듬어야 할 때다. (1984. 8. 19)

신문사에 보낸 칼럼의 제목은 「과거를 딛고 미래로」였으나 편집과정에서 바뀌었고, 편집자가 중간제목도 달았으나, 이 책에서는 원문 그대로 실었다. 이 글은 한국명논설의 하나로 선정되기도 했다(김열규 편, 『韓國名論說選』, 1984). 나카소네와 전두환의 상호 교차 방문 후 그동안 고조됐던 국민감정도 어느 정도 해소되고 한일관계는 비교적 순항했다. 물론 "한국병합은 합의에 의해서 이루어졌다"는 후지오 마사유키藤尾正行 문부상의 망언(1986) 등으로 갈등의 불씨가 여전히 살아 있었으나 관리가 가능한 긴장이었다.

5

/

대학과 공직
사이에서

스탠퍼드의 1년

1983년 3월부터 1984년 2월까지 1년 동안 문교부(오늘의 교육부)로부터 해외연구 지원금을 받아 스탠퍼드대학 동아시아연구센터에 연구교수로 머물렀다. 은사이기도 한 듀스 교수가 후버 연구소Hoover Institution에 연구실을 마련해 주었다. 강의도 한 과목 제안받았으나, 한국어 강의도 신통치 않은데 영어 강의로 인한 스트레스를 감당해 낼 자신이 없어 사양했다. 학생 시절과 달리 가족과 함께 부담 없이 게으름을 즐기면서 새로운 연구를 위한 구상과 자료수집을 하는 것도 중요한 이유의 하나였다.

1969년 여름 10주 동안 머물렀던 경험이 있어 스탠퍼드와 이어진 도시인 팔로알토Palo Alto는 낯선 곳이 아니었다. 스탠퍼드 대학의 캠퍼스는 굉장히 넓고 아름다운 곳이다. 야자수와 열대성 식물이 계절의 변화와 관계없이 항상 캠퍼스를 초록으로 물들이고 있다. 거의 모든 건물은 자주색 기와와 흙벽돌을 사용한 스페인 풍의 낮은 건물들로 이루어져 있다. 샌프란시스코에서 산호세San Jose로 이어지는 실리콘 밸리의 한 가운데 위치한 스탠퍼드대학은 샌프란시스코와 버클리대학이 인접해 있기 때문에 학문, 문화, 경제, 의료, 첨단산업 등의 다양한 활동이 늘 활발하다. 또한 이 일대에는 오래전부터 중국인과 일본인이 뿌리를 내리고 있어 아시안 푸드도 풍족하다.

캠퍼스 안에 자리 잡고 있는 주택형 아파트(#C, 10 Peter Courts Circle, Stanford)에 짐을 풀었다. 스탠퍼드에서 내가 가장 자주 이용한 곳은 동아시아도서관East Asia Library이었다. 독립건물인 동아시아도서관은 일본어와 중국어 원서 자료를 보관하고 있는 곳이다. 이곳에는 메이지 시대 이후 일본에서 출간된 학술 서적은 물론이고, 신문, 잡지, 정부문서, 마이크로필름 등 모든 자료가 집대성되어 있다. 물론 중앙도서관과 후버연구소에도 많은 자료가 있지만, 내가 필요로 하는 거의 모든 자료는 동아시아도서관에 있어서 이곳에서 많은 시간을 보냈다. 2005년부터 the Korean Collections가 생겼으나 당시에는 일본어와 중국어 자료뿐이었고 한국어로 된 자료는 없었다.

스탠퍼드에 체류하는 동안 두 가지 연구 주제에 관한 방향 설정과 자료 수집을 병행했다. 하나는 처음부터 계획했던 1930년대 일본의 국가진로에 관한 것이었고, 다른 하나는 일본의 월간종합 잡지 『세카이世界』에 게재된 한국 관련 기사 내용이었다.

일본 근현대사에서 1930년대는 일본의 국가진로를 바꾸어 놓은 결정적인 시기다. 다이쇼 시대(1911~1925)에 꽃피었던 민주주의와 의회정치는 1930년대를 지나면서 군국주의와 국가총동원체제로 국가진로의 방향을 전환했다. 안으로는 정당정치가 막을 내렸고, 시장경제는 국가통제경제로 전환되었으며, 사상통제가 강화되었다. 밖으로는 그동안 잘 진행되어 온 서방열강과의 협력관계가 대결구도로 바뀌었고, 중국대륙을 향한 침략이 구체화되었다.

어째서 일본의 국가진로가 이처럼 민주주의에서 군국주의로 바뀌었을까를 규명해 보려는 것이 나의 관심이었다. 다이쇼 체제가 마감하고 쇼와 시대가 시작할 당시 일본이 택할 수 있었던 국가진로의 방향으로는 네 개의 대안이 있었다. 첫 번째 선택지는 다이쇼 이후 국가를 이끌어 온 두 정당을 중심으로 한 의회민주주의체제의 지속이었다. 정책에 있어서는 다소 차이가 있었으나 보수주의를 바탕으로 한 두 정당의 이념이나 국가운영 방법에 있어서는 전혀 차이가 없었다. 두 정당 모두 정당 중심의 의회민주주의, 자유로운 경쟁을 바탕으로 한 자본주의 시장경제, 관료 중심의 산업 합리화, 워싱턴 체제 속에서 구미세력과 협조외교를 지향하고 있었다. 보수정당의 이러한 기본 방향은 천황 주변의 측근, 재계, 관료 등 지배계층의 적극적인 지지를 받았다.

가능한 두 번째 대안은 제1차 세계대전 이후 자유의 물결 속에서 태동한 노동민주당, 농민당, 사회민주당, 무산대중당 등과 같은 무산계급정당들이 지향하는 혁신계 사회주의 노선이다. 노동자와 농민조합의 지지를 받았던 무산계급정당은 반反공산주의적 우익사회민주주의에서 친親공산주의에 이르기까지 노선은 다양했다. 그러나 그 기본정책은 합법적인 수단을 통한 정치와 경제 민주화를 주장했고 제국주의적 대외팽창을 반대했다.

세 번째는 일본공산당을 중심으로 한 공산주의 노선이다. 노동자와 소작농민의 지지를 받았던 일본공산당의 기본방향은 민주적인 혁명으로 천황제를 종식하고, 기생적 지주제를 철폐하며,

독점자본주의적 경제구조를 개편하고 제국주의적 팽창정책을 반대했다.

1930년대 일본이 택할 수 있는 마지막 대안은 소수 민간우익과 군부의 극단주의자들이 주장해 온 국가주의 노선이다. 메이지 유신 이후 일본이 성취할 수 있었던 부국강병과 국가영광의 재현을 이룩하자는 것이었다. 그들은 일본이 국내외에서 직면한 위기를 극복하기 위해서는 천황친정체제로 환원하고, 서양을 추종하는 정당정치와 자본주의 경제를 종식하고, 전통적으로 일본주의에 뿌리를 두고 있는 군부 중심의 강력한 정치체제를 구축하고, 그리고 경제와 사회를 국가가 획일적으로 조정하고 통제할 수 있도록 국가의 기본체제를 근본적으로 개조해야 한다는 것이다.

이와 같은 네 개의 국가진로 가운데서 당시 일본이 처한 상황이나 사회적 기반을 감안한다면 오랫동안 '위험사상'으로 간주해 온 사회주의와 공산주의는 현실적으로 실현 불가능한 대안이었다. 그러므로 현실성 있는 선택지는 보수정당을 중심으로 한 의회정치체제의 지속이냐, 아니면 소수민간우익과 군부가 지향하는 국가주의 체제냐 둘 중 하나였다. 적어도 1930년대 초까지만 해도 일본은 정당을 중심으로 한 의회체제의 기반과 가능성이 더 확실했다. 메이지 유신 이후 소위 민권운동 때부터 서서히 뿌리를 내리기 시작한 서구식 의회중심의 정치체제는 다이쇼 시대에 접어들면서 그 기반이 확고해졌고, 정당은 명실상부한 권력의 주체로 등장했다. 그뿐만 아니라 의회정치체제는 지배계급은 물론이고 대중으로부터 적극적인 지지를 받고 있었다.

이에 비하여 군부 중심의 총동원체제를 주장했던 국가주의자들은 소수였고, 군부 내에서도 하부구조에 속하는 위관급 청년 장교들이 주류를 이루고 있었다. 이들이 주장한 소위 국가개조사상은 일반화되지도 못했을 뿐만 아니라 지배계급이나 대중으로부터도 지지를 받지 못하고 있었다.

그럼에도 불구하고 1930년대를 지나면서 일본의 국가진로는 정당을 중심으로 한 의회체제에서 서서히 벗어나 국가주의체제로 진입했고 결국은 국가총동원체제로 발전했다. 그리고 끝내 수많은 국민의 희생을 강요하고, 아시아 인민에게 막대한 고통을 안겨주고, 마침내 일본제국의 붕괴를 가져온 아시아-태평양전쟁의 길을 갔다. 무엇이 일본으로 하여금 국수적 국가주의의 길을 택하게 했을까? 연구의 핵심은 이에 대한 대답을 찾아보려는 것이었다. 이때 수집한 자료를 중심으로 뒷날 두 권의 책을 출간할 수 있었다.

두 번째 연구 주제는 『세카이』에 게재된 한반도 문제였다. 이 연구는 전혀 의도하지 않았던 작업이다. 『세카이』는 오랜 역사와 전통을 지닌 이와나미쇼텐岩波書店이 당시 저명한 혁신계 진보적 지식인을 중심으로 1946년 1월 창간한 월간 종합 잡지다. 이 잡지는 1980년대에 이르기까지 일본의 지적풍토나 여론은 물론 대외 정책에도 상당한 영향을 미쳤다.

『세카이』는 한국동란 이후 한반도 문제에 관심을 가지기 시작했고, 1960년대 이후 1990년대까지 한반도 문제를 가장 적극적으로 그리고 빈번하게 다룬 종합 잡지라 할 수 있다. 그러나 그 논조가 언론의 생명이고 또한 창간 취지라 할 수 있는 진실과 객관성에 근거한 것이었나에 대해서는 많은 의문이 있다.

전후 일본 지식인 사회를 풍미했던 혁신계 지식인이 잡지를 주도하면서 한반도 문제에 관한 『세카이』의 논조는 창간 이후 시간이 흐를수록 '의도된' 반反한국, 친북한이라는 편향된, 그리고 진실과 거리가 먼 왜곡된 것으로 변질되었다. 1970년대 후반에 이르러서는 한국은 "사람이 살 수 없는 동토의 땅", 그리고 북한은 "풍요와 정의가 충만한 지상의 낙원"으로 독자들에게 전했다.

『세카이』는 박정희 집권 이후 김영삼 체제가 들어서기까지의 한국정권을 투쟁과 타도의 대상으로 상정하고, 한국과 일본에서 반정부 투쟁을 유도했다. 『세카이』는 박정희 시대의 한국을 기본적 인권과 자유가 전혀 용납되지 않는 억압과 굶주림이 가득한 사회로 그렸고, 김일성이 이끄는 북한은 의식주가 완전히 보장됐을 뿐만 아니라, 일하고 싶은 곳에서 노동하고 필요한 만큼 가져가는, 그리고 자유와 인권이 충만한 '이상향'으로 찬양했다. 『세카이』의 이러한 보도는 일본의 젊은 세대에게 '암울한' 한국 이미지를 심어주는 데도 결정적인 역할을 하지 않았나 생각된다. 대체로 그 시기 『아사히朝日』, 『요미우리讀賣』, 『마이니치每日』 등을 포함한 일본의 주요 언론은 한국 현상에 대하여 총체적으로 비판적 입장을 취했고, 『세카이』는 그 대열의 최전선에 서 있었다.

물론 그 당시 한국사회에 어두운 면이 없었던 것은 아니다. 또한 인권과 언론이나 집회와 정치적 자유가 통제됐던 것 또한 사실이다. 그렇다고 해서 『세카이』가 펼치고 있는 것과 같이 남한이 북한보다 인권이 덜 보장되고, 굶주림이 더 확산된 사회는 아니었다. 또한 『세카이』가 보도하고 있는 것처럼 한국의 경제성장이 허구이거나 또는 정부가 발표하는 모든 통계가 거짓이나 과장된 것도 아니었다. 격동기에 주한미국대사를 역임한 글라이스틴William Gleysteen이 술회하고 있는 것처럼, 그 시기는 "어두운 면이 있었지만 동시에 산업화의 시대였고 경제발전의 기틀을 마련한 시기"였다. 한국은 『세카이』가 그리고 있는 것과 같이 인간이 살 수 없는 그런 '동토의 땅'은 아니었다.

스탠퍼드에 있는 동안 틈틈이 지난날의 『세카이』를 읽어 보면서 『세카이』의 한반도 관련 보도에 무엇인가 근본적으로 잘못됐다는 데 확신을 가지게 됐고, 좀 더 체계적으로 한반도에 관한 기사 논조를 종합적으로 분석해 볼 가치가 있다고 판단했다. 그동안 일본인의 한국관에 관심을 가져온 나로서는 인권과 민주를 앞세운 진보적 일본 지식인의 한국관에 숨겨진 참모습을 찾아보고, 왜 그들이 그처럼 '반反남한, 친북한' 노선을 걸었는지를 규명하는 것도 의미 있는 작업이라 생각했다.

창간호부터 박정희 체제가 종식된 1979년 12월까지 『세카이』에 게재된 한국 관련의 글들을 모두 찾아서 복사했다. 한 박스가 넘었다. 도서관의 사서는 『세카이』의 기사를 일일이 복사하는 나를 보고 한국 도서관에서는 잡지를 구할 수 없냐고 물으면서 의아한 눈으로 보았던 기억이 남아 있다. 박정희 체제하에서뿐만 아니라 그 후 상당 기간 『세카이』는 한국에서 금서였다. 당시 서점에서 구입할 수 없었던 것은 물론이고, 한국 내 어느 도서관에서도 구독할 수 없었다. 그때 수집한 자료를 뒷날 분석하여 논문으로 발표했고, 몇 차례 보완하여 책으로 출판했다.

지금 돌이켜보면 온 가족이 함께 보낸 스탠퍼드에서의 1년은 우리 가족사의 가장 즐거웠던 시절이 아닐까 생각된다. 세 자녀는 초등학교와 중학교에 다니면서 미국 생활을 즐겼고, 아내는 미술사 청강과 대학에서 운영하는 여러 형태의 프로그램에 참석했고, 나는 연구실, 도서관, 수영장을 오가면서 여유로운 독서와 연구 계획을 다듬어 나갈 수 있었다. 그리고 틈틈이 모두 함께 여행을 즐기기도 했다.

27개월의 공직 생활

사람이 살아가노라면 전혀 예기치 않았던 상황에 부닥치게 된다. 그것을 운명이라 하는지도 모른다. 나에게는 1985년이 그런 시기였다. 1985년 신학기가 막 시작할 바로 그 무렵 나는 '교수'에서 국가안전기획부 비서실장이라는 '관직'으로 신분을 전환했다. 학교는 휴직했다.

1985년 정부의 중요한 당면과제는 1988년의 정권교체와 맞물려 있는 12대 총선과 장기간 단절된 남북관계의 복원이 아니었나 생각된다. 1985년 2월에 실시된 12대 총선 결과는 여당인 민정당이 의석을 다수 확보했으나, 야당의 지역의원 정수 득표율이 여당을 앞서면서 사실상 야당이 승리한 선거나 다름없었다. 총선을 위해 김영삼과 김대중이 배후에서 급조한 신한민주당이 제1야당으로 부상하면서 직선제 개헌을 요구하고 나섰다. 정치권의 격랑을 예고하고 있었다. 남과 북의 대화는 1983년 랑군Rangoon 사태 이후 완전히 끊긴 상태였다. 그러다 1984년 9월 서울과 경기 지역에 발생한 폭우를 계기로 북한이 남한 수재민을 위해 구호물자를 보내겠다고 제의하면서 남북적십자 사이에 실무자 접촉이 시작됐다. 북한이 먼저 대화의 길을 모색하고 있었다.

　1985년 2월 12대 총선 결과 야당이 약진하면서 전두환 체제는 새로운 변화에 능동적으로 대응하고 정국을 주도적으로 이끌어 가기 위하여 전면 개각을 단행했다. 신임 안기부장에 장세동이 임명됐고, 그로부터 비서실장으로 와서 함께 일하자는 제의를 받았다.

　장세동과는 이런 인연이 있었다. 그와의 만남은 합동참모본부 의장을 역임한 김진호 대장을 통해서였다. 대학 1년 선배인 김진호는 학교 시절부터 특별히 가깝게 지낸 친구 같은 선배였다. ROTC 2기생인 그는 졸업 후 군대의 길을 갔고, 나는 미국 유학을 떠나 오랫동안 만나지 못했다. 그러다 내가 미국에서 귀국한 후 우리는 다시 옛날처럼 만났고, 그런 과정에서 장세동과도 자주 만나 많은 이야기를 나누는 사이가 됐다. 김진호와 장세동은 베트남을 위시하여 몇 차례 함께 근무하면서 계급으로서는 상하 관계였음에도 불구하고 서로 간에 인간적으로 신뢰가 깊었다.

안기부에서 내가 관심을 기울인 중요한 업무의 하나는 남북정상회담의 밑그림을 그리는 것이었다. 장세동 또한 부장으로 임명되면서부터 남북 문제를 가장 중요한 과제의 하나로 삼고 있었다. 1984년 말부터 남북적십자 사이의 실무회담이 진행되고 있었으나, 남북의 정치 문제를 다듬어 나갈 수 있는 '비밀' 대화 통로가 전혀 없었다. 랑군사태를 계기로 남북의 대화창구는 완전히 막혔다. 대치 상태가 지속되는 상황에서도 대화는 필요했고, 이를 위해서는 비공식 통로를 복원하는 것이 시급한 당면 과제였다.

북한도 대화의 길을 모색하고 있었다. 앞에서 지적했듯이 1984년 9월 남한 수재민을 위해 구호물자를 보내겠다는 제의도 대화의 길을 찾기 위함이었다. 또한 김일성은 1985년 신년사에서 남북고위급 정치회담 가능성을 시사하면서 정상회담에 긍정적 신호를 보내왔다. 북한은 한국의 전면개각이라는 정치상황의 변화를 기회로 판단했고 비밀 대화창구 재건의 길을 적극적으로 모색하고 있었다.

우리 정부에는 통일 업무를 전담하고 있는 통일원이 있으나, 남북의 비밀대화창구 개통이나 운영을 담당할 수 있는 기구는 업무의 특성상 안기부일 수밖에 없었다. 안기부는 북한과 연관된 가장 많은 정보를 가지고 있을 뿐만 아니라 이 업무를 담당했던 경험을 가지고 있었다. 북한 또한 남한과 실질적 대화 파트너로서 안기부를 가장 신뢰하고 있었다.

1985년 5월 말 제8차 남북적십자 본회담이 13년 만에 서울 워커힐에서 개최됐다. 이 회담의 마지막 날인 29일 비밀대화창구 복원의 임무를 띠고 회의에 참석한 북한 노동당중앙위원회 비서국의 임춘길 부부장과 무릎을 맞대고 막후 대화 통로 개설의 물꼬를 틀 수 있었다. 이후 이어진 비밀 교섭은 여러 단계를 거치면서 남북정상회담을 위한 기초를 다져 나갔다. 이와 병행해서 남북은 적십자회담, 국회회담, 경제회담 등의 정부차원의 공개교섭도 진행됐고, 그 결과의 하나로 분단 이후 최초로 1985년 추석을 기하여 이산가족 고향방문단과 예술 공연단의 교환방문을 성사시킬 수 있었다. 이러한 변화는 정상회담 가능성의 분위기를 상승시켰다. 그 후 이어진 막후 대화의 결과는 남북한 특사가 서울과 평양을 상호 교환방문하여 전두환과 김일성을 만나는 단계까지 진전됐고, 정상회담을 위한 계획은 순조롭게 추진되는 듯했다.

남북대화는 국내 상황과 밀접한 함수관계를 지니고 있다. 국내 정치와 사회가 혼란스러워 보이면 북한은 늘 회담의 강도를 조정하거나 합의를 뒤집으면서 회담의 근간을 흔들기를 주저하지 않는다. 비밀회담이 진행되는 1985년 내내 한국은 대학생의 서울 미국문화원 기습 점거, 대우자동차 파업, 구로 동맹파업 등과 같은 격렬한 학생운동과 노동쟁의가 계속됐고, 후반으로 가면서 더욱 격렬해졌다. 학원안정법 파동이 이어졌고, 그동안 배후에 있었던 김영삼과 김대중이 정치 전면에 등장하면서 강경한 대여투쟁을 주도했고, 거대 야당으로 탈바꿈한 신민당은 '직선제' 개헌 추진본부를 구성하고 본격적 투쟁을 전개했다. 북한의 태도도 변하기 시작했다.

정국 혼란은 남북회담의 동력을 약화시켰다. 특히 남북 특사의 상호 교환방문이 이어지고 있던 바로 그 시기에 부산 청사포 해안에 침투한 북한의 무장간첩 사건은 결국 그동안 다져온 정상회담의 동력을 완전히 소멸시켰다. 그 후 막후교섭 창구는 그대로 작동했으나 정상회담을 위한 교섭은 사실상 중단됐다. 이어진 1986년은 직선제 개헌을 둘러싼 정치권의 공방과 재야의 투쟁이 치열해진 한 해였다. 정권교체와 맞물려 있는 남쪽의 정국혼란을 지켜본 북한은 정상회담을 더 이상 의제로 생각지 않았다. 분단 후 처음으로 구체적으로 상정됐던 정상회담 계획은 물거품처럼 사라졌다. 가끔 그 당시 정상회담이 이루어졌다면 오늘의 남북관계가 어떤 모습을 하고 있을까 상상해 보곤 한다.

1987년은 한국현대정치사의 커다란 분수령을 이룬 시기였다. 1972년 이후 16년 만에 국민이 직접 투표하는 대통령 직선제가 부활했다. 많은 역사의 대변혁이 작은 일에서 시작되듯이 박종철 사건이 대변혁의 실마리를 제공했다. 1987년 1월 서울대학교 언어학과 3학년의 박종철에 대한 치안본부 대공수사관의 고문치사와 수사과정의 은폐·조작이 알려지면서 국민의 여론은 들끓었고 이어서 발표한 대통령의 4·13 호헌특별담화는 내연하던 민주화의 열기를 폭발시켰다. 정국혼란을 수습하기 위하여 정부는 5

월 26일 총리를 포함한 치안관계부서장을 교체하는 개각을 단행했다. 이러한 과정에서 안기부장도 교체됐고, 장세동의 퇴임과 함께 나도 물러났다. 후임 부장으로 부임한 안무혁은 같이 있을 것을 권유하면서 나의 사임을 만류했으나, 내가 안기부의 직을 맡은 것은 장세동과의 관계에서 비롯된 것이기 때문에 그와 함께 거취를 정하는 것이 순리라고 판단했다.

철저한 보안과 순간순간 판단을 요구하는 조직의 특성상 안기부는 항상 긴장과 경직된 분위기가 지배한다. 그러나 장세동은 같이 근무하는 동안 나로 하여금 긴장과 경직된 조직 분위기에 휩쓸리거나 매일 폭주하는 불확실한 정보에 매몰되지 않도록 배려해 주었다. 그리고 대학에 있을 때와 같이 자유분방한 사고와 비판적 시각을 그대로 받아주었다. 27개월 동안 같이 근무하면서 우리는 비록 지위는 상하관계에 있었지만 많은 주제를 격의 없이 논의했고, 또한 정치상황의 변화와 격동의 중요한 계기마다 흉금을 털어놓고 깊은 이야기를 나누었다. 거스를 수 없는 민주화의 시류나 국민이 직접 참여하는 정치과정을 통한 정권교체의 필연성과 같이 당시 분위기로서는 상당히 민감하고 때로는 듣기 거북한 주제에 관한 나의 솔직한 의견을 그는 감정의 동요 없이 경청해 주었다. 나는 그가 어떠한 이야기도 할 수 있는 분위기를 만들어 준 것을 지금도 고맙게 생각한다.

2년의 공직 생활은 그 후 내가 살아가야할 길의 확실한 지표를 마련해 주었다는 점에서 내 삶에 중요한 의미를 지니고 있다. 안기부의 핵심 부서에서 국내정치와 남북관계의 변화와 역학관계를 직접 보고 체험할 수 있었던 것은 사회과학을 공부하는 나에게 귀중한 기회였다. 그러나 보다 소중한 깨달음은 상하의 조직적인 틀과 시각을 다투는 업무처리의 공직 생활이 내 성격이나 내가 지향하는 삶의 내용과 일치하지 않는다는 점이었다. 공직이나 현실정치보다는 학문의 길이 더 풍요로운 삶을 만들어 갈 수 있다는 것을 확인한 셈이다. 아마도 그때의 경험이 없었다면, 속물적인 내 성격 때문에 기회가 있을 때마다 그쪽을 향해 얼굴을 돌리곤 했을 것이다. 그 후에도 한두 차례 대학을 떠날 계기가 있었으나 주저함 없이 학문의 길을 선택할 수 있었던 것은 공직 생활에서의 깨달음이었다. 지금 되돌아보아도 올바른 선택이었다고 생각된다. 그 후 일본 공부에 전념했고 또 연구 결과물을 꾸준히 생산할 수 있었던 것도 그 '깨달음' 때문이다.

1987년 9월 대학에 복직했다. 당시 사회적 분위기는 매우 혼란스러웠다. 박종철 사건 이후 민심은 점차 정부를 떠나기 시작했고, 야당과 재야 정치권은 직접선거를 통한 정권교체를 목표로 하면서 그 투쟁에 열기를 더하였으며 대학가도 정치적 이슈를 중심으로 데모가 끊이지 않았다. 학생들은 이러한 분위기 속에서 복직한 나를 '어용'교수라고 비판하면서 퇴진을 요구했다. 대학을 휴직하고, 일본 도시샤同志社대학으로 연구 생활을 떠났다.

교토의 도시샤대학

교토京都에 자리 잡고 있는 도시샤는 역사가 깊고, 일본 근현대사에 많은 인재를 배출한 기독교 대학이다. 막부 말기 미국에 밀항하여 신학을 공부하고 귀국한 니지마 조新島襄가 시작한 도시샤는 가나모리 미치토모金森通倫, 에비나 단조海老名彈正, 도쿠도미 소호德富蘇峰, 요코이 도키오橫井時雄 등과 같은 메이지 이후 교육, 종교, 문화 등을 통해서 일본 근대화에 지대한 영향을 미친 인물들을 배출한 곳이다. 또한 시인 오상순吳相淳, 「향수」의 주인공 정지용鄭芝溶, 「서시」를 남긴 윤동주尹東柱, 평론가 김환태金煥泰, 여류소설가 김말봉金末峰 등의 발자취가 남아 있는 곳이기도 하다. 대학 내 인문사회과학연구소에 연구실을 배정받았다.

일본의 '정신적' 수도라는 교토는 볼 것이 많은 곳이다. 794년 간무桓武 천황이 나가오카쿄長岡京에서 수도를 헤이안쿄平安京로 이전하여 건설한 이래 메이지 천황이 1869년 도쿄로 천도할 때까지 약 1천 년 동안 일본의 실질상 또는 명목상 수도였고 정치와 문화의 중심지였다. 막부 시대에도 실질적인 수도는 가마쿠라, 에도 등 쇼군이 머무는 곳이었지만, 천황과 귀족公家이 거주하는 교토는 여전히 정치의 중심으로 중요한 역할을 한 곳이다. 제2차 세계대전 당시 군수거점임에도 불구하고 귀중한 문화재가 많은 곳이기에 미군이 폭격하지 않았을 정도로 역사적 유물이 많이 남아 있다.

교토는 한민족과도 인연이 많은 곳이다. 1592년 도요토미 히데요시豊臣秀吉가 임진왜란을 결정하고 전국의 다이묘에게 군대 동원령을 내린 곳이 교토이고, 또한 한국 침공의 공적을 기리기 위하여 전쟁에서 한국인의 귀와 코를 베어다 만든 무덤 이총耳塚이 자리하고 있는 곳도 교토다. 한국병탄 후에는 비와코琵琶湖 소수 공사, 히에이잔比叡山 케이블카 건설 등과 같이 험난한 공사에 동원되었던 한국인 노동자의 고통과 땀이 배어 있는 곳이다.

주변의 역사적 유적지를 답사하고, 틈틈이 히에이잔에 올라 비

도시샤同志社대학

와코를 내려다보기도 하고, 가모가와鴨川 주변에 늘어서 있는 몇 대를 이어 오는 전통적인 일본 식당을 찾아 즐거운 추억을 만들었다.

도시샤에 머무는 동안 신학부의 다케나카 마사오竹中正夫 교수로부터 많은 배려를 받았다. 중국 베이징 태생의 다케나카는 교토제국대학과 도시샤를 거쳐 예일대학에서 신학박사를 받은 후 평생을 도시샤에서 신학, 기독교윤리, 기독교 문화 등을 강의했다. 역사와 미술에도 전문가 못지않게 해박한 지식을 가지고 있는 그는 내가 도시샤에 체류할 당시 인문사회과학연구소 소장직을 겸하고 있었다. 나와는 15년 가까이 나이 차가 났는데도 불구하고 가까워질 수 있었던 것은 개방적이고 부드러우면서도 직선적인 그의 성품 때문이었다.

물론 다 그런 것은 아니겠지만, 일반적으로 교토인들은 타지 사람에게 폐쇄적 성향을 지니고 있어 쉽게 다가갈 수 없게 만드는 경향이 있는 것 같다. 오랜 역사와 전통 속에서 축적된 일종의 '양반의식'과 같은 것이다. 기독교라는 공통분모가 있기도 하지만 다케나카는 처음부터 나에게 개방적이었다. 우리는 점심 후 대학 옆의 고쇼御所를 함께 거닐기도 했고, 때때로 그는 나를 가모가와 강변의 회원제 주점으로 안내하기도 했다. 그는 '쌀米의 문화와 화和'를 강조하며, 쌀을 주식으로 삼고 있는 한중일은 평화로운 미래를 건설해야만 한다고 늘 주장했던 것으로 기억된다. 에큐메니칼 운동에도 참여했던 그는 한국 기독교계와도 밀접한 관계를 맺고 있었다. 기독교 미술사를 강의할 정도로 미술에 조예가 깊었던 다케나카는 아시아기독교미술협회를 조직하고 오랫동안 협회장으로 활동했다. 타계 직전에 마지막으로 출간한 책도 기독교 미술에 관한 것이었다.

도시샤에서 만난 후 오랫동안 교류를 가진 사람은 재야에서 한국에 관심을 가지고 꾸준히 연구해온 우지고 쓰요시宇治鄕毅다. 오카야마岡山 태생인 우지고는 도시샤대학에서 정치학을 공부하고 1968년 국립국회도서관에 입사하여 2002년 부관장으로 정년 퇴직한 학구적 관리였다. 대학원에서 중국정치사상사를 전공했으나, 시인 윤동주에 매료되어 직장 생활을 하면서 윤동주의 궤적을 추적한 연구자다.

내가 도시샤에 머물고 있던 1988년 여름, 그도 얼마간 휴가를 받아 도시샤 기숙사에 체류하면서 윤동주에 관한 자료를 정리하고 있었다. 아마도 그는 일본에서 윤동주 연구의 선구적 인물이 아닐까 한다. 우지고는 대학원 시절 우연한 기회에 도시샤를 거쳐 간 윤동주를 알게 됐고, 그 후 윤동주에 빠져 그의 흔적을 찾아 평생을 연구했다. 국립국회도서관에 입사한 후 그는 틈나는 대로 윤동주 연구에 매달렸다. 자신이 윤동주를 몰랐다면 한국에 관심을 가져야 할 이유가 없었을 것이라고 할 만큼 그는 윤동주와 한국을 동일시했다. 윤동주는 우지고로 하여금 한국에 관심을 가지게 만든 동기였다. 윤동주를 공부하면서 의사소통이

가능할 정도로 한글도 익혔다. 윤동주와의 인연을 그는 다음과
같이 밝히고 있다.

내가 윤동주라는 시인의 이름을 맨 처음 알게 된 것은 지금부터
30여 년 전인 대학 시절로 거슬러 올라간다. 그로부터 30여 년이라는
결코 짧지 않은 시간 속에서 나는 끊임없이 이 시인에게 가까이 다가
서기도 하고 때로는 멀어지기도 하면서 언제나 이 시인을 생각하고,
이 시인이 태어난 나라를 생각하며, 그 나라의 역사를 생각하고, 거
기서 살고 있는 사람들을 생각하며 살아 온 듯한 느낌이 든다. 그리
고 궁극적으로는 일본과 이 나라의 옳고 바람직한 관계가 어떤 모습
이어야 할까라는 역사인식 문제와 상호 이해에 대하여 고집스러울 만
큼 집착해왔다. (『詩人尹東柱への旅: 私の韓國·朝鮮硏究ノート』, 2002)

우지고는 1974년 윤동주에 관한 최초의 글 『抵抗の詩人尹東
柱』(季刊まだん)를 시작으로 틈틈이 연구 논문을 발표했고, 그 후
윤동주에 관해 발표한 글들을 모아 책, 『死ぬ日まで天を仰ぎ: キ
リスト者詩人·尹東柱』(1995)와 『星うたう詩人: 尹東柱詩硏究』(1997)
를 출간했다. 그뿐만 아니라 그는 1995년 윤동주 사후 50년을 맞
아 도시샤대학 교정에 세운 윤동주 시비 건립에도 적극적으로 참

여했다. 또한 그는 윤동주 외에도, 도시샤를 거쳐 간 정지용과 김말봉에 관한 단편과 일제 강점기의 한국 도서관사圖書館史에 관해서도 논문을 발표했다.

그가 교토에 체류하는 동안 우리는 자주 만났다. 나이가 비슷하고(1943년생), 당시 그도 혼자였고, 또한 내가 한국인이기 때문에 만나면 많은 이야기를 나누었다. 물론 관심 분야는 다르지만 내가 일본을 알려고 하고 우지고가 한국을 알려고 한 그 접점에서 많은 화제가 있었다. 그 후 도쿄와 서울을 오가면서 교류가 이어졌다. 내가 그를 마지막으로 만난 것은 2010년경으로 그가 한국을 방문했을 때로 기억된다. 그동안 그는 대만에 자주 내왕하면서 일제 통치기 대만의 도서관사에 관하여 연구하여 몇 편의 논문도 발표했다.

교토에 머무는 동안 히메지도쿄姬路獨協대학의 오쓰카 다케히로大塚健洋도 비교적 자주 만났던 사람이다. 교토대학을 졸업하고 히메지에 정착한 오쓰카는 1930년대 쇼와 유신의 사상적 근거를 제공했던 오카와 슈메이大川周明를 전공한 학자다. 교토대학에서 주관하는 학술회의에서 만나 알게 된 후 자주 내왕했다. 당시 나도 1930년대의 국가주의에 관한 원고를 정리하고 있었기 때문에

『일본의 국가주의』
(까치, 1988)

많은 이야기를 할 수 있었다. 그의 안내를 받아 히메지성姬路城을 돌아볼 수 있었다. 에도 초기에 건축된 히메지성은 일본의 성 중에 가장 웅장하고 아름다운 성의 하나로서 유네스코 문화유산으로도 등록되어 있다. 히메지대학이 국민대학과도 교류가 있어 그후에도 한국과 일본을 오가면서 만났다.

도시샤에 체류하는 동안 그동안 중단했던 두 가지 작업을 계속했다. 하나는 스탠퍼드 시절부터 시작했던 1930년대의 국가주의에 관한 원고를 다시 정리해서 마감했다. 1988년 말 출간된 이 책은 13년 전 세상을 떠나신 어머님 영전에 헌정했다.

다른 하나는 1979년 이후 『세카이』의 한반도 관련 기사들을 찾아보고 자료 수집을 보완하는 작업이었다. 1984년 스탠퍼드대학을 떠날 때는 박정희 체제가 끝나는 1979년까지의 한반도 관련 기사만을 분석 대상으로 염두에 두고 자료를 수집했다. 도시샤에 체류하는 동안 1979년 이후 『세카이』에 수록된 한반도 관련 기사를 읽으면서 그 기간을 연장할 필요가 있지 않을까 생각했다. 그 이유는 『세카이』가 그처럼 '타도'의 대상으로 삼았던 제3공화국이 막을 내렸음에도 불구하고, '반남한, 친북한'이라는 『세카이』의 기본 시각과 논조는 조금도 변함없이 계속되고 있었기 때문이었다. 귀국하기 전까지 1980년대의 한국관련 기사를 수집했다.

교토의 겨울은 생각보다 쌀쌀하다. 본격적인 겨울이 오기 전에 다케나카와 연구소 직원, 그리고 친절했던 도서관 사서 몇 분을 모시고 가모가와 강변에서 감사와 이별의 정을 나누고 귀국했다. 1988년 11월 말이었다.

6

/

『일본평론』과
함께

『일본평론』 창간

1989년 새 학기부터 다시 강의를 시작했다. 그러면서 혜화동 대학로에 작은 연구소를 내고 일본전문 잡지를 만들기 시작했다. 일본이라는 특수한 지역의 전문성을 유지하면서도 대중적인, 그래서 일반인도 쉽게 접할 수 있는 일본전문 잡지를 만들겠다는 것이 목적이었다. 일본은 역사적으로 지리적으로 한국과 밀접한 관계에 있을 뿐만 아니라, '생활'이라는 측면에서도 함께 살아가야 할 이웃이다. 대치와 갈등이 아니라 공존의 대상으로서 '일상의 일본'과 '상식적 일본'을 독자들에게 제공하기 위함이었다.

일본전문 잡지의 제호를 『일본평론』이라 이름하고, 1년에 두 번, 봄과 가을에 간행하기로 했다. 1990년 봄 창간호를 낼 수 있었다. 다음은 「창간사」의 일부다.

21세기의 문턱에 서서 지나온 우리의 근대사를 돌이켜 볼 때 일본이 남기고 간 상처가 얼마나 깊고 컸던가 하는 것을 다시 한 번 깨닫게 된다. 20세기의 전반은 수탈과 민족말살이라는 식민통치를 겪어야 하는 질곡桎梏의 역사였고, 해방 후 지금까지 이어지는 후반은 민족분단과 동족상잔으로 극명하게 상징되는 수난의 시대였다. 우리가 겪어야 했고, 그리고 지금도 감내해야만 하는 이 모든 민족적 아픔의 원죄가 일본으로부터 연유한다는 역사적 사실을 잊어서는 안 된다.

동시에 왜 우리는 일본의 식민지로 전락했고, 그래서 수난의 역사를 살아야 했나에 대한 철저한 자기반성이 필요하다. 1백 년 전 일본에 대한 무지가 결국 망국의 역사를 만들었고, 그 고통이 오늘까지 이어지고 있다는 사실에 대한 스스로의 역사적 책임을 피할 수 없다.

오늘 일본은 또다시 우리에게 커다란 존재로 다가오고 있다. …… 지난날의 불행했던 과거와 달리 21세기에는 한국과 일본 두 나라가 과거의 역사적 모순과 편파성을 극복하고 선의의 경쟁자이며 동반자의 관계를 만들어 나가기를 희망하고 있다. 그러기 위해서 일본은 보다 겸허한 자기성찰이 필요하고, 우리는 보다 객관적인 시각에서 일본을 알려고 하는 노력이 필요하다.

『일본평론』 창간호
(사회과학연구소, 1990)

30년 전에 쓴 이 창간사의 취지는 지금도 여전히 의미를 지니고 있다고 생각된다. 『일본평론』에는 원로 학자와 문인에서부터 일본을 전공한 젊은 학자, 일본에 장기간 체류한 언론인과 경제인, 일본에 관심을 가지고 있는 재야 연구가, 한국에 체류하고 있는 일본 언론인이나 회사 특파원 등에 이르기까지 다양한 직종의 많은 사람들이 참여했다. 『일본평론』은 당시 일반인을 대상으로 하면서도 보편적 전문성을 갖춘 정기 간행물로서 일반 서점에서 구입할 수 있는 유일한 일본관련 대중잡지였다. 또한 일본 전문가들을 위한 논단의 장이었다는 점에서도 일본연구 발전에 어느 정도 기여했다고 평가할 수 있다. 되돌아보면 당시 이 잡지에 기고했던 젊은 학자들이 오늘 한국의 일본연구를 이끄는 중진으로 성장했다.

『일본평론』은 매호 특집, 논단, 일본의 움직임, 발굴자료 등으로 편집됐다. 때때로 「심층 분석」이라는 난에 한 주제를 집중적으로 분석한 논문을 게재했다.

창간호는 「일본을 어떻게 볼 것인가?」라는 주제의 좌담회, 6명의 전문가가 진단한 「일본의 군사력: 현황과 전망」, 논단으로 「일본의 신민족주의」, 「일본의 움직임」, 「발굴자료」 등으로 꾸몄다. 창간호가 반년 가까이 정성을 기울인 '특별'과제 「한국 지식인의 일본관」은 우리 사회에서 여론형성에 주도적 역할을 하거나 또는 정부의 정책결정에 직간접으로 영향을 행사하고 있는 사회계층, 즉 언론인, 문화인, 국회의원, 기업인, 교수 및 학생 등이 어느 정도 일본을 알고 있고, 또한 어떤 이미지를 가지고 있느냐를 조사 분석한 보고서다. 여론조사를 바탕으로 한 보고서를 기획한 취지와 목적은 우리 사회의 지식인들이 일본을, 그리고 한일관계를 어떻게 인식하고 있으며, 그 인식의 차이가 전전세대와 한글세대 또는 일본과의 접촉빈도에 따라 어떻게 달라지고 있는가를 찾아봄으로써 지식인들이 가지고 있는 일본관의 바탕과 속성을 규명하는 것이었다. 특히 우리 사회를 이끌어 갈 중추세력이라 할 수 있는 식민지 시대를 경험하지 않은 한글세대가 지니고 있는 일본관은 앞으로 한일관계에도 중요한 변수로 작용하리라 판단했기 때문이다. 염재호, 이숙종 두 교수가 설문지 조사 방법을 통해서 조사 분석한 50쪽에 달하는 보고서를 창간호에 게재했다.

제2집(1990년 가을호)에는 그동안 내가 틈틈이 준비한 「진보적 일본 지식인의 한국관」이라는 긴 논문을 발표했다. 1983년 이후 조금씩 정리한 『세카이』의 한반도 관계 논문을 분석한 것이다. 『세카이』 창간호(1946. 1)부터 409호(1979. 12)까지의 한반도에 관한 모든 기사를 종합·분석했다. 이 논문은 '보론'을 추가하여 2000년 출간한 『일본 지식인과 한국』에 포함했고, 다시 1989년까지 그 기간을 확대하고 내용을 보완하여 2008년 책으로 출간했다. 이에 대하여서는 나중에 다시 설명하기로 하자.

일본 정치인이나 학자와의 대담도 편집했다. 정치인으로는 당시 일본 정계의 최고 실력자인 가네마루 신金丸信, 총리를 역임한 신진당 총재인 가이후 도시키海部俊樹, 학자로는 다나카 히로시田中宏, 마쓰모토 겐이치松本健一, 니시베 스스무西部邁 등이 대담에 응해 주었다. 특히 1990년 평양을 방문하여 김일성과 회담하고 귀국한 가네마루와의 대담은 당시 상당히 주목받았다. 1991년 봄 호에 게재한 이 대담은 가네마루가 귀국하여 가진 최초의 것으로서 북일관계의 향방뿐만 아니라, 소선구제를 통한 양당제로의 정계개편 등 일본 국내정치의 변화도 포함하고 있다.

집권 자민당을 대표하는 가네마루는 1990년 9월 일본 사회당 대표인 다나베 마코토田邊誠를 대동하고 평양을 방문하여 김일성과 회담을 가졌다. 그리고 조선노동당을 대표하는 김용순과 더불어 「북한·일본관계에 관한 자민·사회·조선노동당 3당 공동선언」을 발표하여 세계를 놀라게 했다. 최초의 「평양선언」으로 알려진 이 공동선언에서 일본을 대표한 자민당과 사회당은 "일본이 과거 35년간 조선인민에게 끼친 불행과 재난, 그리고 전후 45년간 조선인민이 입은 손실에 대하여 조선민주주의인민공화국에 충분히 공식적으로 사죄하고 보상해야 함을 인정한다"(제1항)라고 확인했다. 이로써 일본은 북한과의 관계개선에 있어서 하나의 기준을 마련한 셈이다. 가네마루는 회담 후 일본에 귀국해서도 북한과의

가이후 도시키와의 대담

관계개선과 북한에 대한 전후 45년간의 배상 문제를 "정치적 생명을 걸고 해결한다"고 장담하기도 했다. 그러나 북일관계는 그로부터 28년이 지난 오늘도 여전히 해결되지 않고 있다.

북일관계에 관해서는 가이후 도시키도 비슷한 생각을 가지고 있었다. 1995년 1월 신진당 총재 사무실에서 가진 인터뷰에서 가이후는 북일관계의 정상화 가능성을 묻는 나의 질문에 "핵개발 투명성이 확실히 해결되지 않은 상태에서 북한과의 관계정상화는 일본으로서는 생각할 수 없다"고 간단명료하게 답했다. 그러나 가네마루가 북한을 방문했을 당시 수상이었던 가이후도 사죄와 보상을 담은 「3당 공동선언」의 제1항에 대해서는 "표현이나 명목은 어떻게 달라질지 몰라도 마음가짐은 같은 자세로 타협에 임해야 한다"고 동의했다. 1990년의 「평양선언」은 앞으로의 북일관계 진전에도 중요한 지표로 작용하게 될 것이다.

『일본평론』을 생각할 때마다 월간지 『發言者』(1994년 창간)의 발행인이며 편집인이었던 니시베 스스무와의 대담을 녹음 실수로 게재할 수 없었던 것이 무척 아쉽다. 녹음이 잘못됐고 그래서 대담을 게재할 수 없었다는 나의 사과 편지를 받고, 그는 언제든지 다시 이야기를 나누자는 회신을 보내 주었으나 기회를 가지지 못했다. 마쓰모토 겐이치의 소개로 만난 니시베는 공산주의에서 보수로 전향한 대표적 보수 논객의 한 사람이었다. 내가 니시베를 처음 만났을 1993년 그는 도쿄대학 교수직을 사임하고 본격적으로 평론활동을 시작한 시기였다. '진정眞正보수'라는 이름으로 일본의 핵무장, 징병제 도입, 민족주의적 역사교육 등을 주장한 그의 논지는 보수 진영과 정권에 상당한 영향을 미쳤다. 2018년 1월 니시베가 자살했다는 소식을 신문을 통해서 접했다.

개항기 일본인이 본 한국

내가 잡지를 꾸려가면서 가지게 된 주요 관심사의 하나는 메이지 유신 이후 일본인이 한국을 접촉하면서 가지게 된 한국에 대한 그들의 '심상心像', 즉 이미지image가 무엇이고, 그러한 '심상'은 구체적으로 어떻게 형성됐을까를 찾아보는 것이었다. 물론 일본인의 한국관을 일반화하여 어떤 것이라고 획일적으로 규정할 수는 없을 것이다. 그러나 체험을 통해서 축적된 그들의 시각은 그들이 남긴 자료를 통해서 찾아볼 수 있으리라 생각했다.

일본인들이 지니고 있는 한국 이미지의 원류를 찾아보기 위하여 개항기開港期에 한국에 체류했던 일본인들이 남긴 기록을 번역하는 것을 첫 작업으로 시작했다. 지식인, 관리, 언론인이 남긴 세 권의 기록을 차례로 번역하여 『일본평론』에 몇 차례 연재했다. 그 세 권은 1891년 출판된 『한성지잔몽漢城之殘夢』(春陽堂), 1932년 출판됐으나 민비 살해를 포함한 1894년 당시 한국의 정치 사정을 기록한 『在韓苦心錄(明治二十七八年)再審』(勇喜社), 그리고 1894년 간행된 『朝鮮時事』(春陽堂)이다.

『한성지잔몽』은 1883년부터 4년 동안 서울漢城에 체류했던 이노우에 가쿠고로井上角五郎가 보고 듣고 체험한 것을 귀국 후 출

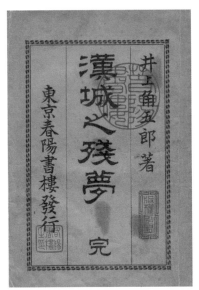

『漢城之殘夢』 원본

판한 107페이지의 작은 책자이다. 그러나 그의 기록은 단순히 한 외국인이 한국에 살면서 경험한 국외자局外者의 것이 아니다. 일본 정부와 밀접한 관계를 맺고 있으면서 일본의 대륙진출을 위한 전진기지를 구축한다는 뚜렷한 목적을 가지고 활동한 인물의 기록이다. 이 점에서 당시 일본 정부의 대한정책의 한 단면을 읽을 수 있다.

한국 최초의 신문인 『한성순보』 발행을 주도한 이노우에는 한국의 지배계층과 긴밀한 관계를 유지하면서 권력층 안에 친일파를 형성하는 데 배후에서 중요한 역할을 했다. 한국의 개혁을 꿈꾸었던 김옥균과 박영효가 『한성지잔몽』의 서문을 쓴 것만 보아도 한국에서 그의 교류와 활동범위가 얼마나 넓었고 용의주도했는가를 잘 설명해 주고 있다.

히로시마広島 출신인 이노우에는 근대 일본의 대표적 문명론자이며 '조선 문제'에 깊은 관심을 가지고 있었던 후쿠자와 유키치福澤諭吉의 수제자였다. 이노우에는 게이오의숙慶應義塾에서 3년 동안 후쿠자와의 가르침을 받았다. 1882년 말 이노우에가 한국으로 출발할 때 후쿠자와는 그에게 "일본 이외에 어떤 나라도 조선에 손을 뻗치는 것은 용납할 수 없다. 조선을 계도啓導하는 것은 오직 일본의 권리이며 또한 의무이다"라고 한반도 지배의 절대성을 강조했다. 그러면서 후쿠자와는 일본이 거세지는 서양의 동양진출이라는 국제정세 속에서 스스로를 지키고 발전하기 위해서는 "대륙에 발판을 구축해야 하고, 그 발판 구축의 첫걸음이 한반도를 일본 세력범위 안에 놓는 것"이라고 대륙진출의 필요성을 확실히 했다.

이노우에의 역할은 한반도를 일본 세력범위에 넣기 위한 준비

작업을 수행하는 것이었고, 또한 대륙진출의 가교를 놓는 것이었다. 그는 한국에 체류하는 동안 지배계층 속에 깊숙이 파고들어 그에게 주어진 역할을 충실히 수행했다.

이노우에는 이 책에서 날로 어려워지는 국민의 생활고와 외세의 위기 속에서도 권력을 장악하기 위하여 투쟁하고 강대국에 영합하는 추한 한국 지배계층의 모습을 정확하게 그려내고 있다. 그에 의하면, 조선은 "날이 갈수록 피폐해져 가고 있고, 인심은 말할 수 없이 흉흉해지고" 있었다. 그러나 "지배계층은 권력을 장악하기 위하여 끊임없이 투쟁하고" 있었고, 권력을 장악하고 있는 "민씨 사이의 갈등도 심했다." 그가 관찰한 한국의 사회 모습은 "화폐의 가치가 떨어지고, 뇌물을 주고받는 것이 보편화되었으며, 감역監役은 날로 성해져 그 폐단을 이루 말할 수 없다. 이런 상황임에도 불구하고 나라의 자주와 독립을 걱정하는 뜻있는 사람은 없어지고 오히려 청국이나 러시아 또는 그 밖의 외국인에게 아부하여 자기의 지위를 확고히 하려는 무리만 넘치는 조선의 앞날이 어떻게 될 것인가는 능히 짐작할 수 있을 정도"로 한국의 미래는 암담했다.

물론 그의 기록에는 자기 과시와 과장된 부분도 있다. 그러나 일본이 한반도를 지배해야 한다는 궁극의 목표를 가진 그의 눈을 통해서 본 당시 한국의 정치, 경제, 사회, 지배계층의 모습은 오늘을 살아가고 있는 우리에게도 많은 것을 생각하게 한다.

『재한고심록明治 廿七八年: 在韓苦心錄』을 남긴 스기무라 후카시杉村濬는 1880년 서울 주재 일본공사관에 서기관으로 부임하여 15년 동안 한국에 머무르면서 한반도에 일본 세력을 부식하는 데 깊숙이 관여했다. 이와테현岩手縣의 모리오카盛岡 출신인 스기무라는 한국에 머무는 동안 외교관으로서의 활동영역을 넘어, 한국 정부를 궁지로 몰아넣기 위한 음모를 꾸미고 정국을 교란시키는 등의 중요한 역할을 수행한 인물이다. 메이지 유신의 원훈이면서 대외정책의 실권자이기도 했던 무쓰 무네미쓰陸奧宗光의 절대적 신뢰를 받고 있던 스기무라는 '조선 문제'에 관해서는 외교적 경로를 통하지 않고 직접 무쓰에게 보고하고 지시받았다. 그는 당시 일본의 한반도 정책을 현지에서 결정하고 집행하는 상당한 재량권을 가지고 있었다.

민비 살해 후 진행된 재판과정에서 밝히고 있는 바와 같이 스기무라는 "조선은 형식상 독립국으로서 일본과 대등하다. 그렇지만 실질적으로는 일본은 조선을 보호하고 유도하고 감독해야 하

『在韓苦心錄』 원본

는 지위에 있다는 것은 숨길 필요 없는 명백한 사실이다"라고 한
국과 일본의 관계를 규정하고, 그리고 자신의 역할은 "조선의 정
략을 감독하고 조선의 안전을 보호하는 책무"라고 확신하고 있었
다. 스기무라는 일본을 대표하는 외교관의 한 사람으로 한국에
머무는 동안 수단과 방법을 가리지 않고 일본의 한반도 지배를
위한 정지整地작업을 수행했다.

『재한고심록』은 동학운동, 청일전쟁, 한국 정부의 내정개혁,

민비 살해 등의 격동기였던 1894년 5월부터 1895년 10월까지 시시각각으로 변하는 정세 속에서 스기무라가 관여하고 체험했던 사건들의 기록이다. 물론 그의 기록에는 일본 정부가 깊숙이 관여했던 사건을 정당화하거나 또는 자신의 행동을 미화하는 부분도 많이 있다. 그러나 이 기록은 당시 일본의 속셈과 권력투쟁에 몰두한 한국 지배계층의 추한 모습을 잘 보여주고 있다. 그는 대원군과 민비, 개혁파와 수구파, 박영효를 둘러싼 지배계층의 권력암투를 정확하게 파악하고 있었고 이를 적절히 활용했다. 『재한고심록』은 열강의 각축 속에서 한반도의 주도권을 장악하기 위하여 일본이 얼마나 주도면밀하게 노력했고 수단과 방법을 가리지 않았나를 잘 보여주고 있다.

스기무라는 그가 한국에 재임하는 동안 일본의 세력 확장을 위하여 많은 일을 기획하고 처리했으며, 가장 커다란 사건은 민비 살해였다. 육군 중장 출신 미우라 고로三浦梧樓가 "조선을 독립시킬 것인가? 병탄할 것인가? 그렇지 않으면 일본과 러시아가 공동으로 지배할 것인가?"에 대한 '전폭적'인 재량권을 가지고 조선주재 특명전권 공사로 부임한 것이 1885년 9월이었다. 이 시기는 일본의 한반도 지배를 전제로 시도한 내정개혁안이 러시아를 끌어들여 일본을 제거하려는 민비의 인아거일引俄去日정책으로 좌절되고 한반도에서 일본 세력이 쇠락하고 러시아가 부상할 때였다. 일본은 '병탄'의 길을 택했고, 이를 위하여 민비를 살해했다. 이러한 엄청난 음모를 실무적으로 치밀하게 기획하고 집행하며 지휘한 인물이 스기무라였다. 그는 민비와 숙적관계에 있는 대원군을 등장시켰고, 일본군, 영사관 경찰, 그리고 한국에 와있던 낭인들로 하여금 왕궁에 침입하여 민비를 살해하는 '국가적 범죄'를 연출했다.

스기무라는 미우라 고로, 오카모토 류노스케岡本柳之助 등 민비 살해에 직간접으로 관여한 48명과 함께 일본으로 소환되어 히로시마 지방재판소에서 재판받았다. 그러나 스기무라와 미우라를 포함한 48명 전원은 '증거불충분'으로 무죄 방면됐다. 그 후 스기무라는 잠시 대만총독부에 근무했으나 곧 외무성 통상국장으로 부임했다. 외무성에서 그는 일본인의 해외이민을 주관했고, 남미 이민사업을 촉진하기 위하여 브라질 공사로 부임하여 근무하다 현지에서 사망했다.

『재한고심록』은 1931년 비매품으로 발행됐다. 히로시마 옥중에서 집필한 것으로 알려진 원고의 원본은 일본국회도서관에 보존되어 있다. 출판은 이태리와 프랑스 대사를 역임한 그의 장남 스기무라 요타로杉村陽太郎가 주도했고 그가 발행인으로 되어 있다.

1894년 출판된『조선시사』는 청일전쟁을 취재하기 위하여 한국에 온 마이니치 신문사 특파원 사쿠라이 군노스케柵懶軍之佐가 남긴 기록이다. 이와테현岩手縣의 이치노스케一關 출신인 사쿠라이는 뒷날 도쿄마이니치신문 편집장을 거쳐 경제계에 투신하여 대만을 중심으로 식민지사업을 성공적으로 일궈 32개의 회사를 거느린 합명회사 사쿠라이상회柵瀨商会를 경영할 정도로 많은 재산을 쌓았다. 또한 그는 1910년 중의원 선거 때부터 6차례나 당선되면서 정치인으로 활동했고, 가토 다카아키加藤高明 내각과 제1차 와카쓰키 레이지로若槻禮次郎 내각에서 상공정무차관을 지냈다.

1894년 6월 18일 사쿠라이가 다른 신문기자들과 함께 부산에 도착한 것이 그의 두 번째 한국여행이었고, 그 후 한국 각지를 돌아보면서 한국인의 생활풍습과 한국에서 전개되고 있는 정치현상을 나름대로 분석한 기록이 바로『조선시사朝鮮時事』이다.『조선시사』는 다음과 같이 시작하고 있다. "조선은 유럽 여러 나라들 사이에 끼어 쟁탈의 대상이 되고 있다. 조선은 이미 멸망의 도장이 찍힌 나라가 아닐 수 없다. 다행히 동양에 위치하여 의협심

『朝鮮時事』 원본

이 강한 일본제국에 의지해 명맥을 유지하고 있으니 참으로 복된 나라라 할 수 있다." 1894년 당시 한 일본 언론인이 보는 한국의 이미지는 이미 일본의 식민지나 다름없었다.

『조선시사』는 사쿠라이가 부산을 시작으로 인천, 서울 등지에 살고 있는 일본인 거류지의 실태, 서울의 풍경과 사람들이 살아가는 모습, 당시 한국 정부의 중요 대신과 관청의 역할, 대원군과 위안스카이袁世凱 방문기, 북한산 등산 등을 기록했다. 또한 각

계각층의 사람들을 만나 정보를 수집하고, 정국을 분석하고, 그리고 일본이 한국에서 해야 할 일이 무엇인지를 제시했다. 그는 민씨 내의 파벌 갈등을 보면서 "앞으로는 민영환이 득세하고 민영준이 실세失勢하는 시대가 될 것"이라고 예측하는가 하면, 한국에서 상권을 장악하기 위하여 "일본인은 변발한 중국인을 대비해야 한다. 그들은 상업상의 기회를 포착하기 위해 참을성 있게 기다리며 한인들의 비위를 잘 맞추고 있다"라고 경고했고, "일본인들이 현재와 장래에 조선에서 투자를 확대할 만한 사업이 있다면 그것은 어업일 것이다"라고 하면서 투자의 방향을 제시하기도 했다. 물론 사쿠라이도 이노우에나 스기무라와 마찬가지로 일본의 한국지배의 길을 닦아야 한다는 데 투철한 사명감을 가지고 있었음은 두말할 필요도 없었다.

『조선시사』의 특징은 사쿠라이의 기록과 함께 메이지 시대의 대표적 화가의 한 사람인 구보타 베이센久保田米遷이 동행하여 내용과 부합하는 삽화를 그려 넣어 시각적으로 더욱 풍부하게 하고 있다는 점이다. 종군화가로 청일전쟁에 참여하고 「일청전투화보」를 그리기도 한 구보타는 부산의 일본인 거류지와 남한산성과 같은 풍경이나 서당과 같은 풍습은 물론, 대원군과 위안스카이의 초상화도 그려 넣었다.

책이 출판된 시기에는 오류가 있는 듯하다. 책에는 1894년 8월 20일에 인쇄됐고, 8월 23일에 발행된 것으로 찍혀 있다. 그러나 원문에 의하면 사쿠라이가 부산항에 도착한 때가 1894년 6월 18일이고, 또한 그가 6명의 일행과 함께 남한산성에 오른 것이 1894년 8월 말이었다. 그가 부산에 도착한 시기로부터 따져서 두 달 안에 책이 나왔다는 것 자체도 현실성이 대단히 희박한 데다, 남한산성 산행 정황을 보아도 출판 시기가 잘못됐다고 볼 수밖에 없다.

『서울에 남겨둔 꿈: 19세기 말 일본인이 본 조선』

2년 반에 걸쳐 『일본평론』에 다섯 차례 연재했던 세 권을 다시 정리하여 한데 묶고 해설을 추가하여 1993년에 『서울에 남겨둔 꿈: 19세기 말 일본인이 본 조선』(이하 『서울에 남겨둔 꿈』)이라는 제목을 붙여 출판했다. 개항 직후 한국을 바라보는 일본 지식인이 남긴 몇 안 되는 기록이라는 점에서 한국에 대한 그들의 심상뿐만 아니라 당시 한국의 정치나 사회를 연구하는 데 중요한 1차 자료가 된다.

『서울에 남겨둔 꿈: 19세기 말 일본인이 본 조선』
(건국대학교출판부, 1993)

출판 직후 언론인 김덕형은 「분노와 서글픔 함께하는 일그러진 対韓觀」(『한국논단』, 1993. 11)이라는 짧지 않은 서평을 실었다. 책에 수록된 세 권의 내용을 하나씩 간단히 설명하고, 결론에 "이처럼 당시 일본 지식인들에 의해 쓰인 세 편의 글은 우리의 제도나 전통, 문화를 천시하고 우리나라 사람들을 멸시하는 논조로 거의 일관돼 있다. 또 나라를 팔아가며 사리사욕에만 눈이 어두웠던 우리 지배계층의 일그러진 모습도 그리고 있어 심한 모욕감과 더불어 부끄러움을 느끼게 한다. 그러나 바로 이처럼 곱지 않은 '추한 한국인'관을 접할수록 우리는 더욱 숙연하고 진지하게 자신을 돌아보는 자료로도 활용해야 하지 않을까?"라고 맺고 있다.

『서울에 남겨둔 꿈』 발간 직후 일본 『마이니치每日신문』 서울지국으로부터 "해외 칼럼니스트의 눈"이라는 난에 게재할 글을 부탁받고, 일본어로 번역된 아래의 글을 보냈다.

「아시아에 공헌할 수 있는 신일본을」

20세기 말을 맞아 지금 일본사회는 대변동을 시도하고 있다. 이것은 새로운 국가진로의 선택을 위한 변동이고, 21세기는 신일본을 만들어 가기 위한 변혁이다.

1980년대 말 이후 나타난 냉전 종식, 사회주의 정권 몰락, 냉전 후 전개되어 온 국제정세의 불확실성, 정치부패, 경제의 거품현상 등과 같은 국내외의 변화에 직면하면서 체제와 사고의 개혁이 필요하다는 인식이 일본사회 전반으로 확산됐다.

그러나 변혁을 주도하고 이끌어야 할 정치가 그 기능을 다하지 못했다. 냉전구조에 기반을 두고 만들어진, 그리고 냉전적 상황에 길들여진 '55년 체제'는 자기혁신을 할 수 있는 창조력을 이미 상실했다. 더욱이 38년 동안 정권을 장악하며 '55년 체제'를 이끌어온 자민당은 시대적 변화와 국민적 욕구를 바로 인식하지 못하고 정치 스캔들의 늪에서 헤어나올 줄 몰랐다. '발본적 개혁'을 약속했으나 파벌의 이해와 갈등에 묶여 있는 자민당의 지도층은 자민당의 틀을 뛰어넘는 개혁을 추진하기에는 너무 노쇠했고 공룡화되어 있었다.

개혁을 주도하고 신일본을 만들어갈 새로운 정치세력이 필요했다. 결국 자민당은 분열하고, 정치권 내의 개혁세력은 연합하여 정변을 일으켰고, 국민은 그 정변을 지지했다. 그러므로 신정권의 탄생은 단순히 38년 동안 계속된 일당지배를 종식시키고 정권교체를 성사시켰다는 정치권만의 변화가 아니라, 정치가 다시 사회 전체의 변동을 이끌어 갈 수 있는 위치와 지위에 돌아왔다는 것을 의미하고 있다.

일본의 정치는 당분간 과도기적 혼란을 겪게 될 것이다. 그러나 21세기를 주도할 국가를 만들어 간다는 변혁의 방향과 목표가 정해졌고, 국민적 공감대가 형성되어 있는 일본은 과도기를 거치면서 보다 역동적인 체제로 등장하게 될 것이다.

아시아 주변국들은 일본의 대변동을 기대와 우려의 시선으로 주시하고 있다. 변화를 주도하고 있는 새로운 세력은 기존의 지도자들과 달리 제국주의 시대와 무관할 뿐만 아니라 전후 민주주의 이념과 제도 속에서 성장하고 교육받은 인물들이다. 그들은 보편적 가치와 도덕을 바탕으로 인류의 공동선을 추구할 수 있는 자질을 갖추고 있다. 신정권이 탄생하면서 전후 최초로 일본이 '전쟁에 대한 반성'과 '가해에 대한 책임'을 명확히 하고 '세계 및 아시아의 평화와 발전을 위한 협력'을 약속한 것 등은 대단히 고무적이다.

그러나 아직 깊은 의구심을 가지고 있는 것 또한 사실이다. 지난날의 역사는 일본의 변화와 발전은 항상 주변 국가의 희생과 굴종을 강요했다는 것을 가르쳐주고 있기 때문이다. 일본은 지역적으로는 아시아에 속해 있으면서도 공동체의 일원이라는 인식을 가지지 않았고, 또한 아시아 공동의 번영과 평화를 위하여 공헌하지도 않았다. 전전에는 아시아를 침략과 수탈의 대상으로 삼았고 전후에는 원료공급원이나 시장 이상으로 일본은 간주하지 않았다.

정치권의 총보수화가 국가주의로 발전하는 것은 아닐까, 강조되고 있는 국제공헌과 국제적 역할의 겉(建前)과 속(本音)이 다른 것은 아닌가, 왜 일본은 이 시점에 그들의 관심을 아시아로 돌리고 있는가 등 많은 의문이 그대로 남아 있다.

막강한 경제력과 기술력, 그리고 잠재적 군사력을 지니고 있는 일본을 제외하고 오늘날 아시아의 평화와 번영을 생각할 수 없다. 일본이 아시아 공동의 번영의 길을 택할 것인가, 아니면 지난날과 같은 불행한 역사를 되풀이할 것인가는 새로 등장하는 정치 지도자들의 이상과 용기에 달려 있다. 그러한 의미에서 일본이 "무모한 태평양 전쟁을 일으키고", 일본을 "망국의 일보 직전까지 전락"시키고, 그리고 "정당정치를 무참하게 종식시킨 책임은 바로 정당정치가에게 있다"고

한 이시바시 단잔石橋湛山의 회상의 의미를 변혁의 주체는 다시 한 번 되새겨 보아야 할 것이다.

오늘 일본의 대변동이 다가오는 21세기에는 진정 아시아 공동의 번영과 평화에 공헌하고, 믿을 수 있는 일본상像을 구축하는 바탕이 되기를 희망한다. (「海外コラムニストの目: アジアに貢献できる'新日本'を」, 『毎日新聞』 1993. 8. 26)

20세기를 마감하고 21세기의 20년을 지내오는 동안 일본을 포함한 동아시아의 정세는 급변하고 있다. 일본의 역할이 그 어느 때보다 중요한 시기다. 나는 일본이 이처럼 격동하는 동아시아를 평화와 공동번영의 길로 인도할 수 있는 능력과 지혜와 경험을 가지고 있다고 믿고 있고, 그리고 그 역할에 앞장서기를 지금도 희망하고 있다.

『서울에 남겨둔 꿈』이 출간된 후 상당 시간이 지난 2011년 가을 이노우에 소코井上園子라는 일본인으로부터 간단한 편지와『井上角五郎は諭吉の弟子にて候』라는 책을 받았다. 저자의 서문을 보니 소코는 이노우에 가쿠고로의 손녀딸이다. 내가 이노우에의 『한성지잔몽』을 번역해서 소개한 것에 대한 감사와 함께 책을 보내왔다. 1938년생인 그녀는 1961년 가쿠슈인學習院대학 영문학과

를 졸업하고 결혼 후 가나자와金澤에 정착하여 그곳에서 '가나자와를 세계에 알리는 시민회'를 설립하는 등 문화 활동을 하고 있는 것으로 소개되어 있다. 만나보지는 못했으나 그의 편지를 보면 한국에 따뜻한 애정과 관심을 가지고 있고, 또한 교류하는 한국인 지인도 많은 듯하다. 그의 책은 가쿠고로의 일생을 다루고 있는 책이지만 조선에서의 생활과 『한성순보』발간의 정황과 기사 분류 등의 내용도 포함하고 있어 그 시대를 공부하는 데 도움이 될 것 같다.

『서울에 남겨둔 꿈』을 찾는 독자가 꽤나 오래 계속됐으나, 2005년 3쇄 이후 절판되었다. 그러다 2018년 초 "절판된 양서를 찾아 복간한다"는 출판사 '최측의농간'이 다시 출간하고 싶다고 해서 그러기로 했다. 아마도 올해가 넘어가기 전에 다시 빛을 보게 될 것 같다.

『일본평론』은 10호를 끝으로 중단했다. 내가 프린스턴대학으로 1년간 연구년을 떠난 것이 직접적 원인이기도 했지만, 더 중요한 이유는 운영 및 출판비 확보의 어려움이었다.

7

재충전의 기회

프린스턴의 1년

정부로부터 대학교수 해외방문연구 지원을 받아 1995년 9월부터 프린스턴대학 동아시아학과에 1년 동안 체류할 기회를 가졌다. 미국 뉴저지주에 위치한 프린스턴대학은 캠퍼스는 작지만 아름다운 곳이다. 1995년 8월 15일 대학에서 마련해준 작은 호숫가에 자리 잡은 복층 아파트(#1-F Hibben Apt, Faculty Road, Princeton)에 입주할 수 있었다. 프린스턴의 1년은 나의 일본 공부와 가족사의 중요한 계기가 됐다. 체류하는 동안 미루었던 작업을 마감하고 새로운 연구 방향과 주제를 구상할 수 있는 재충전의 기회였을 뿐만 아니라, 아내의 중병을 발견한 투병의 시발점이기도 했다.

프린스턴을 택한 데는 두 가지 이유가 있었다. 첫째는 학생 시절을 포함하여 미국에 10여 년 동안 살았지만, 동부에서 생활한 경험은 한 번도 없었다. 물론 동부와 서부의 생활 양태가 크게 다르지는 않겠지만, 정치나 경제는 물론 문화적으로도 미국의 중심이라 할 수 있는 동부의 생활을 체험하고 싶어서였다. 프린스턴은 뉴욕과 가까운 거리에 있으면서도 여유로움을 즐길 수 있는 한적한 곳이다. 그뿐만 아니라 일본연구의 세계적 학자인 마리우스 잰슨Marius Jansen이 당시에도 현역으로 활동하고 있었고, 동아시아도서관은 상당한 장서와 자료를 소장하고 있었다.

두 번째 이유는 당시 작은 딸이 프로비던스Providence에 자리 잡고 있는 로드아일랜드미술대학교RISD: Rohde Island School of Design에 입학했기 때문이다. 프린스턴에서 프로비던스까지는 자동차로 3시간 정도 걸렸기 때문에 서로 자주 내왕할 수 있는 장점이 있었다. 낙엽이 물들기 시작하는 9월부터 프린스턴에서 프로비던스로 가는 뉴잉글랜드의 단풍으로 물든 길가는 아름답기 그지없었다. 동부의 이곳저곳을 볼 수 있었던 것은 프로비던스를 오가는 길에 찾아다녔기 때문이었다.

프린스턴에 갈 때 두 가지 연구 목표를 가지고 있었다. 하나는 대학에서 교재로 쓸 수 있는 전후 일본정치 집필을 마감하는 것이었고, 또 다른 하나는 후쿠자와 유키치福澤諭吉의 한국관을 찾아보는 것이었다. 그동안 학교에서 여러 해 동안 "현대일본정치"라는 과목을 강의했으나 마땅한 교재가 없어서 대단히 불편했다. 이것은 나만의 고충이 아니라 당시 일본정치를 강의하고 있었던 선생님들은 누구나가 가지고 있었던 공통의 어려움이었다. 그래서 언제부터인가 교과서를 염두에 두고 준비해 온 작업을 프린스턴에 있는 동안 완결할 계획이었다. 강의하는 동안 준비했던 강의노트를 다시 정리하고, 또한 녹음 강의록을 풀어서 빠진 부분을 보완하고 다듬는 과정이 남아 있었다.

후쿠자와 유키치에 관한 연구는 앞에서도 밝혔듯이 『일본평론』을 주관하면서 관심을 가지게 된 일본 지식인의 한국관의 연장선상에서 이루어진 것이다. 이 연구를 위해서는 학술진흥재단으로부터 별도의 연구비를 지원받았다. 일본 제1의 '현인賢人'으로 알려진 후쿠자와는 학교(慶應義塾)와 신문(時事新報)을 경영하면서 메이지 일본의 국가진로에 지대한 영향을 미친 사상가이며 교육자인 동시에 언론인이었다. 그는 국내 문제뿐만 아니라 대외정책에도 상당한 영향력을 행사했고, 또한 그가 가지고 있던 중심과제의 하나가 '조선 문제'였다.

메이지 시기의 모든 지도자들과 같이 후쿠자와도 일찍부터 '조선 문제'에 관심을 가지고 있었고, 그가 보는 한반도는 '지배의 대상'이었다. 후쿠자와가 1882년 『지지신보時事新報』에 발표한 글에 의하면 "조선의 국세가 미개하면 이를 인도해야 하고, 국민이 고루하다면 이를 깨우치도록 이끌어야 하는" 것이 일본의 임무이고, 이를 위해 "필요하다면 군대 파견"을 주장할 정도로 강경했다. 그는 한반도를 어떠한 형태로라도 일본 영향권 아래 두지 않으면 일본의 안전이 위태롭고, 또한 대륙진출이 어렵다고 믿고 있었다. 자유주의자이면서도 철저한 국권론자였던 그는 일본의 한반도 지배를 위하여 정부 정책뿐만 아니라, 언론과 교육 등을 통하여 직간접으로 '조선 문제'에 영향력을 행사했다. 그는 김옥균 등과 같은 한말의 개화파 인물들과 접촉하면서 그들에게 사상적으로 영향을 미쳤고, 게이오의숙에서 개화를 지향하는 유길준을 비롯한 젊은이들을 가르치며 일본식 근대화 방식을 주입했다. 또한 갑신정변에서 볼 수 있는 바와 같이 그는 한국 정부와 상류층의 친일 세력이 정권을 장악할 수 있도록 정변을 배후에서 적극적으로 지원하기도 했다. 그러다 1884년 갑신정변이 실패로 끝나자, 그는 탈아입구론脫亞入歐論을 외치면서 공개적으로 한반도 무력지배를 주장했다.

메이지 일본의 최고 지성인이고 사상가였던 후쿠자와의 한국관을 규명함으로써 일본이 근대국가를 형성해가고 있었던 시대의 지배계급이 지녔던 한국관의 원형을 밝혀보고 싶었다. 프린스턴을 떠날 때는 한국과 관련된 후쿠자와의 자료를 착실히 수집하고 분석하여 논문을 거의 마감할 수 있었다. 동아시아학과에서 마리우스 잰슨이 주관하는 컬로퀴엄에서 이 주제를 가지고 한두번 발표하고 토론한 것도 집필에 크게 도움이 됐다.

프린스턴은 연구 이외에 별로 할 것이 없는 곳이다. 뉴욕으로 나들이 나가거나 여행을 떠나는 일이 아니라면 집과 연구실에 있게 마련이다. 나에게 주어진 거의 모든 시간을 전후정치사를 마감하는 작업과 후쿠자와의 한국관 논문을 탈고하는 데 투입했다. 출판사에 넘겨도 좋을 만큼 완성된 원고가 입력된 두 장의 플로피 디스켓MFD-2HD을 가지고 프린스턴을 떠날 수 있었다.

프린스턴에서 얻은 의외의 수확은 야나기 무네요시柳宗悅와 요시노 사쿠조吉野作造에 대한 관심이었다. 잰슨 교수와 몇 차례 만나 일본 지식인에 관하여 대화를 나누는 가운데 야나기와 요시노가 등장했다. 예술과 정치학이라는 전혀 다른 영역의 전공자지만 두 사람은 동시대 인물로서 '조선 문제'에 깊은 관심을 가졌던 지식인이다. 식민지 시대 일본 지식인이 지니고 있던 두 가닥의 상반된 한국관을 볼 수 있는 대표적 경우라 할 수 있다. 잰슨 교수는 두 사람 모두 한국에 대하여 '특수한' 감정을 가지고 있었기 때문에 '조선 문제'에 초점을 맞추어 그들의 생각과 행동을 추적해 보는 것도 의미 있는 작업일 것이라고 권유했다.

야나기 무네요시는 한국의 건축, 도자기, 질그릇, 목기 등을 포함한 한국 예술의 아름다움을 발견하고 심취했던 최초의 일본인 중의 한 명이다. 한국의 예술에 대한 그의 개안開眼은 1916년 8월 처음으로 한국을 여행하여 석굴암의 불상을 대하면서부터였다. 「石佛寺の彫刻に就て」라는 글에서 야나기는 불상과의 첫 대면의 감동을 다음과 같이 쓰고 있다.

1916년 9월 1일 오전 6시 반, 찬란한 태양빛이 바다를 건너 굴원窟院 안의 불타佛陀의 얼굴에 닿았을 때 나는 그 곁에 섰다. 그것은 지금도 잊을 수 없는 행복한 추억이다. 불타와 그를 둘러싼 불상들이 그 놀라운 새벽빛에 의해 선명한 그림자와 흐르는 듯한 선을 나타낸 것도 그 찰나였고, 굴원 안 깊숙이 서 있는 관음의 조상彫像이 세상에서 보기 드문 미소를 지은 것도 그 순간이었다. 오직 이 새벽의 햇살을 통해서만 볼 수 있는 그녀의 옆얼굴은 지금도 나의 숨을 죽이게 한다.

(「石佛寺の彫刻に就て」)

야나기에게 있어서 석굴암은 단순한 절이나 건축이 아니었다. 그에게 석굴암은 동양의 종교와 예술의 귀결이었고, 불타와 그의 제자들이 사는 곳이었으며, 동양종교의 신비와 비밀을 깨닫게 할 수 있는 마법의 열쇠였다. 그는 "생명은 짧고 예술은 길다고 시인은 노래한다. 그러나 예술에 나타난 조선의 생명이야말로 무한하며 또 절대적이다. 거기에는 깊은 의미가 있다. 아름다움 그 자체의 깊이가 있다"고 한국의 예술을 찬양했다.

한국 예술에 대한 그의 평가와 사랑은 그 예술을 만들어 낸 한국인에 대한 애정으로 발전했다. 그는 일본 식민당국이 한국의 예술을 파괴하고 그것을 만들어 낸 한국인을 탄압할 때 식민정책을 정면에서 비판한 몇 안 되는 일본인이었다. 일본이 1922년 조선총독부를 신축하기 위하여 경복궁의 정문인 광화문을 파괴하려 할 때 야나기는 "조선과 일본의 입장이 바뀌고 일본이 조선에 합병되어 에도성江戸城이 헐리는 모습을 상상해 보라"고 외치며,

"아! 광화문이여, 광화문이여, 그대의 생명이 얼마 남지 않았구나!"라고 하면서 입이 있어도 반대의 뜻을 표현하지 못하고 민족 예술의 파괴를 감내해야 하는 한민족을 위해 대신 울어주었다.

지금부터 약 100년 전 야나기가 진지하게 일본 당국을 향하여 일본이 "도덕적 거짓을 씻어버리지 않는 한 일본과 조선 관계의 어려움은 영원히 지속되고 영원히 반복될 것이다. 두 민족 사이에 애정이 오가는 날은 결코 없을 것이다"는 그의 예견은 종군위안부나 역사교과서 문제를 지켜보면서 다시 생각하게 하는 대목이다.

요시노 사쿠조는 다이쇼大正라는 전환기적 시대에 일본의 정치사상과 정당정치에 가장 큰 영향을 미친 대표적 지식인의 한 사람이다. 그는 '다이쇼 데모크라시'의 사상적 지도자로서 '민본주의'라는 이론을 제시함으로써 일본에서 정당을 중심으로 한 의회정치가 활성화될 수 있는 틀을 만들었다. 동시에 그는 당대의 대표적 논객으로 일본의 국내외 정책에 많은 영향력을 행사했다.

당시 대부분의 지식인이 그랬듯이 요시노도 일본의 한국식민통치에도 많은 관심을 가지고 있었다. 그는 일본의 강압적 식민지배 치하에서 고통을 겪고 있는 한국인에게 직·간접으로 깊은 관심과 애정을 표시한 몇 안 되는 일본인 가운데 한 사람이었다. 그는 일본이 '조선 문제'를 어떻게 처리해 나가느냐에 따라 일본의 운명과 동양의 평화가 결정된다는 문제의식을 가지고 '조선 문제'에 접근했다. 그뿐만 아니라 그는 당시 일본에서 공부하고 있던 한국인 학생들을 물심양면으로 지원했고, 정부의 비판을 받으면서도 일본 안에서 그들의 활동을 후원했다. 이런 연유로 요시노에 대한 평가는 일본의 식민통치를 부인하고 한국을 대변해주는 한국인에게 '가장 좋은 친구'로 알려져 있다.

기독교 배경을 지니고 있었던 요시노는 일본의 강압통치와 동화정책을 비판하고, 한국인을 일본인과 동일시하고, 한국인에게 보다 많은 자율권과 언론의 자유를 부여할 것을 요구했다. 그는 한국인에 대한 일본의 무력탄압을 부끄러워했고, 이에 대한 국민적 반성을 강조했다. 그러나 그의 부끄러움과 비판은 인도주의자 그 이상은 아니었다. 또한 그는 한국인의 반일사상과 운동에도 깊은 관심을 가졌으나, 이는 일본의 지배 틀 속에서 한국인의 반일운동을 축소하거나 해소할 수 있는 방안을 찾기 위한 관심이었을 뿐이다. 그는 결코 한국의 독립을 인정하지도 지지하지도 않았다.

요시노는 한국인에게 그저 '좋은 친구'였을 뿐 '조선 문제'의 근본적 해결이자 반일운동의 근원인 한국인의 자주독립 문제를 정면으로 대하지 않았다. '메이지의 영광' 속에서 자랐고 교육받은 요시노가 민본주의를 주장했으나 그것은 다만 국내 정치용이었을 뿐, 대외정책은 제국주의적 속성에서 벗어나지 못했다는 것이 나의 시각이었다. 프린스턴 이후 요시노에 대한 나의 연구는 기존에 '가장 좋은 친구'로 알려진 그의 한국관을 비판적 시각에서 검토한 것이다.

프린스턴에 있으면서 다음의 연구과제로 야나기와 요시노를 상정하고 이에 관한 자료를 틈틈이 수집했다. 처음에는 두 주제 다 논문으로 시작했으나, 뒤에서 볼 수 있는 바와 같이 요시노 사쿠조는 일본의 식민정책에 초점을 맞추어 2004년 책으로 출간할 수 있었다.

프린스턴은 내 가족사에 큰 전기를 맞이한 곳이다. 우리 가족에게 예기치 않았던 시련을 가져온 곳이지만 또한 그 시련을 잘 극복한 시발점이기도 했다. 이곳에서 아내의 중병을 발견했고, 그 후 3~4년은 아내의 치료를 위하여 온 가족이 정성을 기울였다.

프린스턴의 생활을 마감해 가는 1996년 중반 아내의 건강 검진 결과 간에 이상이 있음을 발견했다. 정밀검사를 한 결과 C형 바

이러스에 의한 간염으로 상당히 오랫동안 진행되어 간이 많이 손상되었기에 약물치료의 단계는 이미 지났다는 것이었다. 이식 외에는 다른 방법이 없다는 것이 최후 진단이었다. 프린스턴의 생활을 정리하고 귀국길에 올랐다.

귀국길에 아들이 박사과정을 밟고 있는 스탠퍼드에 들러 그곳 대학병원에서 재확인을 위한 검사를 다시 받았다. 결과는 동부의 진단과 크게 다르지 않았다. C형 바이러스로 인한 간염이고, 오랫동안 간이 조금씩 파괴되어 거의 마지막 단계에 이르렀다는 것이다. 당시만 하더라도 C형 간염이 발견된 지가 그리 오래지 않아서 효과적인 약이 없기도 했지만, 있다 해도 아내의 경우는 너무 늦었다는 것이다. 당시의 상태라면 간이 기능할 수 있는 기간은 길어야 3년 정도이고, 좀 더 진행되면 걷잡을 수 없을 정도로 나빠진다는 것이다.

아내의 경우 유일한 치료방법은 간 이식뿐이었다. 스탠퍼드 대학병원은 미국 서부에서 간 이식수술을 가장 활발하게 실시하고 있던 병원이다. 후에 아내의 주치의가 됐지만, 당시 간 이식 센터 책임자였던 면담 의사는 동부의 의사들과는 달리 이식을 적극적으로 권장했다. 아내의 경우는 외국인이지만 미국에 체류하는

아내와 함께
(1996년 프린스턴)

동안 건강 보험에 가입했고, 또한 미국에서 생활하는 동안에 병
을 발견했기 때문에 이식수술을 받는 데 아무런 지장이 없다는
것이었다. 다만 수술을 받기 위해서는 이식 대기자 명단에 올려
야 하고, 이를 위해서 자신의 추천과 간단한 심사가 필요하다고
했다. 그에 의하면 명단에 등록한다 해도 보통 1년 반에서 2년은
기다려야 하기 때문에 등록할 것을 권유했다. 대기자 명단에 이
름을 올리고 필요한 조치는 아들에게 일임하고 서울로 향했다. 8

월 중순이었다.

『日本戰後政治의 變動: 占領統治에서 새 體制의 모색까지』

9월 학기가 시작하면서 일상의 생활로 돌아왔다. 아내가 어려운 병중에 있다는 것을 알게 되면서부터 가능한 한 밖의 활동을 줄이고 학교 외에는 집에서 많은 시간을 보냈다.

프린스턴에서 준비한 교과서용 원고를 마지막으로 손을 보고 출판사에 넘겼다. 1997년 2월 『日本戰後政治의 變動: 占領統治에서 새 體制의 모색까지』(이하 『日本戰後政治의 變動』)가 출판되어 봄 학기부터 교재로 사용할 수 있었다. 대학에서 학생들을 가르치기 위한 교재로 쓴 책이지만, 의도한 목적을 「책머리에」에 아래와 같이 밝혔다.

전후에 전개된 일본정치는 패전과 피점령국이라는 특수한 상황과 제약 속에서 대단히 불투명한 미래를 내다보면서 출발하였다. 그러나 일본은 국제적 정세변화에 신축성 있게 적응하고 국내의 어려움을 슬기롭게 극복하면서 민주주의를 정착시키고 경제를 발전시키며 정치적 안정을 이룰 수 있었다. …… 일본이 이와 같이 짧은 시간 안에 경이로운 발전과 안정을 이룩할 수 있었던 것은 국제환경과 국민의 노력의 결과였다. 그러나 주어진 환경과 국민의 활력을 경제재건과 국가발전의 방향으로 결집시킬 수 있는 정치가 없었다면 일본이 향유할 수 있는 오늘의 결과를 기대하기 어려웠을 것이다.

이 책은 1945년 이후 오늘에 이르기까지 진행된 일본정치의 흐름을 살펴봄으로써 전후에 전개된 일본정치의 연속성과 변화는 무엇인가? 그 연속과 변화를 가능케 한 일본적 정치의 역동성은 무엇인가? 일본의 전후정치사 속에서 점령통치는 어떠한 위치를 차지하고 있나? 무엇이 자유민주당이라는 한 정당으로 하여금 38년 동안 장기간 정권을 장악할 수 있게 만들었나? 전후 일본의 경제발전과 사회변동의 주체로서 정치는 어떠한 역할을 담당했나? 자민당 장기집권의 종식은 무엇을 뜻하고 있나? 21세기를 향한 일본정치는 어떻게 움직이고 있나? 등과 같은 물음에 대한 대답을 찾아보려는 것을 목적으로 하고 있다.

내각체제 중심으로 전후 일본의 정치 변화를 추적한 이 책은 4부 9장으로 구성됐다. "새 환경과 새 체제"라는 부제를 붙인 제1부에서는 전후정치의 기초라고 할 수 있는 메이지, 다이쇼, 전전 쇼와 시대가 남긴 정치적 유산과 패전 후 6년 8개월 동안 지속된 미국 점령통치의 성격과 개혁정책, 그리고 점령체제를 종식시킨 강화조약의 의미를 다루었다. 그리고 이어서 일본이라는 국가공동체를 38년간 성공적으로 이끈 소위 '55년 체제'의 확립과 전후체제의 재정비를 마감한 기시 노부스케岸信介 내각의 미일안보조약 개정까지 포함하고 있다.

"경제우위의 정치"인 제2부에서는 정치적 안정 속에서 고도경제성장을 가능하게 한 이케다池田勇人-사토佐藤榮作 내각 중심의 정치경제를 분석했다. 1960년에서 1974년에 이르는 이 시기는 전후 성립된 '55년 체제' 속에서 자민당을 중심으로 한 정관재政官財의 삼각협력체제가 일본을 세계 제2의 경제대국으로 이끈 때였다. 정치가 고도경제성장의 견인차 역할을 했다. 이 시기는 또한 야당인 사회당 내의 우파와 좌파의 이념갈등과 노선투쟁이 맞물려 있는 때이기도 하다. 사회당의 퇴보와 자민당의 장기집권을 가능케 한 혁신정당의 이념 논쟁을 규명했다. 또한 이 시기에 이루어진 한일국교정상화의 궤적도 추적했다.

"파벌정치와 체제 동요"를 중심으로 하고 있는 제3부에서는 사토 이후 전개된 일본 특유의 파벌정치, 특히 다나카 가쿠에이田中角榮와 금권정치, 그리고 전후정치의 총결산을 표방한 나카소네 야스히로中曾根康弘 체제의 국내정치와 외교와 방위정책을 살펴보

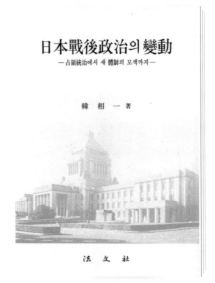

『일본전후정치의 변동: 점령통치에서 새 체제의 모색까지』
(법문사, 1997)

앉다. "정치개혁과 새로운 모색"이라는 제4부에서는 냉전 이후 급변하는 일본의 정치변화를 추적하고 있다. 전후 국제정치를 주도해 왔던 냉전체제가 종식되면서 일본 정치도 혼돈의 늪 속으로 빠져들었다. 그동안 일본을 떠받들고 있던 '55년 체제'가 붕괴되면서 정계 재편과 새로운 체제를 모색하는 정치개혁의 실험을 예측했다.

이 책은 1996년까지의 정치변화를 추적하고 있다. 그 후 벌써

20여 년이 지났고 그동안 일본정치도 많은 변화를 체험하고 있다. 증보판이나 개정판을 냈어야 함에도 불구하고 게으름 때문에 그대로 있다. 그러나 점령통치 이후 1996년 41회 총선 결과 하시모토 류타로橋本龍太郎 내각이 성립되기까지의 일본정치의 변화를 충실히 다루었다고 자부하고 싶다.

아내의 수술

1997년 가을부터 아내의 모습은 눈에 띄게 달라졌다. 몸이 많이 마르기도 했지만 복수가 차면서 배가 불러오기 시작했다. 주치의의 권유에 따라 겨울방학을 맞으면서 거처를 스탠퍼드의 아들 아파트로 옮겼다. 미국으로 갈 때 승무원이 임산부는 특별히 관심을 가져야 한다고 하면서 임신 몇 개월이냐고 물을 정도로 아내의 배가 불러 있었다. 간 이식센터의 검사결과 간의 기능이 거의 소진되었기 때문에 건강이 급격하게 악화될 것이라면서 응급 시 취해야 할 조치를 알려주었다. 응급실과 중환자실, 그리고 몇 차례 입원과 퇴원을 반복한 후 1998년 5월에 간 이식수술을 받았다. 수술은 성공적이었으나 그 후 담도유착, 거부반응 등으로 입원과 퇴원을 반복하는 어려움을 1년 가까이 겪었다. 그러나 건강을 되찾아 1999년 초여름 귀국할 수 있었다.

아내의 수술과 치료를 위해 1998년 초부터 약 1년 동안 스탠퍼드에 체류했다. 같은 시기에 아들이 스탠퍼드에서 공부하고 있었기 때문에 많은 불편을 덜 수 있었으나 고통스러운 시간이었다. 그러나 그 고통은 새로운 생명을 만들어내기 위한 날들이었기에 힘든 줄 모르고 지낼 수 있었다. 아내는 죽음의 문턱에서 다시 태어나 어머니로서, 그리고 아내로서의 역할을 16년 연장해 주었다. 하나님의 축복이었다.

스탠퍼드대학 동아시아 연구원에 적을 두고 체류했기 때문에 도서관을 자유롭게 이용할 수 있었다. 아내의 병을 간호하는 동안 틈틈이 프린스턴을 떠나면서 관심을 가졌던 요시노 사쿠조에 관한 자료를 찾아보면서 연구 방향을 정했다. 나의 주요 관심은 당시 대표적 자유주의자였고 또한 '민본주의'라는 개방적 정치이념을 지닌 요시노가 끊임없이 저항하는 식민지 한국의 독립을 어떻게 인식하고 있었나를 규명해 보려는 것이었다. 요시노가 남긴 자료들을 보면서 그가 지니고 있었던 식민지 '조선 문제'에 대한 인식을 통해 다이쇼 시대의 자유주의 지식인들이 품고 있었던 한국의 이미지를 규명할 수 있으리라 생각했다. 이미 요시노의 사상에 관하여 긴 논문을 발표한 듀스 교수와의 토론도 많은 자극을 주었다. 긴 논문을 쓸 수 있을 만큼 자료와 노트를 가지고 귀국할 수 있었다. 당시 아내의 큰 수술과 그 후유증으로 정신적으로 몹시 힘든 상황이었으나 관심을 쏟을 수 있는 연구 주제가 있었다는 것이 무척 다행이었다고 생각된다.

『일본 지식인과 한국: 한국관의 원형과 변형』

1999년 귀국 후 강의를 하면서 일본 지식인의 한국관에 관하여 그동안 발표했던 논문과 새로 준비한 글을 포함하여 2000년 늦은 여름에 『일본 지식인과 한국: 한국관의 원형과 변형』(이하 『일본 지식인과 한국』)을 출간했다. 앞에서 밝힌 바와 같이 1990년 『일본평론』을 주관하면서부터 한국에 대한 일본 지식인의 이미지를 찾아보려고 했다. 달리 표현하여 일본 지식인의 심층에 자리 잡고 있는 한국에 대한 '심상'이 어떻게 형성됐고, 어떻게 그것이 일본 사회에 투영됐고, 그리고 지식인들이 이를 어떻게 사회적 통념으로 확산해 나갔나 하는 문제에 관심을 가지고 공부해 왔다. 이러한 연구결과로 몇 편의 논문을 준비했고, 그 가운데 일부는 『일본평론』과 다른 학술지에 발표하기도 했다. 이미 발표한 논문 가

『일본 지식인과 한국: 한국관의 원형과 변형』
(오름, 2000)

운데 선별한 것과 새로 준비한 논문을 책으로 묶은 것이다. 10편 모두가 독립된 논문이지만 역사와 시대의 상황에 따라 나타난 일본 지식인이 지니고 있는 한국관이 어떤 것인가라는 동일한 문제의식을 그 바탕에 깔고 있다.

책은 3부로 구성됐다. "원형을 찾아서"라는 부제를 붙인 제1부는 메이지 유신 후 일본이 근대국가를 만들어 가는 과정에서 보여준 일본 지식인의 한국관이라 할 수 있다. 1873년의 정한론이 보여주고 있듯이 메이지 유신 이후 일본이 부국강병의 근대국가를 향하여 발돋움하면서 제일 먼저, 그리고 가장 중요한 국가적 과제로 삼은 의제가 '조선 문제'였다. 이는 정책결정자뿐만 아니라 당대 지식인에게도 같은 명제였다. 제1부에 포함된 4편의 논문은 '조선 문제'의 해결 방안과 방향을 제시한 근대 일본을 대표하는 지식인의 시각이다. 후쿠자와 유키치의 「탈아론」, 다루이 도키치의 「대동합방론」, 요시노 사쿠조의 「식민자치론」, 그리고 야나기 무네요시의 「선린우호론」을 분석한 것이다.

역사의 흐름에서 찾아볼 수 있는 이 네 개의 서로 다른 한국관은 오늘도 일본 지식인의 심층에 자리 잡고 있는 원형들이라고도 할 수 있다. 후쿠자와, 요시노, 야나기는 프린스턴에서부터 관심을 가지고 준비한 논문들이고, 다루이는 이 책을 염두에 두고 새로 쓴 논문이다. 요시노 사쿠조에 관한 글은 미완성의 논문이었으나, 뒷날 책으로 발전시킬 수 있는 틀이 됐다.

「변형의 모습들」이라는 제2부를 이루고 있는 4편의 논문은 전후 일본 지식인들이 보여주고 있는 한국관을 추적한 것이다. 제1부의 것이 '원형'이었다면, 제2부와 제3부의 논문은 '변형'이라할 수 있다. 2부에 수록된 논문들은 이미 1990~1994년 사이에

『일본평론』에 발표한 것들이다. 보수 지식인과 지배계급뿐만 아니라 진보 지식인도 포함하고 있다. 『일본평론』 2집에 게재했던 「전후 진보적 지식인과 한국」은 「보론」을 추가하여 포함했다.

'잃어버린 10년'이라는 1990년대를 보내면서 일본사회에 나타난 뚜렷한 현상 중 하나는 이념의 보수화와 과거로의 회귀라 할 수 있다. 공산권의 해체와 냉전의 종식, 자민당 장기집권의 붕괴, 걸프전쟁과 일본의 역할, 장기 경제 불황 등을 체험하면서 일본은 새로운 국가 진로를 모색하기에 이르렀고, 이러한 사회적 분위기 속에서 그동안 수면 밑에 잠재하고 있던 보수 세력이 전면에 등장하기 시작했다. 국민들 속에 확산되는 이러한 분위기는 과거사의 재평가와 전쟁과 전후책임의 주체를 둘러싸고 전개된 논쟁의 모습으로 나타났다. 이러한 새로운 현상을 분석한 "역사수정주의"라는 부제의 제3부는 새로 준비한 두 편의 논문을 포함했다. 하나는 1990년대 중반 이후 일본 지식인 사회에 뚜렷이 나타난 역사수정주의, 특히 '국민의 역사'를 만들어 가야 한다는 소위 자유주의사관과 이를 바탕으로 한 새로운 역사교과서를 만드는 모임의 논의와 운동 궤적을 추적했다. 또 다른 논문은 지식인 사이에 뜨겁게 전개된 과거사에 대한 '책임'과 '사죄의 주체'에 관한 논쟁을 분석했다. 책을 준비하면서 가졌던 생각의 한 가닥을 다음과 같이 적었다.

필자는 일본을 좋아한다. 일본의 자연을 좋아하고, 그 자연 속에서 살아가는 일본인들을 좋아한다. 성실하고 근면한 삶의 자세, 아무리 적은 일이라도 자기에게 주어진 상황에서 성심성의를 다하면서 열심히 살아가는 일본인들의 모습은 많은 것을 깨우쳐준다. 오래전에 맺은 일본인 친구들이 변함없이 보여주는 자상한 인정과 배려는 늘 마음을 훈훈하게 해준다.

그러나 한국인이라는 민족공동체는 아직도 일본에 대한 불신과 응어리진 감정을 그 심층에 깔고 있다. 그리고 한국인의 한 사람으로서 일본에 대한 필자의 감정도 앞에서 말한 '좋아한다'는 것에 그냥 머물러 있을 수만은 없다. 개인으로 좋아하면서도, 한국인으로 일본에 대한 비판적 입장에 서는 것은 비단 필자 한 사람의 문제가 아닐 것이다. 일본에 대한 이러한 애증愛憎이 뒤섞인 감정이 한국인 속에 아직도 또렷이 자리 잡고 있는 이유는 무엇일까?

이에 대한 해답은 오늘을 살아가고 있는 우리가 '함께' 풀어야 할 과제가 아닐까 생각된다.

8

/

헤이세이(平成) 일본과
한일관계

쇼와 시대가 막을 내릴 때까지만 해도 일본의 정치·사회 안정과 경제 성장을 그 누구도 의심하지 않았다. 발전과 성장만을 예측했고, 21세기도 일본의 세기가 될 것으로 믿었다. 하버드대학의 에즈라 보겔Ezra Vogel의 *Japan as Number One*이 미국과 일본에서 베스트셀러로 팔리고 있었고, 많은 일본인들이 이시하라 신타로石原慎太郎가 "일본은 이제 미국을 넘어설 수 있으며, 이제 일본은 자기 목소리를 낼 수 있어야 한다"는 『'No'と言える日本』에 공감했다. 그러나 이러한 기대와 전망은 환상이었다. 헤이세이平成는 '기대'가 '환상'으로 바뀌는 기점에서 시작됐다.

1989년 1월에 막을 연 헤이세이 시대는 국내외의 격변과 함께 출발했다. 국제적으로 베를린 장벽의 붕괴(1989)는 독일의 통일 (1990)로, 헝가리를 시작으로 연쇄적으로 진행된 동구권 공산정권의 붕괴(1990)는 공산주의의 맹주였던 소비에트 연방의 해체(1991)로 이어졌다. 중국에서는 '천안문 사태'(1989)로 알려진 민주화운동과 무력탄압이 벌어졌다. 그리고 제2차 세계대전 이후의 냉전체제를 종식하고 평화를 지향하는 새로운 세계질서를 수립한다는 「몰타선언」(1989)이 발표되면서 국제정치가 소용돌이 속으로 빠져들었다.

국내적으로도 헤이세이는 정치 불안과 경제 혼미 속에서 태어났다. 리쿠르트 사건(1989)으로 노출된 정치부조리가 도쿄사가와 규빈 사건東京佐川急便(1991)과 가네마루 신金丸信의 탈세로 이어지면서 정치 불신이 한계점에 도달했고, 정치권의 분화현상이 나타났다. 그러면서 패전 후 40년 가까이 일본을 패전의 잿더미에서 경제·산업·기술, 그리고 잠재적 정치·군사 대국으로 발전시키는 견인차 역할을 해 온 '55년 체제'가 1993년 막을 내렸다.

냉전종식, 급변하는 국제정세, 55년 체제의 종식 등과 같은 안팎의 변화에 따른 정치적 혼돈은 경제 불황과 자신감 상실을 몰고 왔다. 1992년 버블경제의 붕괴 현상이 나타나면서부터 일본

경제는 '잃어버린 20년'이라는 장기 불황의 늪에 빠져들었다. 발전과 번영만을 구가했던 경제가 마이너스 성장을 기록했고, 실업률이 완전고용에서 5%대로 증가했고, 제조공업가동률도 대폭 하락했다. 쇼와가 끝나는 1989년 38,916까지 올랐던 닛케이지수는 20년이 지난 2011년에는 8,000대로 추락했다. 엎친 데 덮친 격으로, 1995년에 발생한 한신·아와지 대지진阪神·淡路大地震과 옴진리교ォウム真理敎 신도들에 의한 도쿄지하철 사린가스테러는 일본에 큰 사회적 충격을 가져왔다.

준법과 정직을 근본으로 삼는 '일본정신'이 나태해지는 현상도 여기저기서 나타났다. 일본을 대표하는 요정이 생산지를 속이는 것은 물론 먹다 남은 요리를 다시 사용한 행위(오사카의 船場吉兆), 300년의 전통을 지닌 전통적 일본 '모찌(떡)'를 제조·판매해 온 업소가 소비기한을 위장한 판매(이세의 赤福), 외국에도 널리 알려진 유명 온천이 온천수에 화학약품을 투입(나가노의 白骨)하는 등과 같은 현상이 나타났다. 전통과 신용을 생명처럼 여기는 일본사회에서는 상상도 할 수 없는 일들이 불황 속에서 속출했다.

사회변동을 이끌고 비전을 제시해야만 할 정치는 혼란스럽기 그지없었다. 함량 미달의 정치인들 사이에 정권교체만 빈번히 이루어졌다. 쇼와가 끝난 1989년 이후 아베 2차 내각이 출범한 2012년까지 22년 사이에 17번의 정권교체가 이루어졌다. 고이즈미 준이치로小泉純一郎의 5년 반의 집권을 제외하면 한 정권의 평균 수명이 1년에도 못 미친다. 『아사히신문朝日新聞』이 지적한 바와 같이, 그야말로 "눈이 팽팽 도는 수상 바꾸기"였다.

출구가 보이지 않는 경제 불황과 정치와 정치인에 대한 불신은 사회적 역동성을 위축시켰고 일본사회 전반에 위기의식을 불어넣었다. 국민들은 '이렇지는 않았는데' 하면서 자신감을 상실했다. 불황의 해결책과 미래의 방향을 제시해야 할 정치의 리더십 상실 과정에서 가정, 직장, 학교 등 국가와 개인을 매개해온 중간집단들이 공동화空洞化하는 현상이 심화됐다. 이러한 사회적 불안은 옴진리교 사건이나 고베 연쇄살인 사건과 같이 청소년 범죄의 양태로 나타났다.

불안한 정치, 불황의 늪으로 빠져들어가는 경제, 나태해지는 일본정신 등으로 나타나는 사회 변화는 일본을 이념적으로 우경화의 방향으로 이끌었다. '잃어버린 20년'을 보내면서 사회 전반에는 점차 국가의식, 과거사의 재평가와 재정립, 동아시아에서 일본의 지위 모색 등과 같은 새로운 모습의 민족주의적 분위기가 대중의 멘털리티를 자극했고, 시간이 갈수록 이런 분위기는 더욱 강해졌다.

우경화가 구체적 행동으로 나타난 것은 1997년부터 시작된 새로운 역사교과서를 만드는 모임이다. 국민운동 차원으로 전개된 이 활동의 핵심은 전후 일본의 역사교육은 메이지 시대 이후 일본은 대륙침략에 착수하여 이웃국가들을 짓밟아 황폐하게 만들고 거듭된 전쟁으로 국민을 비참한 나락으로 떨어뜨려 결국 망국으로 안내했다는 식의 스스로 국가를 부정하는 '자학사관'을 바탕으로 했고, 이러한 역사교육은 반反일본적 일본인을 대량생산했다는 것이다. 그러므로 일본이 필요로 하는 것은 '자학적' 역사관을 불식하고 과거 역사에 긍지를 가지게 하는 '원기元氣' 있는 역사교육을 해야만 한다는 것이다. 이러한 '긍정적' 역사관은 일본의 한반도 지배와 대륙침략을 긍정 또는 불가피한 현상으로 해석했고, 이는 결국 한국과 중국의 강한 비판을 불러왔다. 더하여 일본에서 전개되고 있는 혐한론嫌韓論이나 사실상 재일 한국인을 공격대상으로 삼는 재특회在特會(재일특권을 허용하지 않는 시민의 모임)의 '헤이트스피치' 등이 위안부, 역사교과서 왜곡, 독도 문제 등과 얽히면서 한일관계는 정상과 비정상을 반복했다.

헤이세이 이후 이러한 부침의 한일관계사를 되돌아보면 그래도 가장 원만했던 때는 김대중 대통령 시절이 아닌가 생각된다. 김대중 정권은 전임 김영삼 정부로부터 최저점의 한일관계를 유산으로 물려받으면서 출범했다. 무라야마, 하시모토 내각과 겹치기도 하는 김영삼 시대에는 무라야마 담화(1995)가 있었음에도 불구하고 한일관계는 원만치 않았다. 일본 정치인의 거듭된 망언, 도의적 책임을 앞세운 아시아여성기금, 무라야마 수상의 '식민지 합법성' 발언 등은 한국인의 여론을 자극했다. 김영삼 정부 또한 구舊 조선총독부 건물을 해체하는 등 일제의 잔재를 청산한다는 '역사바로세우기운동'을 대대적으로 전개했고, 대일 강경노선은 식민지 지배 사과, 위안부, 독도 영토주권, 어업협정 등 모든 영역에 걸쳐 연결돼 있었다. 일본 우파 정치인들의 과거사 관련 망언에 대해 김영삼 대통령은 "버르장머리를 고쳐놓겠다"는 거친 언사도 마다하지 않았다. 한일관계가 좋을 수 없었다.

1998년 김대중 정부가 들어서면서 불편한 한일관계가 수습됐고 비교적 원만한 궤도에 올랐다. 오부치 게이조小淵惠三, 모리 요시로森喜朗, 초기 고이즈미 준이치 시대와 겹치기도 하는 이 시기에 김대중은 일본과의 관계를 중요시하고 협조적 일본정책을 추진했다. 대통령 당선 직후인 1998년 10월 김대중은 일본을 방문하고 당시 오부치 총리와 회담하여 「한일 공동선언: 21세기를 향한 새로운 한일 파트너십」을 채택했다. 이 문서를 계기로 그동안 끊임없이 마찰을 빚어온 한·일 간의 '특수한' 관계를 불완전하지만 그런대로 매듭을 짓고, 민족화해의 길로 이어지기를 기대하는 길을 열었다.

이어진 한국 측의 일본 대중문화 개방, 월드컵 공동개최를 위한 준비, 폭넓은 문화교류 등을 통해서 한일 두 나라는 전에 없던 '원만한 관계'를 만들어 낼 수 있었다. 물론 그동안 이시하라 신타로 도쿄도 지사나 모리 요시로 총리의 돌발 발언이 없었던 것은 아니지만 '원만한 관계'의 분위기에 묻혀 커다란 마찰 없이 지나갔다.

김대중 정부의 '원만한' 한일관계 위에서 출범한 노무현 정권의 대일관계도 순항하는 듯했다. 북핵 문제의 평화적 해결과 한반도와 동북아 지역의 평화와 안정을 위한 협력관계 구축이라는 명제를 가지고 노무현과 고이즈미는 한국과 일본을 오가면서 '실용적 셔틀외교'를 진행했다. 그리고 2004년 두 사람은 "나가자 미래로, 다 같이 세계로(進もう未来へ、一緒に世界へ)"라는 구호를 걸고

2005년을 '한일 우정의 해'로 정했다. 그러나 포퓰리즘적 리더십을 보인 고이즈미의 야스쿠니 참배, 역사교과서는 문제가 없다는 일본 정부의 입장 표명, 독도 영유권주장 등이 불거지면서 한일 우정의 해는 빛이 바랬다. 특히 사실상 일본 정부의 지휘 아래 시마네현 의회가 2005년 3월 16일 다케시마의 날(2월 22일)의 조례안을 통과시키면서 한일관계는 다시 '빙하시기'를 맞았다.

2006년 아베 신조安倍晋三가 신임총리로(제1차) 등장하면서 한일정상회담이 재개되고 원만한 관계가 열리는 듯했다. 그러나 그 후 진행된 북한의 핵실험, 한일 양국의 역사 문제 갈등, 아베의 조기퇴임 등의 난관에 부닥치면서 한일관계는 또다시 표류했다. 아래의 두 글은 고이즈미와 아베가 총리로 취임하면서 처음으로 한국을 방문할 때 『동아일보』와 『조선일보』에 실린 칼럼이다.

「고이즈미 총리 보십시오」

예부터 한국에서는 비록 반갑지 않은 사람일지라도 찾아오는 손님은 반갑게 맞이하는 것이 관습으로 되어 있습니다. 그러나 귀하의 방한을 맞이하는 한국 국민의 눈빛은 결코 따뜻하지 않다는 사실을 알아주시기 바랍니다.

처음으로 한국을 방문하는 귀하를 국민 모두가 함께 훈훈한 마음으로 환대할 수 없는 현실을 대단히 애석하게 생각합니다.

흔히 한국과 일본의 관계를 '일의대수一衣帶水'의 사이라고 말하고 있습니다. 두 나라가 얼마나 밀접한 관계에 있는가를 함축한 표현이라 하겠습니다. 그러나 표현에서는 이와 같이 친밀한 관계에 있음에도 불구하고 역사의 현실에서는 안타깝게도 늘 '가깝고도 먼 나라'라는 특이한 양태로 표출되어 왔습니다.

귀하께서도 잘 아시다시피 1965년 국교정상화 이후에도 한국과 일본 두 나라의 관계는 긴장과 갈등의 연속이었습니다. 긴장의 핵심은 과거사에 대한 귀국 일본의 이중적 태도였고, 갈등의 주체는 늘 일본이었다는 사실을 기억하시기 바랍니다.

그동안 일본은 과거 식민지 지배에 대하여 '유감-반성'과 '정당화-미화'의 사이를 상황과 필요에 따라 거침없이 반복해 왔고, 이러한 과정을 겪으면서 일본에 대한 한국인의 불신은 더욱 깊어졌습니다.

1998년 김대중 한국 대통령과 오부치 게이조小淵惠三 일본 총리는 「21세기의 새로운 한·일 파트너십 공동선언」에서 "두 나라는 과거를 직시하고, 상호 이해와 신뢰에 기초한 관계"를 발전시켜 나간다는 것을 약속했습니다. 그리고 일본은 "과거 한때 식민지 지배로 인해 한국 국민에게 다대한 손해와 고통을 안겨 주었다는 역사적 사실을 겸허하게 받아들이면서 이에 대하여 통절한 반성과 마음으로부터의 사죄"를 천명하고 이를 문서화했습니다.

이를 계기로 그동안 끊임없이 마찰을 빚어온 두 나라의 '특수한 관계'를 불완전하지만 그런 대로 매듭짓고 '민족화해'의 길로 이어질 것을 우리는 기대했습니다.

그러나, 물론 귀하의 정권이 탄생하기 전부터 진행된 것이지만, 귀하의 정권출범과 함께 불거져 나온 역사교과서 왜곡 문제와 이에 대한 귀 정부의 미온적 대응과 귀하의 야스쿠니靖國신사 참배는 한일관계를 다시 파행상태로 몰아넣었습니다. 귀하와 일본 정부의 이러한 대처는 분명히 '공동선언'의 정신과 배치되는 것이고 모든 한국인을 분노하게 했습니다. 그러한 의미에서 이번 방한과 함께 제시될 역사인식에 대한 귀하의 '진전된 입장'은 앞으로의 한일관계를 가늠할 중요한 의미를 지니게 될 것입니다.

우리는 현재 일본이 직면한 지도력의 위기와 파벌정치의 한계를 극복하고 경제적 재도약을 위하여 개혁과 변화를 주도하는 귀하의 정치적 용기와 결단을 높이 평가하며 성원하고 있습니다.

또한 전후 민주주의 이념과 제도 속에서 성장하고 교육받은 귀하가 일본이 갖고 있는 잠재력과 능력을 바탕으로 국내의 정치 및 경제 개혁을 추진하면서 보편적 가치를 추구하고 평화를 위한 국제적 공헌을 담당하는 방향으로 국가 침로針路를 이끌기 위하여 노력하리라 믿습니다.

그러나 다른 한편 우리는 귀하가 밝힌 자위대의 국군화를 위한 헌법의 조기 개정, 총리의 자격으로 행한 야스쿠니신사 참배, 역사교과서 수정에 대한 부정적 태도, 재일동포의 참정권 반대 등에 내포돼 있는 의도에 우려를 함께 하고 있다는 것을 알아주시기 바랍니다.

급변하는 세계 역사 속에서 동아시아의 한국과 일본, 중국 세 나라는 그 어느 때보다 신뢰를 바탕으로 한 긴밀한 연대와 협조를 필요로 하고 있다고 생각됩니다. 그러나 이를 위해서는 무엇보다도 먼저 세 나라가 공감할 수 있는 공통의 역사인식이 필수적이고, 일본이 그 중심에 있다는 사실을 기억하시기 바랍니다.

귀하가 정치적 결단과 용기로써 국내 정치에서 '고이즈미 혁명'을 주도한 것과 같이 한국방문을 계기로 한일 간의 '민족화해'의 물꼬를 트는 획기적인 전환점을 만들고, 나아가 동아시아 협력의 새로운 기틀을 만드는 데 기여할 것을 기대해 봅니다. (『동아일보』, 2001. 10. 7)

「아베 총리 귀하」

귀하의 총리 취임을 축하하고 한국방문을 환영합니다. 귀하의 방한이 그동안 망가졌던 한일 두 나라의 정상회담을 복원하는 전기를 마련할 수 있기 때문에 더욱 의미 있는 방문이라 생각됩니다.

그러나 귀하의 새 정권 출범과 방한을 맞으면서 기대와 우려를 함께하고 있습니다. 젊음과 용기, 합리적 판단, 그리고 뚜렷한 국가관과 세계관을 바탕으로 '빛나는' 일본을 만들어 가려는 귀하의 정치적 노력과 결단을 높이 평가하며 성원합니다. 전후세대로서 민주주의 가치와 제도 속에서 성장하고 교육받은 귀하께서 경제대국에 걸맞게 평화에 기여함으로써 국제사회로부터 신뢰받는 일본을 이끌어 갈 것을 기대합니다.

다른 한편으로는 그동안 귀하가 보여준 언설과 행적에 의문을 가지고 있습니다. 야스쿠니 참배에 대한 애매한 태도, 역사수정주의를 바탕으로 한 교육개혁, 종군위안부를 보는 시각, A급 전범에 대한 평가, 미일 동맹을 축으로 호주와 인도를 연계한다는 탈아시아적 전략구상 등에 담겨 있는 의도가 무엇인지 염려하고 있는 것입니다.

급변하는 정세 속에서 이루어진 귀하의 방문에 몇 가지 희망을 걸어봅니다. 첫째는, 아직도 이 문제를 언급해야 한다는 사실 자체가 심각한 문제인, 역사인식의 문제입니다. 귀하께서도 잘 아시다시피 1965년의 국교정상화 이후에도 한일 두 나라의 관계에는 끊임없는 긴장과 갈등의 연속이었습니다. 그 연속성의 고리를 제공한 것은 '현재의 문제'를 내포한 '과거사'입니다. 즉 식민지 지배에 '정당화와 반성' 사이를 상황과 필요에 따라 반복해 온 귀국의 '이중성'이 늘 그 원인을 제공했다는 사실입니다.

무라야마 담화(1995)와 문서화된 21세기의 새로운 한일 파트너십 공동선언(1998)으로 불완전하지만 과거사 문제가 매듭지어지기를 기대했습니다. 그러나 그렇지 못했습니다. 특히 고이즈미 정권 5년 반의 행적은 담화나 공동선언의 정신을 배반했습니다. 그러한 의미에서 방한과 함께 제시될 역사인식에 대한 귀하의 입장은 앞으로의 한일관계를 가늠할 중요한 의미를 지니게 될 것입니다.

둘째는 심도 있는 경제협력과 동아시아공동체 논의에 희망을 가져봅니다. 2003년 10월 방콕회담에서 노 대통령과 고이즈미 총리는 2005년 한일자유무역협정에 조인할 것을 합의했습니다. 증대되는 두 나라의 무역과 투자를 감안할 때 보다 발전적 논의가 필요함에도 불구하고 지난 1년 가까이 실무회의조차 열지 못하고 있음이 현실입니다.

이는 또한 아시아에서 지속 가능한 발전에 기여할 수 있는 동아시아공동체 구성에 초석을 다지는 길을 열 수 있다는 점에서도 의미를 지니고 있습니다. 냉전이 끝나고 21세기에 들어서면서 귀국과 한국에서는 유럽의 EU나 미주의 NAFTA에 버금가는 공동체를 동아시아에 구축하자는 담론이 활발하게 진행돼 왔습니다. 그러나 고이즈미 시대를 지나면서 이 구상은 해체의 위기를 맞고 있습니다. 귀하의 방한을 계기로 이러한 논의들이 결실을 맺을 수 있기를 기대합니다.

끝으로, 가장 시급한 당면과제는 북한의 핵문제입니다. 그동안 국제사회의 반대와 압력 속에서 진행된 북한의 핵개발은 핵실험단계에 접어들었고, 이는 한반도와 동아시아 정세를 격랑으로 몰아넣고 있습니다. 유일한 원폭피해국가의 지도자인 귀하께서는 남다른 각오를 가지고 계시리라 믿습니다. 귀하께서 정력을 기울이고 있는 '납치문제'와 함께 한국 및 중국과 긴밀한 협조 속에서 북한의 핵문제를 슬기롭게 풀어가는 지도력을 발휘하여 이 지역의 평화 구축에 기여할 것을 기대합니다.

귀하가 확신하고 있듯이 일본은 "커다란 가능성을 간직"하고 있는 나라이고, 그 가능성을 구체화하는 것은 일본인의 "용기와 영지와 노력"에 달려 있습니다. 귀하의 정치적 용기와 지도력으로 일본이 가지고 있는 가능성을 발휘하여 일본만의 '아름다운 나라로'가 아니라 동아시아가 '더불어' '아름다운 나라로' 함께 살아갈 수 있는 길을 닦아 주실 것을 기대합니다. 귀하의 한국과 중국 방문이 그 첫걸음이 되기를 충심으로 기원합니다. (『조선일보』, 2006. 10. 9)

이처럼 굴곡이 심한 한일관계가 지속되는 기간에 한국에서의 일본연구는 질이나 양에 있어서 크게 발전됐다. 국민대학교 일본학연구소 신설도 그 발전의 하나이다.

9

/

일본학연구소
시절

일본학연구소와 『일본공간』 창간

국민대학교 재직 중 가장 큰 보람과 의미가 있었던 시절은 일본학연구소와 함께한 시간들이다. 일본을 전공하는 젊은 교수들과 함께 연구 주제를 만들고 끌어가는 과정에서 주고받은 지적 자극은 나의 일본공부에 중요한 활력소였다.

국민대학교 일본학연구소는 2002년 9월에 설립됐다. 1998년에 사회과학대학에 지역학부(후에 국제학부로 개칭)가 신설되면서 일본, 중국, 러시아 세 학과가 신설됐다(2017년에 세 전공은 일본학과, 중국학부, 유라시아 학과로 각각 재편되었다). 지역학부 설립 디자인을 주관했던 나의 기본 취지는 지금까지 어문학에 치중했던 지역연구를 정치, 경제, 사회, 역사, 문화를 포괄하는 인문·사회과학의 학제적 융합 연구대상으로 설정하고 전문가들을 양성할 필요가 있다는 데서 출발했다. 세 전공이 신설되면서 많은 지역 전공자들이 모였다.

당시까지만 해도 일본을 사회과학적 시각에서 연구대상으로 삼고 단일 학과로 학생 모집을 실시했던 대학은 거의 전무한 상태였다. 그런 의미에서 국민대학교 국제학부의 일본학 전공은 한국에서 일본연구의 새로운 지평을 열었다고 해도 과언이 아니라고 생각된다.

일본학 전공교수들과 함께 한국학술진흥재단(후에 한국연구재단으로 개칭)에 제출한 「일본형 시스템의 동요와 모색」이라는 연구사업 제안서가 2002년도 기초학문분야 해외지역연구 부문의 과제로 선정됐다. 4년 동안 지속될 이 연구를 위하여 연구소를 설립하고 전문가를 충원하여 본격적으로 연구를 수행하게 됐다.

전반 2년의 연구 주제는 메이지 유신 이후 근대일본을 강대국으로 만들었고, 패전 후 민주화와 경제발전의 원동력이 된 '일본형' 시스템이 어째서 소위 '잃어버린 10년'이라는 1990년대를 지나면서 동력을 잃었고, 이를 극복하기 위하여 어떠한 개혁을 추진하고 있고, 그리고 이 개혁이 국제변화와 어떻게 연동되어 있는

가를 규명하는 것이었다. 이어진 후반 2년의 연구는 전반의 연구가 실질적으로 일본사회에서 어떻게 나타났나를 현장에서 찾아보는 작업이었다.

정치, 경제, 사회, 문화 각 영역의 일본연구 전문가 20명이 참여한 이 프로젝트는 4년(2002~2006) 동안 진행됐다. 연구를 진행하는 과정에서 수행한 컬로퀴엄, 크고 작은 국내학술회의, 그리고 일본 학자들과 한국과 일본을 오가면서 공동으로 주관한 국제학술회의 등은 학문적 성과와 더불어 일본학연구소의 기초를 다지는 역할을 했다. 연구 결과는『일본형 시스템: 위기와 변화』(2005)와『변용하는 일본형 시스템: 현장보고』(2008)라는 두 권의 책으로 출간됐다.

한국 정부는 2005년 8월 한일회담 관련 외교문서를 전면 공개했다. 그동안 착실히 연구업적을 축적한 일본학연구소는 외교문서 공개를 계기로 한일국교정상화를 둘러싼 협상의 실체를 분석하고 정리하는 것을 목표로 대형연구 제안서를 작성하여 한국연구재단에 제출했다. 그리고 연구업적과 제안서의 타당성을 인정받아 한국연구재단으로부터 장기적 지원을 받는 중점연구소로 선정됐다. 9년간 3단계의 사업을 수행하면서 연구소의 역량은 더욱 튼튼해졌다. 특히 2005년 정부가 공개한 한일외교문서 정리는 연구소가 자랑할 만한 큰 업적이라 할 수 있다. 14년이라는 전후 세계사에서 그 유례를 찾아보기 어려운 지루하고 험난한 외교 협상으로 알려진 한일회담 전체 내용을 담은 3만 5천여 페이지의 외교문서를 분류, 정리, 분석하여 2008년 5권의 『한일회담외교문서해제집』을 출간했다. 한일국교정상화의 실체를 볼 수 있는 중요한 자료집이다.

국민대학교 일본학연구소가 일본연구에 기여한 또 하나의 큰 업적은 "일본학의 발신, 일본과의 소통"을 내걸고 시작한 1년에 2회 발간하는 잡지 『일본공간』의 발행이다. 2007년 5월 창간호를 상재했다. 아래의 글은 창간사라 할 수 있는 「『일본공간』을 펴내면서」의 일부이다.

해방 후 상당 기간 우리 사회에는 의식 무의식중에 일본을 학문적 연구의 대상에서 제외했다. …… (그러나) 해방 후 세대와 7, 80년대의 경이적인 산업화와 경제발전 속에서 성장한 세대가 학계에 진출하면서 일본연구도 '특수한' 도식에서 보다 자유로워졌다. 즉 지난날의 어두웠던 역사를 잊을 수는 없지만 과거에 대한 집착과 감정적 접근에서 벗어나 이성과 객관을 바탕으로 한 연구가 활발하게 진행되기 시작했다.

그 결과 오늘 한국에서 일본연구는 질적으로나 양적으로 크게 성장했다. 그 영역이 다양해졌으며 인적자원도 풍부해졌다. 그러나 아직도 그 연구는 아카데미 영역에 한정되어 있을 뿐, 각 분야에 종사하면서 일본에 관심을 가지고 있는 전문인의 지적 욕구를 충족시켜주지 못하고 있는 것이 현실이다. 대중을 상대로 한 일본 전문잡지가 전무한 오늘의 문화계가 이를 설명해주고 있다.

학계가 지금까지 이룬 축적 위에서 시작하는 『일본공간』은 이러한 현실적 욕구를 충족시키면서 일본연구의 지평을 넓혀가기 위함이다. 한편으로는 수준 높은 학문적 연구를 지속하면서도 또 다른 한편으로는 일본에 대한 일반 사회의 지적 욕구를 충족시켜 줄 수 있는 품격 높은 전문지로 성장할 것을 그 목표로 삼고 있다. 그리고 전문 지식인과 호흡을 같이하면서 일본연구의 광장으로서의 역할을 다하고 보다 성숙한 한일관계를 만들어가는 길잡이가 될 것을 다짐한다.

창간호는 「왜 지금 동아시아인가?」라는 권두논문, 창간기념 좌담으로서 '동아시아 속의 일본', 기획특집으로 '일본경제의 회생', '연구논문', 한일회담에 관여했던 생존자들의 '오럴 히스토리' 연재, '일본 현지 보고', '일본 외교관의 서울체험담', 서평을

『일본공간』 창간호
(국민대학교 일본학 연구소, 2007)

포함한 '일본연구 동향' 등으로 엮었다. 오럴 히스토리 연재의 첫 회는 박태준 전 총리의 이야기를 실었다. 박태준은 한 번도 한일 회담의 공식대표로 역할을 수행한 적은 없다. 그러나 그는 5·16 이후 진행된 한일국교정상화를 위한 막후교섭의 핵심 인물로 등 장했고, 특히 1964년에는 박정희 대통령의 개인 특사로 한국과 일본을 오가면서 회담의 촉진을 위하여 다양한 활동을 전개했 다. 그동안 알려지지 않았던 뒷이야기를 기록으로 남겼다. 편집인으로서『일본공간』창간호를 꾸미는 데는 1990년에 창간했던『일본비평』의 경험이 컸다.

국민대학교의 일본학연구소와『일본공간』은 그동안 괄목할 만한 업적을 남겼고, 지금도 여전히 일본연구의 중심축으로 활동하고 있다.

『제국의 시선: 일본의 자유주의 지식인 요시노 사쿠조와 조선 문제』

연구소 중심의 활동은 내 개인 연구에도 자극을 주었다. 프린스턴에서 관심을 가졌고 스탠퍼드에서 본격적으로 자료를 수집하고 집필하기 시작한 요시노 사쿠조에 관한 책인『제국의 시선: 일본의 자유주의 지식인 요시노 사쿠조와 조선 문제』를(이하『제국의 시선』) 2004년 출간할 수 있었다. 이 책은 나에게 매우 특별한 의미를 지니고 있다. 아내의 수술과 함께 시작한 요시노 연구가 책으로 완성될 때에는 아내가 완전하다고 할 만큼 건강을 되찾았다. 지금 돌이켜보면 병을 간호하면서도 공부할 수 있는 주제를 가지고 틈틈이 도서관을 드나들 수 있었던 것은 나에게 정신적으로 큰 위로가 되었다. 특별한 의미가 있는 책이기에 구순九旬을 맞

『제국의 시선: 일본의 자유주의 지식인 요시노 사쿠조와 조선 문제』
(새물결, 2004)

이하는 아버지께 헌정했다.

　이 책과 관련하여 잊을 수 없는 또 하나의 기억은 눈보라가 몹시 심했던 2003년 1월에 요시노의 고향인 후루카와古川를 방문했던 일이다. 당시 도호쿠東北대학에 몸담고 있던 남기정(현재 서울대학교) 교수의 안내를 받았다. 5년 동안(1899~1903) 사쿠조의 아버지가 정장町長을 지내기도 했던 후루카와에는 요시노 사쿠조의 일생과 집안의 족적을 볼 수 있는 기념관이 마련돼 있다. 기념관을 돌아보면서 요시노의 성장기를 상상해 볼 수 있었다.

그동안 국내외 학계에서는 일본의 식민지 지배정책, 특히 한국 통치에 관해서는 비교적 충실한 연구가 이루어졌고 지금도 진행되고 있다. 물론 나의 연구도 이러한 기존의 연구 성과를 바탕으로 하고 있다. 그러나 『제국의 시선』은 일본의 한반도 지배정책이나 정책의 결과를 연구한 것이라기보다는, 전전 일본의 대표적 자유주의 지식인의 한 사람인 요시노 사쿠조를 통해서 당시 자유주의 지식인의 한국관과 식민지관이 무엇이었고, 그들이 일본의 한반도 지배정책을 어떻게 인식하고 있었나를 찾아보려는 데 초점을 맞추었다. 이는 1990년 이후 나의 주요 관심사인 한국에 대한 일본 지식인의 '심상'을 찾아보려는 노력의 연속이라고도 할 수 있다.

메이지 시대가 마감하고 이어진 다이쇼 시대는 제1차 세계대전과 제2차 세계대전 사이의 시기와 많이 겹친다. 학자들 사이에 전간기戰間期라고도 명명된 이 시기에 요시노는 민본주의라는 정치 이념과 틀을 제시함으로써 정당중심의 의회정치가 가능했던 소위 '다이쇼 데모크라시'를 이끈 대표적 인물이다. 그뿐만 아니라 그는 정치학자, 언론인, 그리고 당대의 논객으로서 일본의 대외정책과 여론형성에도 지대한 영향력을 행사했다.

미국의 윌슨 대통령의 민족자결주의와도 맞물려 있는 다이쇼 시대의 중요한 대외정책은 식민지로 획득한 한반도를 어떻게 하면 한국인의 국민적 저항을 최소한으로 억제하면서 '일본화(동화)'하느냐 하는 것이었다. 민본주의자이면서 인도주의자였고 또한 독실한 기독교 신자였던 요시노도 이 문제로부터 자유로울 수 없었다. 『제국의 시선』 서론에서 이를 중심으로 한 연구 목적을 아래와 같이 밝혔다.

요시노의 사회활동의 절정기라고 할 수 있는 1919~1921년 사이에 '조선 문제'가 차지하는 비중은 대단히 크다. 그는 일본의 조선 식민지 통치를 강도 높게 비판했고, 동시대의 일본인 가운데 '조선 문제'에 관하여 누구보다도 많은 시론과 평론을 남겼다. '조선 문제'와 관련해서 그의 진의를 파악하기 위해서는 요시노가 제국주의의 지지자냐 아니냐를 규명하는 데 매달리기보다는 '조선 문제' 그 자체에 초점을 맞추는 것이 더 바람직하다 하겠다. 이를 위해 이 시기에 진보적 지식인들이 가지고 있었던 '조선 문제'의 기본인식은 무엇이었나? 식민지 조선에 대한 요시노의 입장은 무엇이었나? 그가 '조선 문제'에 대하여 그와 같은 열의를 가진 이유는 무엇일까? 그가 일본의 조선 식민지통치를 비판한 이유와 근거는 무엇인가? '조선 문제'를 풀어가기 위한 그의 해결책은 어떤 것이었나? 그가 반대한 동화정책은 어떤 것이었나? 그는 조선인의 민족해방운동을 지지하고 있었나? 독립운동의 원초적 근원이라고 할 수 있는 일본의 한국합병을 그는 어떻게 평가하고 있었나? 등과 같은 문제에 대한 종합적이고 입체적인 해답을 모색할 필요가 있다. 그럼으로써 비로소 요시노의 조선상을 전체적으로 조명할 수 있고, 이를 통해 당시 민주주의를 지향했던 진보적 지식인 계층의 식민관과 조선관을 밝힐 수 있다 생각된다.

요시노가 활동한 시대는 다이쇼기이지만 그는 메이지 시대에 태어났고, 부국강병이라는 국가목표를 추구하는 교육을 받았고, 또한 청일, 러일 두 전쟁의 승리를 통해서 형성된 '메이지의 영광'이라는 내셔널리즘과 함께 성장했다. 그렇기 때문에 캐롤 글럭 Carol Gluck의 표현을 빌리면(*Japan's Modern Myths*) 요시노는 비록 자유주의자였음에도 불구하고 일본을 제도적으로나 이념적으로 지배한 "역사적 축제의 망령"이라는 천황과 천황제의 절대성에서 벗어나지 못했다. 그가 민본주의를 주장했지만 국민은 여전히 천황의 신민이었고, 일본인은 모두가 천황의 적자였다. 그가 품고 있었던 '조선 문제'의 해결도 이 틀에서 벗어나지 못했다.

2부 9장으로 구성된 책의 1부는 요시노 사쿠조의 성장과 교육, 그의 사상형성에 중대한 영향을 미친 에비나 단조海老明彈正와 혼고本郷교회의 활동, 요시노의 핵심 정치사상이라 할 수 있는 민본주의에 이르는 궤적을 추적했다. 그리고 중국 위안스카이袁世凱 장남의 가정교사로 3년 동안 톈진天津에 체류하면서 경험한 중국 혁명과의 관계를 찾아보았다. 2부에서는 요시노가 남긴 방대한 '조선 문제' 논문과 논설에 투영된 그의 식민정책관과 '조선 문제'의 근본 해결책을 분석했고, 이를 바탕으로 그의 심층에 자리 잡고 있는 한국관을 규명하려고 했다.

요시노는 일본이 1910년 이후 한국에서 실시한 식민정책을 '악정'이라고 신랄하게 비판했다. 그는 한반도에서 전개되고 있는 한국인의 저항을 이해하려 했고, 식민통치의 근간이라 할 수 있는 억압적 동화정책을 비판했다. 그러면서도 요시노는 '조선 문제'의 근본적 해결이자 반일운동의 근원인 한국인의 자주독립 문제에 대해서는 끝까지 외면했다. 식민지지배 그 자체를 부정하기보다는 식민정책의 개선을 통하여 한국인과의 협력 속에서 보다 효과적인 식민지지배의 길을 모색한 것이었다. 그리고 그 연장선상에서 만주와 대륙 경영도 염두에 두고 있었다.

출판 직후 연세대학교 사학과의 임성모 교수가 「민본주의 그늘
서 대륙경영 꿈꾼 日 진보 지식인 요시노 사쿠조」라는 긴 서평을
『조선일보』에 게재했다. 임 교수는 일본 근대사에서 요시노가 자
리 잡고 있는 위상과 책의 내용을 압축적으로 설명한 후 서평의
결론을 다음과 같이 맺고 있다.

요컨대 민본주의의 그늘 아래서 대륙 '경영'을 꿈꾼 아시아주의자,
현실주의적 동화론자, 자유주의 식민론자였다는 것이 요시노에 대한
저자의 최종평가다. 평자도 기본적으로 이에 동의하지만, 일본 근대사
에서 그만 한 지식인을 찾기도 어렵다는 것이 솔직한 심정이다. 한 가
지 아쉬운 것은 요시노의 주장에 대한 식민지 지식인들의 반응 부분
이다. '당사자'들의 목소리를 통해 '종주국' 지식인들의 자기모순을 더
극명하게 드러내지 않았을까 하는 욕심이 든다. (『조선일보』, 2004. 9. 4)

내가 요시노 사쿠조를 비판적 시각에서 검토했지만 임 교수가
"일본 근대사에서 그만 한 지식인을 찾기 어렵다"는 지적에는 동
의하지 않을 수 없다. 비록 요시노의 식민정책 비판이 식민정책
을 보다 충실히 이루어 내기 위한 것이라 할지라도, 당대 일본 지
식인들 가운데 요시노만큼 3·1독립운동에 정면으로 다가서고,

또한 조선 청년들에게 애정을 보였던 사람도 그리 많지 않다. 임 교수가 지적한 "아쉬운" 부분은 기회가 되어 증보판을 낼 경우 추가해야겠다고 마음을 다졌지만 아직 그 뜻을 이루지 못했다.

『제국의 시선』이라는 서명은 당시 학위논문 자료수집을 위하여 일본 도쿄대학에 체류하고 있었던 큰딸이 작명했다. 요시노와 동시대의 자유주의자들이 1920년대와 30년대에 전개한 '신자유주의 구상' 속에 담겨 있는 '제국통치'와 '근대성'을 주제로 학위논문을 준비하고 있었던 그는 내 연구에 필요한 많은 자료를 공급해 주었을 뿐만 아니라, 이 시대를 함께 논의하면서 내 연구내용에도 많은 도움을 주었다. 또한 이 기간에 우리는 2006년에 출간한 '만화' 프로젝트의 싹을 키웠다. 딸이 도쿄에 체류할 때 수집한 만화의 몇 컷을 『제국의 시선』에 삽입했고, 또한 책 표지도 '한국병합'은 곧 '동화同化'라는 의미를 상징적으로 은유하고 있는 『東京パック』(1910. 9. 20)의 표지를 활용했다. 2003년 완성된 딸의 학위 논문은 2013년 하버드대학교 아시아센터 출판부에서 단행본(*An Imperial Path to Modernity: Yoshino Sakuzo and a New Liberal Order in East Asia, 1905-1937*)으로 출간됐다.

『일본, 만화로 제국을 그리다: 조선병탄과 시선의 정치』(공저)

2006년에는 『일본, 만화로 제국을 그리다: 조선병탄과 시선의 정치』(이하 『일본, 만화로 제국을 그리다』)를 출간했다. 메이지 유신 후 일본 언론에 나타난 시사만화를 통해서 한일관계의 흐름을 분석·조명한 이 책은 한일관계사 연구의 새로운 영역을 개척했다고 자부하고 싶다. 더욱이 이 작업을 큰딸과 함께 진행했기 때문에 특별한 의미와 애착을 더하고 있다. 부모와 자식이 같은 영역에 관심을 가지고 있는 경우는 많이 있지만 하나의 주제를 가지고 함께 책을 쓴다는 것은 그리 흔한 일이 아니라고 생각된다.

「책을 끝내면서」에서 딸아이가 같은 분야에 공부하게 된 연유를 내 나름대로 아래와 같이 표현했다.

'세월의 흐름이 화살과 같다'고 했던가. 공동저자이기도 한 딸아이가 대학에 진학할 때 어떤 학과를 선택할 것인지를 놓고 머리를 맞대고 고심한 것이 엊그제 같은데 함께 책을 출판하게 됐으니 참으로 세월의 흐름을 실감하지 않을 수 없다. 딸아이는 어려서부터 책 읽기를 좋아했다. 그래서 학문의 길을 가려고 그러나 하면서 공부를 계속하려면 일본사를 계속하는 것이 어떨까 하고 말하곤 했다. 깊은 뜻이

『일본, 만화로 제국을 그리다: 조선병탄과 시선의 정치』
(일조각, 2006)

있어서 그런 것이 아니라 내가 일본과 관련된 책을 비교적 많이 소장하고 있었기 때문이었다. 말이 씨가 된 것인지는 모르지만, 그 후 대학 진학 때 딸아이는 역사학을 택했고, 졸업 후 일본역사를 전공하여 오늘에 이르렀다. 사학도로서 학문의 길에 정진하기를 바라는 마음이다.

우리가 함께 '시사만화'에 관심을 가지기 시작한 것은 아마도 내가 『제국의 시선』을 위하여 자료를 정리하고, 딸이 일본의 자유주의 지식인과 제국주의에 관한 박사학위 논문을 준비하기 위하여 일본에 머무르고 있었던 2000년대 초반부터가 아닌가 생각된다. 다이쇼라는 비슷한 시기의 데모크라시, 제국주의, 식민주의에 관심을 가지고 있던 우리는 서울과 도쿄에서 만나면 공동관심 주제에 관하여 토론하고 논의하는 기회를 많이 가졌다. 그러면서 언제부터인가 일본역사에 나타난 시사만화에 관심을 가지게 됐고, 자료를 하나둘 수집하기 시작했다.

우리는 2004년 초 신문시사만화 전시회를 관람하기 위하여 함께 일본을 여행하기도 했다. 일본에서도 보기 힘든 전시회로서 일본 시사만화를 이해하는 데 많은 도움이 될 것이라는 시사만화의 대가인 시미즈 이사오清水勲의 권유 서신을 받고서였다. 일본만화학회日本漫畵學會가 주관하고 요코하마에 자리 잡고 있는 일본신문박물관日本新聞博物館에서 개최된 전시회에는 메이지 이후 현대에 이르기까지 신문에 실렸던 각종 풍자만화가 시대별로 잘 정리돼 있었다. 전시된 만화만을 통해서도 정치, 사회, 문화 등 다양한 분야에 걸친 시대적 특성과 풍조를 시각적으로 읽을 수 있었다. 그 가운데는 우리들이 수집한 만화도 여러 컷이 보여서 반가웠다. 기록의 중요성을 잘 알고 이를 꼼꼼히 보존할 줄 아는 일본

신문시사만화 전시 포스터
(일본신문박물관, 2004)

인의 특성을 엿볼 수 있고 또한 부럽기도 했던 기억이 있다.

우리는 일본 신문과 잡지에 나타난 일본 국내정치, 일본과 동아시아, 한국, 중국 등에 관한 시사풍자만화를 꽤나 많이 수집할 수 있었다. 공동저자인 딸의 두 차례에 걸친 도쿄 장기체류가 효율적인 자료 수집을 가능하게 했다. 우리는 그 가운데서 한국과 관련된 시사만화를 선별하고, 그 풍자만화가 시각 언어를 통하여 독자들에게 전달하고자 한 의도를 역사 전개와 연결해서 설명하려고 했다. 딸은 「책머리에」에 우리의 의도를 다음과 같이 쓰고 있다.

　…… 이 책은 만화매체가 가지고 있는 재미와 익살이라는 특징에 가려 쉽게 드러나지 않는 '시선의 정치'를 재현하는 것을 목적으로 하고 있다. 시사만화는 어떤 사실이나 사건을 '재미있게' 또는 '알기 쉽게' 표현할 뿐만 아니라 특정 사회가 공유한 상징체계와 표현양식을 통해 특정 경향의 '규율'을 무의식 또는 의식적으로 생산하고 재생산하는 정치권력기능을 담당하고 있다. 뿐만 아니라 만화매체의 생략과 과장이라는 형식 속에는 엄청난 휘발성과 폭발성이 잠재되어 있다. …… 이 책은 바로 이러한 시사풍자만화를 통한 사회·정치·문화에 대한 연구이고, 그 가운데서도 19세기 말부터 20세기 초까지의 일본과 조선, 나아가 동아시아에 관한 연구이다. 특히 근대화에 한 걸음 앞선 일본이 제국으로 탈바꿈하면서 이웃나라 조선을 식민지로 만드는 기간 동안에 일본의 언론매체에 나타난 시사만화를 집중적으로 분석한 것이다. 이 과정을 통해서 특정 시사만화가 나타나게 된 역사적 배경과 이들 시사만화에 반복적으로 등장하는 상징 속에 담겨 있는 사회·정치·문화적 의미를 찾아보고자 했다.

일본의 저널리즘은 긴 역사를 지니고 있다. 일본 신문사新聞
史에 의하면 최초의 현대적 일본어 신문『官板バタビヤ新聞』은
1862년부터 시작된 것으로 기록돼 있다. 이는 영국의『타임스The
Times』(1788)보다 약 74년, 미국의『뉴욕타임스The New York Times』
(1851)보다 10여 년 뒤지고 있다. 그리고 우리나라의『한성순보』보
다는 20년 넘게 앞서고 있다.

저널리즘의 한 영역을 차지하고 있는 시사만화는 가장 간명한
이미지로 역사와 사건과 인물을 증언하는 문화적 도구다. 그 증
언의 내용 뒷면에는 특정시대의 역사와 사건과 인물을 바라보는
주체의 시선이 구심점을 이루고 대중의 공감대를 만들어 낸다.
그래서 독자들로 하여금 공통의식을 공유하게 만든다. 촌철의 재
치와 풍자의 재미 앞에 대중이 짓는 웃음과 동조에는 그 구심점
으로 빨려드는 기미가 묻어 있기 쉽다. 근대 이후 시사만화는 계
몽의 선봉이었고, 선전과 선동의 전위였으며, 공감대를 만드는
무기였다.

일본에서의 시사만화는 시기적으로 일찍 시작했을 뿐만 아니
라 기능적으로도 사회 여론을 선도하는 역할을 담당했다. 일본인
에 의한 시사전문 만화지漫畵誌가 1874년부터 시작했으니 시사만

화지의 효시라 할 수 있는 영국의 펀치*The Punch*(1841)보다 33년 뒤지고 있다. 일본 최초의 '직업만화가'라 할 수 있는 기타자와 라쿠텐北澤樂天이 "때에 따라서는 100편의 논설보다 한 컷의 만화가 효과적"이라고 강조한 것처럼, 시사만화는 사회적 격동기와 역사적 전환기에 사회 통합과 국민 공감대를 형성하는 데 한몫을 담당했다.

19세기 후반기부터 구체적으로 진행된 서양의 충격 속에서 개국을 이루어 내고 근대 국가를 건설한 일본은 곧 서양 제국주의를 모방하여 한국을 개국시키고 아시아 대륙으로 팽창해 나갔다. 바로 이 시기 일본의 시사만화는 서양제국주의가 만들어 낸 침략의 논리를 그대로 받아들이면서 일본의 제국 건설을 위한 국민 일체감과 사회 통합을 이루는 구심점으로서 그 기능을 발휘했다. 그리고 시사만화를 통하여 한국은 식민지로 전락할 수밖에 없다는 이미지를 국민들에게 각인시켜 주었다.

시사만화는 일본의 이웃 국가들, 특히 문명의 발상지인 중국과 문명의 전수자인 한국을 야만으로 만들어 나갔고, 일본을 문명국으로 그렸다. 근대국가를 제국으로 만들어 가는 과정에서 일본인을 하나로 묶고 국가 이익을 향해 달려가게 하는 주체로 만들

조선의 운명을 풍자한 조르주 비고의 시사만화
『TOBAE』 창간호 (1887. 2. 15)

어 가는 데 기여했다. 그런 의미에서 일본의 시사만화는 일본이 제국으로 성장하는 것을 '힘들지만 희망찬 과업'으로 형상화하면서 독자에게 제국으로 가는 길에 동참할 것을 요구한 '그림 초대장'이었다.

일본의 대표적 문명론자인 후쿠자와 유키치는 만화의 기능을 일찍부터 간파하고 신문저널리즘에 이를 활용한 대표적 인물이다. 독립불기獨立不羈와 국권신장을 내세우고 후쿠자와가 1882년 창간한 『지지신보時事新報』는 초기부터 만화칼럼을 만들었을 뿐만 아니라, 일요특집으로 「지지만화란」을 확대했다. 시사 문제를 풍자한 시사정치만화는 독자를 늘리는 데 크게 기여했을 뿐만 아니라 많은 독자들로부터 칭송을 받았다.

『일본, 만화로 제국을 그리다』는 개항기부터 한국병탄에 이르기까지 일본 언론매체에 나타난 만화화된 한국의 이미지를 역사적 사건과 연관하여 설명하고 있다. '고요한 아침의 나라 꼬레아'가 문을 열 때의 모습, 중국, 러시아, 일본 틈바귀에 끼어 있는 한국의 운명, 청일·러일 두 전쟁을 거치면서 나타난 비문명화된 한국의 이미지, 비문명화된 한국을 문명화한다는 시대적 과업으로 승화시키는 일본의 한국병탄, 병탄과정의 주역으로 등장하는 이토 히로부미와 데라우치 마사타케의 이미지와 역할 등을 주요 내용으로 하고 있다. 그리고 21세기에 다시 등장하는 혐한론의 이미지를 스케치했다.

이 연구를 통해서 확인할 수 있는 것은 19세기 말 이후의 일본이 한반도를 지배하고, 나아가 동아시아에 제국을 건설하고자 하는 의지가 일본사회, 특히 민중들 자체 내에서 역동적으로 형성되어 갔다는 사실이다. 즉 메이지 유신 직후 '정한론'으로 상징

되는 '일본이 지배해야만 할 한국'의 이미지는 국가가 주도한 위에서부터의 강압적인 동원뿐만 아니라, 아래로부터의 적극적인 동의와 참여로 만들어져 갔다는 것이다. 그리고 시사풍자만화는 이 과정에서 제국에 대한 아래로부터의 공감을 형성하고 대중을 동원하는 중요한 역할을 담당했다. 한국병탄과정에 저널리즘의 한 형태로 나타난 시사만화는 단순한 '만화'가 아니라 '병탄'이라는 국가적 목표를 만들어 가는 데 사회적 영향력을 행사했고, 또한 대중동원력과 국민의 공감대 형성에 중요한 기능을 했다.

책이 출판되자 반응이 뜨거웠다. 거의 모든 언론매체가 길고 짧게 내용을 소개했다. 3컷의 만화와 함께 두 면에 걸쳐 책을 소개한『중앙일보』는 "일본의 시사만화에 대해 분석한 책은 많지만 일본 제국주의 시대 작품만 뽑아 분석한 경우는 지금껏 없었다"고 평했다(2006. 7. 28). 이 책을 커버스토리로 다룬『한겨레신문』의 '책과 지성'은 "19세기 일본이 자국을 근대화하고 아시아를 침략하는 과정에서 만화가 첨병에 섰던 것을 파헤친 책"이라고 평하면서 두 페이지에 걸쳐 소개했다(2006. 7. 28).『조선일보』의 신간 소개는 "조선의 개국부터 청일전쟁과 러일전쟁, 조선병탄, 그리고 최근에 출간된『혐한류嫌韓流』까지 일본의 만화를 통해 보는 '시선의 정치'를 정리"한 책이라고 평했다(『조선일보』, 2006. 7. 29).

두 편의 학술 서평도 찾을 수 있었다. 하나는 일본 문화사에 관심이 깊은 강태웅(광운대학교) 교수의 것이고, 다른 하나는 국어국문학을 전공으로 하고 있는 윤대석(명지대학교) 교수의 서평이다. 강태웅의 서평은 필자가 놓친 부분을 지적해주고 있다. 그는 "기존 연구에서 다루지 않던 그 시기에서 일본의 제국적 야욕이 투영된 많은 만화들을 발견해내고 있다. 따라서 진보적 성격만이 강조되어 오던 메이지 시대의 시사풍자만화들이 가지는 한계성을 발견해낸 것은 본서가 거둔 성과 중에 하나일 것"이라고 평가하면서도 몇 가지 문제점을 지적하고 있다. 특히 책에서 다루고 있는 만화가 제국 건설이라는 "외부적인 명제에 대해서는 당국의 의도에 충실히" 동조했지만, 국내정치나 정치인의 행태에 대해서는 비판적 태도를 취하고 있었음도 함께 검토해야 한다는 점이다. 또한 "대중을 동원하는 중요한 역할"을 입증하기 위해서는 독자의 계층과 판매부수를 보다 구체적으로 밝힐 필요가 있다는 것도 지적했다. 이와 유사한 연구에서도 반드시 참고해야 할 지적이라고 생각된다.

총체적으로 강 교수는 "'시선의 정치'를 읽어내는 작업은 자료의 범주가 확대되는 현대사 연구에 있어서 시사하는 바가 크다"고 지적하면서, 사료뿐만 아니라 만화, 영화, 인터넷 자료 등 많은 종류의 자료들이 넘쳐나고 있는 상황 속에서 "본서는 새로운 연구형태의 시작을 알리는 선구적 저술"이라고 높이 평가해 주었다. (『日本歷史硏究』 제24집, 2006. 12)

윤대석은 이 책을 "역사의 과잉의미화와 비의미화를 넘어서는" 매개체로 평가하고 있다. 과도하게 의미를 담은 역사 서술을 통해서 독자에게 다가가기보다, 개별 만화라는 '사료'를 약간의 설명과 함께 직접 독자에게 전달함으로써 그 만화가 생산된 시대로 빨려 들어가게 하고 있다는 점을 평가했다. 웃음을 유발시키는 공통감각 속에 들어 있는 권력의지를 만화라는 시선의 정치를 통해서 일본의 장래가 제국 건설에 있다는 공감대와, 이에 능동적 참여를 자극하고 있다는 필자의 의도를 또한 평가하고 있다. 그가 서평의 끝부분에서 지적하는 '역시선'의 내재화는 현대를 살아가고 있는 우리 모두가 귀담아 들어야 할 명제가 아닌가 생각된다. 즉 메이지 시대의 일본인들이 한국인을 '미개'로 표상하면서도 서구인이 자신들을 마찬가지로 바라보는 시선을 느꼈고, 그러한 시선에서 발생하는 열등감을 해소하는 방식으로 한국과 중국을 야만시했다. 그렇다면 우리 사회에 늘어나고 있는 제3세계 노동자에 대한 우리의 시선은 어떤가? 소위 문명에서 야만을 향한 시선의 일방성을 반대방향으로 돌려 타자의 시선을 내재화함으로써 우리의 모습을 가다듬을 필요가 있지 않을까 생각된다.

(『황해문화』 53, 2006. 12)

이 책을 쓰는 동안 일본 풍자 시사만화 연구의 대가인 시미즈 이사오와의 교류도 즐거움이었다. 그와 만남과 대화를 통해서 일본 특유의 우키요에浮世繪와 니시키에錦繪에 관해서도 공부할 수 있는 기회를 가졌다. 시사만화 안에 들어 있는 짤막한 설명들은 고어古語, 은어隱語, '말장난言語遊び' 등으로 표현되기 때문에 정확한 의미를 파악하기 어려운 것들이 많이 있다. 또한 만화가 담고 있는 독특한 시대적 분위기, 일본 특유의 관습, 풍조 등 난해한 것들이 많다. 이러한 어려움을 해결하는 데 시미즈로부터 도움을 받았다. 처음에는 서신으로 교류했으나 그 후 도쿄에 갈 때마다 만나곤 했다. 나와는 비슷한 연배이기도 한 시미즈(1939년생)는 대학에서 수학을 전공했으나 졸업하고 산세이도三省堂 등 출판사에 근무하면서부터 만화에 관심을 가졌다고 한다. 그는 풍자만화와 관련하여 거의 1백 권 가까운 크고 작은 저서를 출간했다.

季刊 諷刺画研究 第 48 号
2005·1·20

発 行：美術同人社 〒275-0025 習志野市秋津 3-2-1-4　清水方 (郵便振替: 00110-2-757986)
編 集：日本諷刺画史学会　題字：小河白舟　協力：日本漫画資料館
印 刷：有限会社ササキ　定価 500円 (送料込) ISSN 0918-1741 Fūshiga kenkyū

ISAO SHIMIZU
PROFESSOR, FACULTY OF
INFORMATION, TEIKYO
HEISEI UNIVERSITY
http://www013.upp.so-net.ne.jp/kun-shimizu/
AKITSU 3-2-1-4 NARASHINO-SHI　TEL: 047-454-6420
CHIBA-KEN, JAPAN 〒275-0025　FAX: 047-454-6420

시미즈의 명함과 그가 편집하고 있는『諷刺画研究』계간지

특히 시미즈는 1882년부터 17년 동안 요코하마에 체류하면서 일본 풍자만화의 정착에 크게 기여한 프랑스 만화가 비고(Georges Bigot)에 관하여 여러 권의 연구서를 출판하면서 일본풍자만화사의 제1인자로 자리를 굳혔다. 그는 諷刺画史学會(1992)를 결성하고, 지금도 계간지『諷刺画研究』를 주관하고 있다. 그의 부인 시미즈 미아케清水己明는 일본 전통공예작가로 활동하고 있다. 그의 저서 가운데『풍자만화로 보는 근대 일본』등 몇 권이 한글로 번역되었다. 만화가답게 그의 명함도 코믹하다.

『일본, 만화로 제국을 그리다』의 일본어 번역판
(明石書店, 2010)

앞에서도 지적했지만 김옥균 연구가인 '재일' 역사학자인 금
병동과도 만화 출판을 계기로 다시 교류를 가졌다. 이해하기 어
려운 고어나 일본식 표현을 이해하기 쉬운 우리말로 설명하는 데
그로부터 도움받은 바가 크다.

『일본, 만화로 제국을 그리다』는 2010년 『漫畵に描かれた日本
帝國: 「韓國倂合」とアジア認識』라는 표제로 일본어로 번역됐다.
번역은 가미야 니지神谷丹路가 했고, 한국역사 관련 서적을 많이
출판한 아카시 서점明石書店에서 출간되었다.

역자 가미야는 한국역사에 해박할 뿐만 아니라, 한국의 '시골' 여행, 그의 표현을 그대로 인용하면 "歷史 漫步"를 통하여 역사와 함께 농축된 따뜻한 감정을 가진 사람이다. 일본 국제기독교대학을 졸업했으나 재학 중 교환학생으로 연세대학에 오면서부터 한국과 인연을 맺었다. 3년 동안 강원도 철원에서부터 제주도까지 시골 곳곳을 누비며 여행한 기록에서, 그는 "지난 3년 동안 한국의 시골을 즐겁게 여기저기 돌아볼 수 있었다. 여행 중에 만난 모든 사람들에게 마음으로부터 감사드리고 싶다. 역사를 되돌아보면 아무튼 울적하고 답답하기만 한 일본과 한국의 이야기지만, 한국의 현재를 살아가고 있는 사람들의 따뜻함, 진지함, 그리고 유머가 있었기에 여행을 계속할 수 있었다. 먼 옛날의 이야기를 마치 어제의 일처럼 선명하게 말하는 어르신을 만났을 때의 가벼운 흥분은 여행의 묘미다. 그 여운에 끌려 또 다른 여행으로 이어졌다고 생각한다"(『韓國歷史漫步』, 2003)라고 적었다.

조정래의 『태백산맥』을 공역한 가미야는 한국의 역사와 문화에 관하여 몇 권의 책을 출간했다. 가미야는 '역자 후기'에서 이 책이 담고 있는 의미를 다음과 같이 평했다.

…… 일본의 연구자들 사이에도 『마루마루진문團團珍聞』이나 『도쿄퍽東京パック』 등과 같은 메이지 시대 일본의 신문잡지에 조선 관련 만화가 많이 있다는 것은 잘 알려져 있지만, 일본에 존재하는 산처럼 팽대膨大한 1차 사료에 과감히 도전한 사람은 두 명의 한국인 연구자였다. …… 이 책에 수록된 만화 가운데는 저자의 친절하고도 자세한 당시 정치상황에 대한 해설이 없었다면 쉽게 이해할 수 없는 것들이 많다. 근대일본정치사의 전문가인 두 저자가 공들인 작업으로 비로소 나를 포함하여 일본인 일반 독자도 이해가 되고, 또한 참뜻을 겨우 알 수 있게 된 것이 적지 않다. …… 이 책이 시사하고 있는 또 하나의 중요한 의의는 무엇보다 시대의 분위기를 뚜렷이 재현해 보이고 있다는 점이다. 조선을 약하고 아둔한 닭으로, 중국을 더럽고 추한 돼지에 비유하는, 현대에서 볼 때 충격적이기까지 한 묘사 방법, 정한론에서 청일전쟁, 러일전쟁, 그리고 대한제국의 폐멸에 깊이 관여하고 있는 이토 히로부미와 데라우치 마사타케까지, 지금에는 생각조차 할 수 없는 무뢰하고도 노골적으로 보란 듯한 표현이, 그것도 지나칠 정도로 나열되고 있다. 이것을 통해서 당시 일본인은 위에서 아래까지 모두가 어떻게 해서라도 아시아의 패자가 되어 서양 열강과 어깨를 나란히 하려고 얼마나 고심했는지를 알 수 있는 근대 일본의 본 모습이 나타난다. 이와 같은 그림을 시대순으로 계통적으로 나열해서 본다면 싫든 좋든 시대의 분위기가 조금씩 확실하게 떠오른다. 일본

의 근대가 다만 영토의 확장을 꿈꾼 것만이 아니라, 아시아에서 문명의 선구자, 선도자, 패자로서 무지몽매하고 뒤처진 아시아를 개명, 개화시킬 사명을 짊어지고 있다는 대의를 스스로 내세우고, 그것을 위한 정의의 전쟁이고 정의의 침략이라고 뻔뻔스럽게 믿었던 시대가 생생히 떠오른다. 그와 같은 사혹思惑이 얼마나 방자한 환상이고, 아시아인의 격렬한 저항에 부닥치고, 그들의 자율적인 근대화의 싹을 잘라내고, 어떠한 어려움과 쓰라림을 초래했나는 여기 다시 되풀이할 필요조차 없다. 그러나 이 테마는 21세기를 맞이하는 오늘도 여전히 옛것이지만 새로운 테마라 하지 않을 수 없다.

그는 번역 과정에서 저자가 놓친 많은 부분과 오류를 지적하고 바로잡아 주었다. 그의 번역을 거치면서 책의 내용이 더 정확하고 풍부해진 것에 대하여 우리는 그에게 감사하고 있다. 이 책에 대한 일본학계의 서평을 찾을 수 없어 아쉽다.

『지식인의 오만과 편견: 『세카이世界』와 한반도』

1990년대에 이르기까지만 해도 전후 일본의 가장 대중적인 종합 잡지는 『쥬오코론中央公論』, 『분게이슌주文藝春秋』, 『세카이世界』이 세 가지다. 패전 전의 역사와 연결돼 있는 『쥬오코론』(1899

『세카이』 창간호 표지
(이와나미쇼텐, 1946)

년 1월 창간)이나 『분게이슌주』(1923년 1월 창간)와 달리, 전후에 출발한 『세카이』(1946년 1월 창간)는 전전의 역사에 대한 "솔직한 자기반성과 비판"에서부터 시작했다. 잡지는 "새로운 도의와 문화의 창조"를 추구하는 '진보적' 지식인들이 그 중심을 이루었다.

발행부수에 있어서는 『분게이슌주』나 『쥬오코론』에 크게 뒤졌지만, '혁신 자유주의'를 지향하는 『세카이』의 논조는 패전 후 시대사조와 일치하면서 상당 기간 지식인 사회에 크게 영향을 미쳤고, 우경화하는 보수정권을 억제하는 역할을 했다. 그리고 전후 가장 집중적으로 한반도 문제를 취급하면서 일본의 전후세대에 한국과 북조선에 대한 잘못된 이미지를 심어주는 데 결정적 역할을 했다.

미국에서 일본을 공부하는 동안 매달 도서관으로 배달되는 일본의 종합잡지 『세카이』를 빼놓지 않고 구독했다. 일본을 공부하는 사람들에게는 비교적 잘 알려진 역사학자나 동아시아 국제정치학자들의 논문과 시론이 많이 실려 있었고, 또한 한반도 문제도 자주 게재됐기 때문이었다. 그러나 이미 앞에서 지적했듯이, 『세카이』 기사에 관심을 갖고 연구의 주제로 삼은 것은 1983년 스탠퍼드대학에 1년간 체류하면서부터였다. 『세카이』가 보도한 한반도 문제를 연구대상으로 삼은 이유는 비교적 간단했다. 『세카이』를 통해서 알게 된 한반도의 사정과 실질적으로 한국에 발을 붙이고 살아가면서 체험한 한반도의 모습 사이에는 엄청난 괴리와 오류가 있었고, 이 괴리와 오류를 만들어 낸 주체가 소위 '진보' 지식인들이었고, 그 지식인들의 요람이 바로 『세카이』였기 때문이다.

1950년대 이후 한반도를 둘러싸고 전개되는 역사적 현상들을 자유, 정의, 양심 등으로 재단한 『세카이』의 진보적 지식인들은 진실을 말해야 하는 의무, 쥘리앵 방다Julien Benda의 표현을 빌리면(The Betrayal of the Intellectuals) "지적 정직성을 배반"한 것이다. 그들은 인권과 양심을 강조하면서 그 가치를 배신했다. 그들은 진실을 보도한다고 했지만 스스로 사회주의 이념과 '친북'이라는 편집 노선에 매몰돼 '환상적' 북한관을 만들어 냈고, 진실과 먼 기사를 독자들에게 전하면서 왜곡된 한국 관련 '심상'을 만들어 내어 한국과 일본의 민족화해를 어렵게 만들었다. 그리고 논조의 오류와 기사의 진실성에 문제가 있었다는 것이 밝혀진 후에도 『세카이』는 여전히 반성할 줄 몰랐다. 그것은 전후 한때 일본 사상계를 지배했던 '진보' 지식인의 허상이었을 뿐만 아니라, 그들의 심층에 자리 잡고 있는 한국인에 대한 오만과 편견이었다.

처음부터 책을 구상하고 시작한 연구는 아니었다. 한두 편의 논문을 생각하고 출발했다. 1990년 「전후 진보적 지식인의 한국관」이라는 420매의 긴 논문을 발표했고, 다시 2000년 「지식인의 가식」이라는 '보론'을 추가해서 발표했다. 그러나 그 후 많은 사건들이 이어졌다. 탈북 북송자들의 실상 폭로, 재일조선인을 쫓아 북한으로 갔던 '일본인 처'의 일시적 고향방문, 북한의 핵 개

『지식인의 오만과 편견: 『세카이世界』와 한반도』
(기파랑, 2008)

발, 북일관계의 해빙 징후, 북한의 일본인 납치 인정 등과 같은 사건들이 이어졌다. 이러한 상황변화에 대한 『세카이』의 반응과, 『세카이』에 17년 동안 익명으로 게재했던 「한국으로부터의 통신」의 저자인 'TK생'의 실체가 공개되는 것을 보면서 연구를 확대하여 책으로 발전시켰다.

창간호부터 1989년까지 44년 동안 『세카이』에 게재된 한반도 관계의 모든 기사를 종합·분석하여 2008년 『지식인의 오만과 편

견: 『세카이世界』와 한반도』(이하 『지식인의 오만과 편견』)라는 제목으로 상재했다. 이어진 작업이지만 4반세기가 걸린 셈이다. 『세카이』를 분석하게 된 동기를 「책을 내면서」에 다음과 같이 밝혔다.

언제부터인가 정확한 시점은 기억나지 않지만 『세카이』의 한반도에 대한 논조가 잘못된 것이 아닌가 하는 느낌을 받았다. 널리 알려진 바와 같이 『세카이』에 참여한 '진보적 지식인'들은 전전戰前의 현상에 대하여 비판적 입장을 취하면서, 전후 국가 진로에 대해서도 이상주의적 경향이 없는 것은 아니었지만, 논리와 이성을 바탕으로 한 평화주의 노선을 추구했다. 같은 맥락에서 일본이 조선에서 실시한 식민정책에 대해서도 솔직하게 잘못을 인정하고, 또한 '재일'의 문제에 대해서도 관심을 보였다. 이러한 점에서 보수 지식인이나 기성 정치인과는 확연히 다른 입장을 보였다. 그래서 한국에서는 그들을 '양심적 지식인'이라고 이름하고 있다.

한반도가 남과 북으로 갈려 각자 다른 길을 가기 시작한 1950년대 이후 『세카이』는 한반도에 남다른 관심을 보였고, 시간이 흐르면서 더욱 높아졌다. 그러나 『세카이』의 진보적 지식인들이 한반도의 현상을 객관적으로 독자에게 전달하려 했고, 그 시각이 논리적이고 이성적이었냐고 묻는다면 대답은 부정적일 수밖에 없다. 물론 의도는 그렇지 않았겠지만 『세카이』의 '편향된' 논조는 결과적으로 한일 두 민족의 화해에 조금도 도움이 되지 않았다는 것이 나의 판단이다.

　책의 내용은 다섯 부분을 담고 있다. 총론이라 할 수 있는 1장은 1946년 창간호부터 1989년 12월호까지 44년 동안 『세카이』에 게재된 한반도 관련 모든 기사를 종합적으로 분석하여 기술한 것이다. 이 기간의 『세카이』가 보여주는 진보 지식인의 한국관은 식민통치 긍정론으로 시작해서 의식적 무관심의 단계를 지나 쇠락하는 남한과 비약하는 북한, 그리고 반反남한 친북한을 거친 뒤 '한국 정권 타도'로 발전하고 있다. 이러한 과정을 통해서 엿볼 수 있는 것은 그들의 심층에 도사리고 있는 한국인에 대한 우월감이다. 문명에 뒤진 한국을 개화시키고 이끌어야 한다는 19세기 일본인의 의식 밑바닥에 자리 잡고 있던 사명감과 우월의식은 20세기에도 전통적 편견으로 일본사회 전반에 남아 있었고, 진보 지식인들에게도 결코 예외는 아니었다.

　일본의 진보, 또는 좌파 지식인들이 그리고 있는 북한사회는 어떤 모습일까? 2장에는 혁신계 정치인, 언론인, 학자, 작가, 노동운동가 등이 북한을 방문하고 『세카이』에 기고한 방문기訪問記가 실려 있다. 『세카이』는 1952년 12월호를 시작으로 혁신계 인사들의 북한 방문기를 1980년대까지 게재했다. 모든 방문기는 인류 역사상 그 어디에서도 볼 수 없었던 발전과 풍요와 조화가 북한에서 이루어지고 있다는 찬양으로 일관하고 있다. 그들은 북한 당국이 발표하는 황당무계한 통계나 설명을 아무런 검증 없이 진실인 것처럼 독자들에게 전했다. 북한사회를 이끌고 있는 '위대한 수령'은 전지전능한 신과 같은 존재로 묘사하고 있다. 방문기에 의하면 북한은 역동적이고, 평화적이고, 사회보장이 완전히 이루어진 '지상의 낙원'이었다. 1959년부터 1984년까지 일본 정부가 추진한 소위 '귀국사업'이라는 재일교포 북송이 진행되는 동안『세카이』는 북한 방문기를 통하여 북한은 풍요와 자유가 넘쳐나는 극락정토極樂淨土로 선전하면서 재일조선인의 북송을 앞장서서 지지했다. 그러나 방문기의 기록은 모두 허상이었고 거짓이었다.『세카이』는 이를 마치 진실인 양 전했고, 많은 재일조선인과 일본인 처를 지구상 가장 폐쇄된 동토의 땅으로 몰아내는 데 앞장섰다.

3장은『세카이』에 실린 김일성 회견기를 추적한 것이다.『세카이』는 창간 이후 1991년까지 10차례에 걸쳐「김일성 회견기」를 게재했다. 회견기는 주로『세카이』편집장과 이와나미쇼텐 사장을 역임한 야스에 료스케安江良介가 담당했다. 김일성은 회견기를 통하여 주체사상, 북한의 발전상, 북한의 평화적 통일정책 등을 국제사회에 홍보했고, 또한 남한의 부조리와 민중적 저항을 선전했다. 2017년 이후 국제사회에 가장 심각한 위협으로 등장한 핵문제에 대해서도 김일성은 "우리는 핵무장을 하겠다는 생각을 가지고 있지 않다. 우리에게는 핵무기를 생산할 자금도 없을뿐더러 핵무기를 실험할 적당한 장소도 없다. …… 한반도에서 핵을 사용할 경우 모두가 함께 멸망하기 때문에 실질적으로 사용할 수 없다"라고 핵개발을 전적으로 부인했었다. 『세카이』는 이를 진실인 것처럼 충실히 국제사회에 전달했다. 그러나 『세카이』가 여러 차례 강조한 것과 달리 북한은 1970년대 이후 꾸준히 핵개발을 추진해왔고, 오늘에 이르러 핵보유국임을 선언하고 있다. 그런 의미에서 『세카이』는 김일성의 충실한 대변인이었다.

책의 4장은 1972년부터 17년 동안 176회 연재된 「한국으로부터의 통신」 내용을 분석한 것이다. 「통신」은 'TK생'이라는 익명의 '한국인'이 정부의 삼엄한 경계망을 피해 위험을 무릅쓰고 박정희 정권과 그 후 이어진 군사정권의 억압과 부조리를 일본인 독자에게 전달하면서, 한국의 민주화를 위한 일본인의 도움을 호

소하고 있다. 이러한 구도로 전개된 「통신」은 한국에 대한 우월
의식과 사명감이 심층에 자리 잡고 있는 일본인을 열광시키기에
충분했다. 「통신」이 연재되는 이 시기가 『세카이』의 전성기이기
도 했다.

　『세카이』가 주장하고 있는 것처럼 「통신」이 과연 한국 민주화
에 크게 기여했는지는 알 수 없다. 그러나 확실한 것은, 1960년
이후 『세카이』의 중요한 필자 중 한 사람이었던 오에 겐자부로大
江健三郎가 『세카이』 창간 40주년을 맞이하는 대담집에서 "(「통신」
이) 이처럼 감정적이어서는 안 되지 않나 하고 생각했다"고 할 정
도로 객관성과 진실성을 상실했다는 점이다. 「통신」은 왜곡되고
편향된 정보를 '민주화'라는 이름으로 독자들에게 전달함으로써
한국에서는 반체제운동을 선동했고, 간접적으로 민중혁명을 촉
구하는 북한의 대남 전략을 도왔다. 그리고 일본인 독자들에게
는 한국에 대한 부정적 이미지를 각인시켰다.

　2003년 2월호 『세카이』는 「조선 문제에 관한 본지의 보도에 관
하여」라는 이색적인 "사고社告"를 발표했다. 국제적으로 사회주의
의 몰락이라는 시대적 변화와 국내적으로 북한의 일본인 납치가
사실로 드러나게 되면서 그동안 반한친북 노선에 충실했던 『세

카이』는 궁지에 몰렸고, 신랄한 국민적 비난과 비판의 대상이 됐다. "사고"는 이러한 비판과 비난에 대한 『세카이』의 대답이었다. 책의 결론이라고도 할 수 있는 5장에서 "사고"가 나오게 된 배경과 자가당착적 『세카이』의 변명을 비판했다. 『세카이』는 오류와 편견을 솔직히 인정하고 잘못을 반성하기보다 오히려 『세카이』의 논조와 판단이 옳았음을 강변했다. 『세카이』가 새로 출발할 수 있는 기회를 놓친 것이다. 그리고 『세카이』는 오늘에 이르기까지 쇠락의 길을 걷고 있다.

2008년 5월 책이 출판되자 거의 모든 언론매체가 책의 내용을 기사화했다. 흥미로운 점은 일본판 위키피디아wikipedia가 『세카이』의 역사와 구독자의 성격 등을 설명하면서 『지식인의 오만과 편견』을 소개하고 있다. 위키피디아는 이 책을 다음과 같이 설명하고 있다.

『세카이』는 군사정권 시대의 1980년대까지 한국을 격렬히 비판해 왔다. 『세카이』는 한국을 '군사정권,' '인권억압' 등의 격렬한 비판으로 일관하는 한편, 북조선에 대해서는 지속적으로 김일성의 인터뷰를 게재하는 등 친북조선 노선을 취했다. 한상일(국민대학교 교수)은 저서 『지식인의 오만과 편견』에서 『세카이』는 "마치 김일성을 위한 선전장이나 다름없다"고 평하고 있다. 1946~1989년까지 『세카이』에 게재된 한국 관련 기사를 분석한 한상일은 "『세카이』의 남북조선에 대한 시각과 북조선에 대한 평가는 비이성적이고, 전혀 균형을 이루지 않았고, 또한 『세카이』가 주장하는 '북조선-선,' '한국-악'이라는 단순 논리는 실체나 경험에 근거한 평가가 아닐 뿐만 아니라 이성적 판단에 의한 것도 아니다"라며, "『세카이』는 북조선의 대변지였을 뿐이다. 그처럼 편향된 논조는 결과적으로 한일 양 민족의 화해에 조금도 도움이 되지 않았다"고 비판하고 있다. 책에 의하면 『세카이』는 1970년대~1980년대에 걸쳐 김일성의 인터뷰 기사를 게재하여 북조선 체제를 지지했다. 그러나 1970년대~1980년대에 한국이 경제발전과 정치민주화라는 근대화를 추진하고 있을 때, 『세카이』는 오로지 그 부정적 측면이나 군사정권에 의한 압정을 비판하는 기사만 게재하여 대단히 신경질적인 태도로 '내정간섭'에 가까운 비판을 집요하게 퍼부었다. 이와 같은 편집방침은 일본 좌파지식인의 실체와 경험에 전혀 근거하지 않은 채 '북조선=선'이라는 단순한 논리를 그대로 드러내고 있고, 이는 그들의 사실 확인과 실증적 태도가 결여된 허세와 자기기만이라고 비판하고 있다. 한상일은 균형이 취해지지 않은 이유를 진보적 문화인은 일본이라는 지리적 제약 때문에 실제로 주체적으로 남북조선을 볼 수 없고, 바로 거기서 오는 무기력, 불만, 결핍감이 남북

조선의 이상과 현실을 균형적으로 판단할 수 없게 만들었다고 해석하고 있다. [https//ja.wikipedia.org/世界(雜誌)]

『세카이』는 한반도 문제에 대해서 많은 오류를 범했다. 1960년대 중국대륙을 휩쓸었던 문화대혁명을 "만민평등과 조직타파를 부르짖는 인류역사상 위대한 실험"이라는 그릇된 평가에서도 볼 수 있듯이, 『세카이』의 진보 지식인들은 사회주의와 공산주의에 대한 환상에 사로잡혀 세계사의 흐름을 냉철히 보지 못하고 이념에 매몰됐다.

그렇다고 해서 일본 현대사에 있어서 『세카이』의 역할을 과소평가하는 것은 아니다. 『세카이』는 전후 '55년 체제' 성립 후 반≠영구적 자민당 지배 속에서 진보의 가치를 대변했고, 정책적 우경화를 제어하면서 보수와 이념적 균형을 지켜내는 데 크게 기여했다. 비무장중립론을 이상으로 평화헌법을 고수하면서 미일안보조약, 외교노선, 개헌, 재무장 등과 같은 문제에 대해 진보세력을 대변하는 역할을 충분히 했다. 또한 패전으로 인한 정신적 방황 속에서 문화적, 도덕적, 지적 역량을 축적하는 데 지대한 영향을 미쳤다.

그러나 오늘에 이르러서는 그 영향력이 한없이 왜소矮小해졌다. 나는 『세카이』의 쇠락을 대단히 아쉬워하고 다시 부흥하기를 고대한다. 지금처럼 복고주의와 극우세력이 대두하는 때 진정한 진보와 자유주의 세력의 결집이 일본으로서는 그 어느 때보다 필요하다. 사회가 건전하게 발전하기 위해서는 진보와 보수의 긴장과 갈등이 함께해야 한다는 것이 역사가 우리에게 가르쳐 주는 교훈이다.

현재 (2019년) 이와나미쇼텐의 홈페이지는 월간 종합잡지 『세카이』를 다음과 같이 소개하고 있다.

『세카이』는 양질의 정보와 깊은 학식에 근거한 평론으로 전후사를 개척해온 잡지다. 창간 이래 70년 동안 일본 유일의 퀄리티 매거진으로서 독자의 압도적인 신뢰를 확립하고 있다. 다루는 테마는 정치, 경제, 안전보장, 사회, 교육, 문화 등 다양하지만, 에너지, 지역, 노동, 고용, 의료, 복지, 농사와 먹을거리 등의 분야의 기사도 게재하고 있다. 보다 양질의, 보다 박력 있는 잡지를 지향한다.

오랜 독자인 나로서는 『세카이』가 그리되기를 진정으로 소망한다.

10

/

정년과 그 후

메이지 유신의 본거지를 찾아서

2008년 『지식인의 오만과 편견』을 출간하면서 정년을 맞이했고 처음이자 마지막으로 출판기념회를 가졌다. 국민대학교 일본학연구소가 자리를 마련해 주었다. 책 출판에도 의미를 두었지만, 무사히 정년에 이를 수 있었던 것을 축하하기 위해서였다. 많은 분이 오셔서 축하해 주었다. 책 내용은 서울대학교의 이정복 교수가 소개해 주었고, 동료인 이종은 교수는 새로운 타이어로 교체re-tire하고 정년 후 새 삶을 살아갈 것을 당부했고, 정년 후 더욱 힘내서 공부하라는 학계의 원로인 한배호 선생의 축사가 있었다. 그리고 국민대학교 사학과의 김영미 교수가 비교적 긴 축시를 읽어 주었다. 이런 구절이 있다. "그는 언제나 훌륭한 경청자였다 / 먼 곳에 앉아 있을 때 상체를 숙여서 앞으로 내밀고 / 상대의 말을 잘 들으려고 노력하는 그의 모습을 나는 자주 목격하였다 …… 그는 또한 어두운 곳을 살피는 훌륭한 배려가였다 / 어려움이 없는지를 자주 살피고 / 술자리에서 빈 술잔을 찾아 조용히 채워주는 그런 사람이었다 ……" 나에게는 과분한 축시다. 정년 후 살아가면서 자기주장을 앞세우기보다 다른 사람의 말에 귀를 기울이고, 타인을 배려하는 삶을 만들어 가라는 경구警句로 받아들이고 틈틈이 반성의 거울로 삼고 있다.

정년을 맞이했다고 해서 생활 패턴이 크게 달라진 것은 없었다. 다만 연구실이 학교에서 제3의 장소로 바뀌었을 뿐이다. 학위논문으로 생각했던 이토 히로부미를 다시 공부하기로 하고 그동안 닫아 두었던 자료 상자를 열었다. 그리고 메이지 유신의 본거지를 찾아서 몇 차례 아내와 함께 여유로운 여행을 떠나곤 했다.

2008년 늦여름 시코쿠四國를 일주했다. 메이지 유신과 유신 후 민권운동의 거점이었던 고치高知가 중심지인 시코쿠를 먼저 찾게 된 연유는 당시 국민대학교의 이종은 교수가 오카야마대학岡山大學에 연구교수로 있어서 그의 안내를 받을 수 있기 때문이었다. 고치에는 에도 시대 도사번土佐藩 행정청인 고치성의 웅장한 모습

가쓰라하마 해변가에 서 있는 사카모토 료마의 동상

이 그대로 남아 있다. 고치는 막부 말기 존왕도막尊王倒幕 운동에 앞장섰던 고토 쇼지로後藤象二郎, 이타가키 다이스케板垣退助, 미쓰비시 재벌의 창업자인 이와사키 야타로岩崎弥太郎 등 메이지 시대의 대표적 인물들을 배출한 곳이다. 특히 사쓰마薩摩와 조슈長州의 연합을 성사시켜 메이지 유신을 실질적으로 가능케 한 사카모토 료마坂本龍馬와 나카오카 신타로中岡慎太郎의 고향이면서 또

오즈의 강항현창비

한 활동거점이었다. 유신 후에는 자유민권운동의 발원지로서 최초의 정당의 성격을 지닌 정치단체 릿시사立志社가 결성된 곳이기도 하다. 가쓰라하마桂浜 해변 언덕 위에서 태평양을 바라보는 사카모토의 동상은 무척 인상적이었다.

시코쿠 여행의 또 다른 목적은 오즈大洲에 세운 홍유강항현창비鴻儒姜沆顯彰碑를 보는 것이었다. 오즈는 시코쿠 제2의 도시라 할 수 있는 마쓰야마松山의 서남쪽에 위치하고 있는 작은 도시다. '작은 교토'라고 할 정도로 에도와 메이지 시대의 고옥들이 옛 모습 그대로 잘 보존되어 있다. 이곳에 강항을 기리는 비석이 서 있다.

강항은 임진왜란 당시 포로가 되어 일본에 잡혀갔었고, 포로체험기로 간양록看羊錄을 남겼다. 임란 당시 죽을 고비를 여러 차례 넘기고 표류하여 도착한 곳이 오즈의 해변이었다. 1990년 오즈 시민들이 중심이 된 '강항기념비 세우기 모임'이 그곳에 강항을 그리는 현창비를 세웠고, 그 비에는 간양록의 한 구절이 새겨져 있다.

금장의 명사가 일본에 떨어지니	錦帳名朗落海東
머나먼 천릿길 소식 바람에 맡겼다오.	絕程千里信便風
궁궐의 소식은 바다 멀리 아득한데	鳳城消息鯨濤外
부모의 모습은 꿈속에 있네.	鶴髮儀形蝶夢中
두 눈은 오히려 해와 달을 보기에 부끄러운데	兩眼却慙同日月
한 마음 아직도 옛 조정만 그리네.	一心猶記舊鴦鴻
강남이라 방초 속에 꾀꼬리 요란한데	江南芳草群鶯亂
나라를 잃고 타국에 지내는 내가 돌아갈	倘有飛艎返寓公
나르는 배는 없을는지.	

기념비 바로 뒤 언덕 위에는 2004년에 복원된 오즈성의 날렵한 천수각天守閣이 그 모습을 드러내고 있다. 오사카大阪나 히메지姬路, 또는 구마모토熊本의 성과 비교하면 턱도 없이 작지만, 히지카와肱川의 한가운데를 향하여 돌출한 언덕 정상의 오즈성은 시내를 한눈에 내려다보고 있다. 특히 성을 휘감고 뱀처럼 구불구불 흐르고 있는 히지카와는 오즈성을 한층 더 돋보이게 하고 있다. 강항도 이 성에 자주 올라 히지카와를 내려다보며 고국을 그리면서 많이 울었던 모양이다. 그는 "오즈성은 높은 산꼭대기에 있고, 산 밑으로 긴 강이 휘휘 둘러 있다. 파란 맑은 물이 늘 흐르고 있는 강이다. 성 안에 사람이 없는 틈을 타서 성 위에 올라 서쪽을 바라다보며 실컷 울고 내려온다. 그러면 조금이나마 마음이 풀리는 것 같았다"라고 고국을 그리워했다.

햇빛을 받으면서 찰랑이는 히지카와의 작은 물결들은 마치 밤하늘에 수놓은 별빛과 같이 반짝인다. 강항도 히지카와의 이 아름다움을 느꼈던 모양이다. 그러나 조국의 땅이 아닌데 아름답다 한들 무슨 소용이랴. 그래서 그는 "아무리 아름다운들 내 땅이 아니어라(信美非吾土)"고 탄식했다.

그 후 얼마동안 오즈성에 유폐되었던 강항이 조선의 대유학자라는 것이 알려지면서 그는 1598년 교토의 후시미성伏見城으로 이송되었다. 그리고 그곳에서 후지와라 세이카藤原惺窩와 교류하며 성리학을 가르쳤다. 본래 승려였던 후지와라는 강항의 영향을 받아 환속하고 일본 주자학의 개조開祖가 되었다. 미래 본위의 불교세계관보다 현실 사회의 질서와 인륜과 도덕의 중요성을 강조한 후지와라 세이카의 사상은 에도 막부의 중앙집권화를 뒷받침하는 관학으로서의 입지를 굳혔다. 그의 문하에서 하야시 라잔林羅山이나 야마자키 안사이山崎闇齋와 같은 학자가 나오면서 일본 주자학은 완성 단계까지 발전했고, 유학의 체계를 구성할 수 있게 됐다. 강항의 가르침이 그 바탕을 이루었다.

강항은 일본의 학자들과 그를 존경하는 사람들의 도움을 받아 1600년 5월 가족과 함께 포로 생활 4년 만에 귀국했다. 그리고 모든 관직을 사양하고 향리에서 독서와 후학 양성에만 전념했다. 강항이 처음 발을 디딘 오즈의 주민들이 강항을 기억하기 위하여 1990년 3월 현창비를 건립했다고 한다. 귀국해서 「강항의 흔적을 찾아서」(『일본공간』, 2008. 11)라는 제목으로 시코쿠 여행기를 썼다.

같은 해 12월에는 사쓰마薩摩의 본거지인 가고시마鹿児島를 여행했다. 가고시마는 메이지 유신의 영웅 사이고 다카모리의 고향

이다. 가고시마 공항 청사를 나서면 거대한 사이고의 동상을 마주 대하게 된다. 가고시마 어디를 가도 사이고의 모습을 볼 수 있다. 메이지 유신 후 일본을 근대국가로 이끄는 데는 사이고의 맹우였으나 정한론으로 갈라선 오쿠보 도시미치大久保利通의 공이 절대적이었다. 그럼에도 불구하고 가고시마 사람들은 물론 다른 지역의 일본인들도 오쿠보보다 유신 후 메이지 정부에 저항하다 죽음의 길을 택한 사이고를 더 좋아하고 존경한다. 메이지 유신 150주년을 맞이하는 2018년에 사이고를 주인공으로 하는 NHK 대하드라마 「세고돈西郷どん」이 방영된 것도 일본인의 감상을 잘 드러내는 것 같다.

에도 시대 조슈와 더불어 가장 부유한 번이었던 사쓰마는 메이지 유신의 원동력이었다. 조슈의 기도 다카요시木戸孝允와 더불어 유신삼걸維新三傑인 사이고와 오쿠보, 사이고의 주군으로 많은 인재를 길러낸 시마즈 나리아키島津齊彬, 사이고와 더불어 사쓰마-조슈 동맹을 만들어 낸 고마쓰 다테와키小松帶刀 등의 동상이 도시 곳곳에 세워져 있다.

사이고가 1873년 정한논쟁에서 패배 후 낙향하여 설립한 시가코私學校 유적지, 세이난전쟁(1877) 최후의 격전지이며 사이고군사령부가 있었던 시로야마城山의 동굴西鄕洞窟이 그대로 보전되어 있고, 사쿠라지마櫻島가 보이는 시로야마 정상에는 사이고의 동상이 우뚝 솟아있다. 서양의 기술문명을 일찍이 번藩 차원에서 수용하여 개발한 화약공장, 철제 대포, 방적산업, 유리공업 등을 시도했던 집성관集成館도 잘 보존되어 있다.

삿쵸동맹薩長同盟 직후 막부의 자객으로부터 습격을 받아 상처를 입은 사카모토 료마가 사이고 다카모리의 주선으로 치료받기 위하여 애인과 함께 머물렀던 기리시마霧島의 온천도 기억나는 곳이다.

2009년 초여름에는 이토가 살았던 시대의 잔영殘影을 찾아보기 위하여 그가 태어나고 성장한 곳을 찾아 여행을 떠났다. 2009년은 이토가 태어난 지 100년이 되기도 하지만, 또한 메이지 유신의 정신적 지주인 요시다 쇼인이 29살이라는 젊은 나이에 형장의 이슬로 사라진 지 150주기를 맞이하는 때이기도 했다. 하기萩의 여기저기서 많은 행사가 있었다. 이토가 태어난 야마구치山口현의 산골 오아지 쓰가리大字束荷와 메이지 유신의 본거지였고 이토가 성장한 조슈長州 수도인 하기에 일주일간 머물렀다.

조슈번은 에도 시대 모리毛利氏 가문이 통치한 지역이고, 그 중심도시가 하기였다. 조슈의 마지막 번주인 모리 다카치카毛利敬親는 막말 혼란기에 젊고 유능한 인재들을 등용하여 개국에 앞장서는 메이지 유신의 핵심세력을 만든 인물이다. 하기는 메이지 유신 사상가인 요시다 쇼인을 비롯하여 기도 다카요시, 다카스기 신사쿠 등 유신 1세대와 그 뒤를 이은 이토 히로부미, 야마카타 아리토모 등 동시대 인물들이 성장하고 활동한 곳이다. 쓰가리에는 이토의 생가와 기념관이 있고, 하기에는 메이지 유신의 주체와 그 후 국가 건설의 주역들을 키워낸 요시다 쇼인의 쇼카손주쿠松下村塾, 죽어서 신이 된 쇼인을 모신 쇼인신사松陰神社, 조슈 번주인 모리본가毛利本家의 무덤이 있는 고잔묘지香山墓地, 이토가 하기로 이사한 후에 성장한 집 등이 옛 모습 그대로 남아 있다. 옛 흔적이 그대로 남아 있는 하기의 성터와 무사촌의 가옥과 유물 등은 그 시대를 상상하는 데 큰 도움을 주었다. 에도 시대의 무사들이 거주하던 가옥을 위시하여 많은 고적들도 그대로 잘 보존되어 있다.

하기는 또한 도자기萩燒(하기야키)로도 유명한 곳이다. 임란 당시 도요토미 히데요시와 함께 출정했던 모리 데루모토毛利輝元에게 끌려와서 하기에 정착한 도공 이경李敬, 이작광李勺光 형제가 조선

메이지 유신 맹약 비석
(메이지 유신 100년을 맞아 쇼인신사 안에 세운 석비. 글은 기시 노부스케가 썼다)

도자기의 씨를 뿌렸다. 그 후 전통이 이어지면서 '하기야키'로 자리 잡고, 그 전통은 오늘도 이어지고 있다.

많은 것을 보고 깨우칠 수 있었던 것은 향토사가鄕土史家인 우치다 신內田伸의 안내와 설명 덕이었다. 만났을 당시 85세(1923년생)인 우치다는 야마구치에서 태어나 독학으로 조슈 지방사를 연구한 재야사학자였다. 그는 오랫동안 야마구치시 역사민속자료관장山口市歷史民俗資料館長을 지냈고, 개인적으로는 일본육군의 창시

우치다 신과 함께, 하기의 이토 집 마루에서

자라 할 수 있는 오무라 마스지로大村益次郎를 연구했다. 지금 생각해보아도 대단히 유익한 여행이었다. 여행기를 정리하여 「쓰가리무라와 하기 기행」(『일본비평』, 2010. 8) 이라는 제목으로 기행문을 남겼다.

앞에서 지적했듯이 2009년은 이토 히로부미가 태어난 지 100년이 되는 해다. 이때를 맞아 일본에서는 이토를 재평가하는 연구 결과물들이 많이 나왔다. 이들은 하나같이 이토를 메이지 유신 후 전개된 근대 일본의 골격을 만든 대표적 정치가로 "지(知)의 정치인", "이상과 현실을 조화시킬 줄 아는 정치가", "문명의 사도", "동양의 위인" 등으로 높이 평가했다. 부분적으로는 맞고 부분적으로는 그른 평가다. 또한 그들은 일본의 한국병탄에 관해서는 이토는 마지막 순간까지 한국병탄을 의도하지 않았고, 그가 통감이 되어 실시한 지배정책은 식민지화를 위한 것이 아니라 자치육성정책으로 평가했다. 이토는 일본의 보호통치를 통해서 한국인의 문명도가 높아지고 자치능력을 구비할 때 비로소 한국의 재再독립의 길이 열릴 것으로 보았고, 나아가 이를 바탕으로 진정한 선린의 한일동맹 구축을 꿈꾸었다는 것이다. 이토가 최종적으로 병탄에 동의한 것은 한국인이 문명화와 식산흥업이라는 '보호'의 본질을 깨우치지 못하고 저항했기 때문에 초래한 불가피한 결단으로 해석하고 있다. 달리 설명하면 이토가 3년 반 동안 통감으로 재임하면서 만든 식민통치의 틀은 '한국인의 문명화'를 위한 철학을 바탕으로 한 정책이었다는 것이다. 이러한 평가는 이토의 행적을 변명하거나 또는 메이지 이후 중층적으로 엮여 있는 한일관계를 단면적으로 해석하는 데서 나타나는 오류다. 이러한 평가들은 나의 연구가 규명해야 할 부분들이었다.

2015년 봄 출간되기까지 이토 히로부미에 관한 연구는 세 차례 일시적으로 중단됐었다. 첫 번째는 2009년 8월부터 12월까지 4개월 동안 이토 연구를 잠시 미루어 놓고, 대신 일본의 대한제국 병탄과정을 추적하는 작업에 몰두했다.

『1910 일본의 한국병탄』

2010년은 한반도가 일본의 식민지로 전락한 지 100년을 맞이하는 해였다. 100년 전의 국내외 사정을 살펴보면서 일본이 한국을 병탄해 가는 과정을 보다 대중화할 필요가 있다는 인터넷 신문 『뉴데일리』의 인보길 대표의 제안과 요청을 받아들이면서 이토 연구는 잠시 중단했다. 그러나 이 작업은 내용상으로 중복되는 부분이 많아서 이토 연구에도 크게 도움이 됐다.

연재는 2009년 8월 27일부터 「100년 전의 한국에 가다」라는 제목으로 시작했다. 「잠자는 나라의 운명」이라는 첫 회를 인터넷 신문에 올리면서 다음과 같이 시작했다.

「연재를 시작하면서」

8월은 우리 민족사에 뜻깊은 달이다. 해방과 망국亡國이 8월과 함께하고 있기 때문이다. 우리는 해방의 날을 늘 기리고 있다. 그러나 망국의 날은 기억조차 잘 못하고 있다. 지난날의 아픔을 다시 들추어 내기 싫어서일까, 아니면 그저 잊어버린 것일까?

서양제국주의의 물결이 동아시아로 밀려오던 19세기 중엽, 일본은 서세동점西勢東漸이라는 거역할 수 없는 대세를 재빨리 간파했다. 그리고 이 제국주의의 파도를 타기 위하여 위로부터 체제개혁을 단행하고, 부강개명富強開明이라는 국가목표를 향하여 국론을 한 방향으로 모아나갔다. 체제가 안정되면서 메이지明治 일본은 서양제국주의를 모방하여 이웃을 향한 팽창을 시작했다. 그 첫 대상이 조선이었다.

당시 조선은 어땠나? 조선을 처음으로 서양에 '고요한 아침의 나라'로 소개한 퍼시벌 로웰Percival Lowell은 조선을 '잠자고 있는 나라'라고 기록하고 있다. 그의 표현을 그대로 빌리면 조선은 "다른 세계 역시 자신들과 같은 환경에서 잠자고 있다고 믿었기 때문에 그들은 안심하고 깊이 잠들어버렸다. …… 그곳에서는 변화란 의미 없는 것이며 시간은 정지"해 있었다. 제국주의 대열에 끼어들기 위하여 변화를 추구한 일본, '은자의 나라'이기를 고집하며 잠들어 있는 조선. 두 나라의 운명이 갈라지는 시발점이다.

지금부터 99년 전인 1910년 8월부터 한민족은 나라를 잃고 일본의 노예로 전락하는 종살이를 35년 동안 해야만 했다. 다시 되돌아보고 싶지 않은 역사이지만 왜 우리는 나라 잃은 망국의 국민으로 전락하게 됐나를 되새겨 보지 않으면 안 된다. 그리고 비록 그것이 일그러진 자화상일지라도 정면으로 대하는 것을 주저해서는 안 된다. 망국의 역사를 제대로 깨우치지 못하고서는 해방과 독립의 참뜻을 이해할 수 없기 때문이다.

연재되는 이 글을 통해서 한편으로는 한국병탄을 위한 일본의 치밀한 계획과 간교한 책략을 추적하면서, 또 다른 한편으로는 망국으로 갈 수밖에 없었던 한국의 무력함과 어리석음을 찾아보려고 한다. 이는 어느 한쪽을 비판하고, 어리석음을 탄식하기 위해서가 아니다. 보다 지난날의 역사를 재조명하고 성찰함으로써 역사적 교훈을 되새기고, 그 위에서 새로운 선린의 한일관계를 모색하기 위해서이다.

병탄과정의 구체적 출발점이라 할 수 있는 「정한론」에서부터 시작하여, 이를 위한 준비 조사를 담당했던 인물, 조직, 첨병, 주역 등을 차례로 밝혀 나갔다. 그리고 병탄 작업을 안과 밖에서 주도한 소위 '3한남三韓男(한국병탄을 주도한 세 명의 사나이)'이라는 가쓰라 다로(총리), 고무라 주타로(외상), 하야시 곤스케(총영사)가 조직적으로 추진한 병탄과정을 규명하려고 했다. 또한 일본 정부와 고쿠류카이와 같은 우익단체가 일진회와 친일지배세력을 어떻게 조정하고 활용했는지를 추적했다. 그리고 이토 히로부미의 역할을 조명했다. 물론 연재 과정에서 한반도에서 전개된 의병과 같은 민중적 저항도 부각했다. 21회로 계속된 연재는 12월 29일 다음과 같은 글로 끝냈다.

「연재를 끝내면서」

지난 100년 동안 한국의 역사는 엄청난 격변을 체험해왔다. 주권상실과 주권회복, 그 사이의 투쟁과 친일의 모순, 해방과 혼돈, 동족상잔과 분단, 자본주의와 공산주의의 대치 등으로 이어진 한 세기였다. 이 모든 민족사의 대변화가 1910년의 일본의 '병탄'이라는 사건으로부터 시작하고 있다. 주권회복으로부터 65년을 맞이하고 있는 오늘 우리는 여전히 분단이라는 민족적 과제를 해결치 못하고 있고, 이 역시 1910년의 유산이라 하지 않을 수 없다. 그러한 의미에서 우리는 한 세기 전인 1910년의 '병탄 사건'이 담고 있는 의미와, 왜 우리 역사가 그렇게 전개됐나를 깨우쳐야만 할 것이다.

21회 계속된 이 연재가 '병탄'의 의미를 밝히고, 병탄과정에서 일본의 책략과 한국의 일그러진 모습을 찾으려고 노력했다. 그러나 기대에 크게 못 미친 것 같아 부끄럽기만 하다. 호랑이를 그리려 했는데 고양이가 된 느낌이다. '다음'을 기약하는 희망을 가지면서 연재를 마감한다. 그동안 이 글을 실어준 『뉴데일리』와 관심을 가져준 독자 여

『1910 일본의 한국병탄』
(기파랑, 2010)

러분에게 진심으로 감사드립니다.

　매회 "댓글"이 많이 달렸던 것으로 보아 독자가 꽤나 많이 있었던 것 같다. 2010년 5월에 출간된 『1910 일본의 한국병탄』은 이 연재를 바탕으로 보완한 책이다. 연재되는 동안 몇몇 출판사에서 책으로 출판하겠다는 제의가 있었으나 『지식인의 오만과 편견』을 출판한 도서출판 기파랑에서 출간했다.

『무지의 만용』

이토 히로부미의 연구가 두 번째로 중단됐던 것은 2012년 여름 3개월 정도였다. 오랫동안 미루어 왔던 『무지의 만용』의 번역 출간을 완료하기 위해서였다. 우리에게는 많이 알려지지는 않았으나 1909년 출판된 호머 리Homer Lea(1876~1912)의 *The Valor of Ignorance*는 한 나라의 평화와 번영은 오직 힘에 의해서만 보장되고, 이 힘은 평화의 시기에 준비해야 한다는 단순한 진리를 설파하고 있다. 저자는 민족사의 흥망성쇠를 가름하는 보편적 법칙, 그러나 쉽게 망각하는 교훈을 인류가 체험한 굴곡의 역사와 고전적 전쟁의 발자취를 따라가면서 설명하고 있다. 전쟁준비 없이 평화를 지속할 수 있다는 공상적 평화론자에게 경종을 울려주는 통찰력을 지닌 책이다. 이 책의 절반은 태평양전쟁과 일본을 주제로 삼고 있다.

콜로라도주 덴버에서 태어난 호머는 신체적 장애에 시달린 36년이라는 짧은 인생역정이었지만 작가로서, 지정학자로서, 군사전략가로서 그리고 중국혁명 지원자로서 역동적이고 실천적인 삶을 살았다. 옥시덴탈대학Occidental College 과 스탠퍼드대학에서 역사와 문학과 전쟁사를 공부한 호머는 1900년 이후 중국(淸)의 변혁을 위하여 역사의 현장에 뛰어들었다. 청의 개혁을 주창했던 캉유웨이姜有爲, 량치차오梁啓超 등과 교류하면서 개혁운동을 지원했고, 후에는 쑨원孫文의 혁명 노선을 지지하면서 혁명운동에 동참했다.

『무지의 만용』의 중심 주제는 명확하고도 간단하다. 피할 수 없는 전쟁의 연속이라는 격동의 역사 속에서 나라의 독립과 국민의 안전을 지키기 위해서 국가가 무엇을 어떻게 해야만 하는가가 그 핵심이다. 호머에 의하면 마키아벨리가 "인류의 전쟁은 연기될 수는 있지만, 결코 피할 수는 없다"라고 한 것처럼 전쟁은 인류가 짊어지고 살아야만 할 숙명이다. "불변의 법칙"이라는 이 숙명을 극복하기 위해서 무엇을 해야만 할 것인가에 대한 저자의 대답 또한 명확하고 간단하다. 전쟁이 "연기"되고 있는 동안, 즉 평화의 시기에 전쟁을 대비한 준비를 끊임없이 계속해야 한다는 것이 그것이다. "힘의 뒷받침 없는 평화"는 과거에도 없었고, 현재도 없고, 미래에도 있을 수 없다는 지극히 평범한 진리의 깨우침이다. 그는 역사적 사례를 들어가면서 "인류는 전쟁을 연기할 수는 있지만, 결코 피할 수는 없다", "상무정신이 없으면 국가가 망한다", "풍족해지면 오만해지고, 풍족하고 오만해지면 반드시 국방과 안

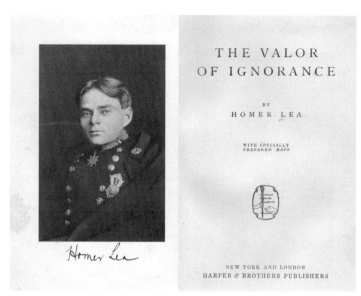

호머 리와 *The Valor of Ignorance* 초판

보를 게을리한다는 것을 깨닫지 못한다", "지난날의 역사는 부국
약병富國弱兵의 나라는 반드시 빈국강병貧國強兵의 나라에 패하고
역사의 무대로부터 사라진다는 것을 우리에게 가르쳐주고 있다"
등을 거듭 강조하면서 평화와 전쟁의 관계를 역설했다.

　출판 후 오래 잊혔던 이 책이 다시 정책결정자나 군인의 관심
을 불러일으킨 것은 1941년 12월 7일 일본이 하와이 진주만을 기
습 공격하면서부터였다. 그로부터 5일 후인 12월 12일 일본은 필

리핀 침공을 시작했다. 일본군이 취한 필리핀 공격 방법, 상륙 지점, 전략 등은 32년 전 호머가 『무지의 만용』에서 정확하게 밝힌 그대로였다. 사전에 대비하지 않는다면 일본이 군사작전을 시작한 후 3주 안에 마닐라가 함락될 것이라는 호머의 예언대로 일본 육군은 26일 만에 마닐라를 장악했다. 오랫동안 잊혀졌던 호머의 경고가 다시 살아났다. 하와이 공격 직후 당시 국방장관 헨리 스팀슨Henry Stimson은 "그 책은 터무니없는 공상처럼 보였지만, 오늘 그의 예언은 현실로 다가왔다. 미국은 일본을 과소평가하는 중대한 과오를 범했다"고 후회했다. 시사주간지 『타임』은 호머가 일본의 침공에 대해 "30년 동안 숙고할 수 있는 시간을 주었음에도" 미국은 "일본의 거대하고도 열정적인 야심을 깨닫지 못했다"고 반성했고, 『뉴욕타임스』는 호머의 책이 "미국사회에 만연된 무지의 만용을 날카롭게 지적했다"고 평가했다.

호머의 책은 미국의 전쟁 상대국인 일본에서는 출판 1년 후인 1910년 『일미필전론日米必戰論』이라는 제목으로 번역 출판되었다. 그리고 출판 6개월 만에 22판이 인쇄될 정도로 열광적인 반응을 보였다. 군부는 이 책을 모든 장교가 반드시 읽어야 하는 필독서로 지정했다. 진주만 공격을 기획하고 지휘했던 야마모토 이소로

『무지의 만용』
(기파랑, 2012)

쿠山本五十六 연합함대 사령관, 동남아시아 공략을 지휘했던 야마시타 도모유키山下奉文 중장, 연합함대 참모장 후쿠토메 시게루福留繁 중장 등은 호머의 전략을 철저하게 연구한 많은 군인들 가운데 일부분이다.

내가 이 책을 알게 된 것은 이미 고전이 된 마리우스 잰슨의 *The Japanese and Sun Yat-sen*을 통해서였다. 잰슨은 쑨원의 중국혁명을 추적해 나가면서 미야자키 도텐宮崎滔天과 더불어 헌신적으로 쑨원을 지원한 호머 리의 인생 편력과 활동을 여러 페이지에 걸쳐서 비교적 자세히 설명하고 있다. 현실주의적인 역사관, 전쟁사와 군사전략에 풍부한 지식, 평화와 전쟁과 힘의 역학관계에 대한 확신, 일본의 필리핀 점령과 태평양전쟁을 내다본 예언자적 통찰력, 그리고 신체장애자임에도 불구하고 중국혁명에 뛰어든 그의 역사관과 실천적 삶으로 일관하고 있는 *The Valor of Ignorance*를 밤을 새워가며 읽었던 기억이 지금도 생생하다.

1980년대 초 뉴욕의 한 고서점에서 *The Valor of Ignorance* 초판을 우연히 구입할 수 있었다. 시간을 가지고 찬찬히 다시 읽었다. 처음 읽었을 때보다 더 매료됐다. 『서울에 남겨둔 꿈』을 번역하고 다시는 번역물에 손을 대지 않겠다는 결심을 바꾸며 번역을 시작했다. 호머의 주장과 예지는 오늘을 살고 있는 우리에게 여전히 중요하다고 판단했기 때문이었다. 지속과 중단을 반복하면서 싸 두었던 초고를 다시 꺼내 다듬어 그해 여름 끝자락에 출판사에 넘겼다.

오늘을 사는 우리가 백 년 전의 『무지의 만용』에 깊은 관심을 두어야 할 이유를 「해설」의 끝부분에 다음과 같이 적었다.

호머의 주장과 논리는 우리 사회에도 시사하는 바가 크다. 100년 전 대한제국은 '힘'이 없어 망국으로 전락했고, 1945년 일본의 지배에서 벗어날 수 있었으나 '힘'이 없어 하나의 민족공동체를 만들어내는 데 실패했다. 그 후유증은 지금까지 계속되고 있고, 21세기가 10년 지난 오늘도 한반도는 여전히 전쟁의 화약고로 남아 있다.

아내와의 사별

이토 히로부미 저술의 세 번째 중단은 아내와의 사별 때문이었다. 그는 2014년 5월 삶을 마감했다. 아내는 나와 가족 누구도 지켜보지 못하는 곳에서 홀로 세상을 떠났다. 일찍이 토머스 브라운 경Sir Thomas Browne은 "인간은 엄청난 투쟁과 고통을 딛고 이 세상에 오지만, 세상을 떠나는 일도 여간 어려운 일이 아니다"(*Religio Medici*)라고 삶이 끝나는 힘든 과정을 설파했다. 그러나 아내는 한순간에 프랑스의 한 모퉁이에서 삶을 정리하고 가족과 이별했다. 여행 중이었기에 가족 누구도 아내의 임종을 보지 못했고, 그래서 더욱 회한이 깊다. 1주기를 맞아 만든 추모집에 아내와의 사별을 다음과 같이 적었다.

5월 26일(2014) 아침 6시 반경 차 속에서 문을 열고 환히 웃으면서

"갔다 올게" 하고 손을 흔들며 공항으로 떠났다. IJ가 나에게 보내준 마지막 웃는 모습이었다. 27일 저녁 7시경 저녁을 먹으려 할 때 IJ의 전화를 받았다. 잘 도착하여 여행 중에 있고, 주변이 그림처럼 아름답다고 하면서 함께 다시 오자는 이야기를 들려주었고, 혼자 있지만 식사를 잘하라는 당부와 함께, "금방 갈게! 여보~" 하고 전화를 끊었다. IJ가 들려준 마지막 목소리였다. 23일 모자란 우리의 45년의 결혼 생활과 두 달 28일 짧은 그의 70 평생을 이렇게 끝냈다. (『그리움을 보듬고』, 2015)

시인 나희덕의 시 「기슭에 다다른 당신은」은 나를 두고 그렇게 훌쩍 떠나간 아내에게 들려주고 싶은 내 가슴의 언어이다.

당신은 그러지 말았어야 했다
막다른 기슭에서라도 그러지 말았어야 했다
빛이 더 이상 빛을 비추지 못하게 되었을 때
마지막 돌부리에 걸려 넘어졌을 때
그래도 당신은 그러지 말았어야 했다
모든 무서움의 시작 앞에 눈을 감지는 말았어야 했다

16년 전 죽음의 문턱에서도 그는 눈을 감지 않았는데 왜 아무도 없는 곳에서 그렇게 쉽게 눈을 감았을까? 그가 코끝에 숨이 멎어갈 때 무엇을 생각했을까? 하고 지금도 혼자 생각해 보곤 한다.

아내와의 사별과 함께 한동안 내 삶도 정지됐다. 아무것도 할 수 없었고, 거의 마지막 단계에 있었던 이토 히로부미의 집필도 중단했다. 이러다가는 끝을 맺지 못할 것 같아 마무리 작업을 대충 마감하고 부족한 대로 출판사에 넘긴 것이 2014년 말이었다.

『이토 히로부미와 대한제국』

이토 히로부미를 떠나 근현대 일본사를 생각할 수 없듯이 또한 이토 히로부미를 떠나 한일관계사를 논할 수 없다. 그만큼 이토 히로부미는 일본과 한일관계사의 역사인 동시에 현실에 긴 그림자를 드리우고 있다.

2015년 5월에 출간된 『이토 히로부미와 대한제국』은 2부 15장으로 구성됐다. 시간적으로는 이토의 출생에서부터 하얼빈에서의 죽음까지 전 생애를 대상으로 삼았다. 이토는 메이지 국가건설에서 관여하지 않은 영역이 없기 때문에 방대한 자료를 남기고 있으나, 나의 연구는 이토가 정상의 위치로 올라가는 과정과 그

『이토 히로부미와 대한제국』
(까치, 2015)

과정 속에서의 '조선 문제,' 그리고 대한제국 병탄을 위한 그의 구상과 역할에 국한했다.

제1부에서는 이토의 가정 배경과 성장과정, 영국 밀항 등 막말 격동기의 활동, 메이지 정부에서의 출세, 헌법 기초와 초대 총리 대신, 청일전쟁과 러일전쟁을 거치면서 권력의 정상에 오르는 이 토의 정치 인생을 추적했다. 출신이 미천한 이토가 권력의 정상 에 오를 수 있었던 것은 권력에 대한 집착, 천황의 총애를 받을

수 있을 정도로 윗사람에 대한 준비와 배려, 독서를 통해서 부족한 부분을 보완하는 끊임없는 노력, 권력을 장악하고 확대해 나가기 위해서 구사하는 권모술수 등과 같은 요인들이 복합된 결과이다. 특히 "무슨 일이라도 처리할 수 있는 재능을 가진" 인물이라고 이토를 평가한 천황은 늘 그를 측근에 두려고 했다. 또한 이토와 같은 인물을 필요로 하는 막말과 유신 초기의 '난세'라는 시대상황이 그를 정상으로 올라가게 만들었다.

제2부는 이토가 '조선 문제'에 본격적으로 개입하여 사망에 이르기까지 병탄의 길로 가는 과정에서의 역할과 대한제국의 대응을 찾아보았다. 연구를 통해서 내가 밝히려 한 명제는 다음과 같은 내용들이다.

첫째, 이토 히로부미는 어떤 사람이었나? 농민의 자식으로 태어난 이토가 천황이 가장 신뢰하는 측근으로 신분상승을 할 수 있었던 근거는 무엇이었을까? 일본의 국민작가로 알려진 시바 료타로司馬遼太郞가 이토는 "권력의 전장에서는 작전능력이 사이고 다카모리나 기도 다카요시보다 높았다"고 평가하고 있는 것처럼 권력의 흐름에 대해서는 판단과 행동이 민첩했다. 이는 그의 타

고난 성품과 끊임없는 노력, 그리고 능한 권모술수의 결실이었다.

둘째, 일본의 한반도 지배라는 '정한征韓'은 어느 특정인이나 한 정권의 목표가 아니라 메이지 유신과 함께 확정된 가장 중요한 국가정책의 하나였다. 달리 표현하여 일본의 한반도 지배는 메이지 국가가 출범하면서부터 지도자들 사이에 이미 합의된 '국시國是'였고, 이토가 이를 충실히 수행했다.

셋째, 일본 학자들이 주장하는 것과 달리 이토는 통감으로 부임하면서 이미 한반도를 일본제국 판도의 일부로 만든다는 치밀한 병탄계획을 가지고 있었다. 특히 그는 영국의 이집트 보호지배체제를 확립한 크로머 경Lord Cromer의 통치술을 모델로 삼았다. 크로머의 이집트 문명화론, 간접통치의 지배방식, 자치능력 양성론, 당근과 채찍 등의 정책은 이토가 한국지배에서 그대로 답습한 통치술이었다.

넷째, 이토가 3년 반 동안 통감으로 재임하면서 "시정개선"이라는 이름으로 구사한 법과 제도, 행정, 교육, 식산 등의 통치정책은 궁극적으로 한국인의 일본인화라는 동화정책을 염두에 두고 있었다.

다섯째, 당시 대한제국의 지배계층은 병탄에 저항할 수 있는 국민적 결집력을 만들어 내는 데 실패했고, 능력과 의지도 박약했다. 1897년 10월 '황제' 고종의 대한제국은 자주독립을 선포하고 구본신참舊本新參이라는 통치이념을 내세워 국정운영의 일신과 부국강병을 시도했으나, 황권 강화에 모든 초점을 맞춘 개혁은 이상과 거리가 멀었다.

여섯째, 일본의 대한제국 병탄은 안중근의 이토 암살이 앞당긴 것이 아니라 본래의 계획대로 진행된 것이다.

끝으로 일본 학자들이 이용하고 있는 '기록,' 특히 한국병탄의 불가피성을 강조하고 있는 외교문서와 사적 회고록과 같은 기록들은 진실에 근거한 역사 기록이 아니라 한국병탄을 합리화하고 정당화하기 위한 조작된 기록일 가능성이 농후하다.

나의 결론은 이토는 당대 가장 능력과 권모술수를 구비한 정치인이며 "유사 이래의 숙제이고 유신 이래의 현안"이라는 일본의 한반도 지배를 가능케 만든 인물이다. 그는 그의 인생과 정치 활동의 마지막 3년 반 동안 대한제국을 지구상에서 소멸시키고, 한민족의 민족성과 언어와 역사를 지우고, 일본민족에 동화시키려고 35년 동안 지속된 식민지지배의 기틀을 마련한 장본인이다. 이러한 나의 결론은 감정이나 선입감에 구속되지 않고 충분한 사료와 이성적인 분석으로 뒷받침하려고 노력했다. 그뿐만 아니라 지금까지 누구도 주목하지 않았던 영국의 이집트 통치, 특히 25년 동안 전권을 가지고 이집트를 지배한 크로머 경의 정책과 책략을 이토가 연구하고 원용했던 부분을 밝힘으로써 병탄 연구에 새로운 문제를 제기했다고 생각한다.

출판 후 각계에서 관심을 보여주었다. 모든 언론 매체가 길고 짧게 서평을 냈다. 그리고 몇몇 매체와 인터뷰도 가졌다. 특히 서울대학의 이은경 교수는 비록 이 책이 이토 히로부미 개인의 성장과 활동에 초점을 맞추고 있지만, 메이지 유신의 가능성과 성공의 이유에 대해서 "어떤 암시"를 받을 수 있다는 긴 학술 서평을 게재했다. 그는 책의 전체 내용을 간략하게 요약하면서, 메이지 체제 성립 이후 전개된 역사전개과정을 "단순한 지식의 열거가 아니라 시간적 흐름에 따라 사건 사이의 인과관계까지도 함께 이해할 수 있게" 됐다고 지적했다. 그리고 "인물을 다루면서도 당시의 정치와 사회 전체에 대한 흐름을 놓치지 않는 저자의 시야와 집필 방식에 공이 크다"고 긍정적으로 평가해 주었다. 동시에 "이토 히로부미가 일찍부터 조선을 병합하겠다는 생각을 가지고 있었다는 저자의 주장에 대한 근거가 명확하지 않아 보인다는 아쉬움이 남는다"는 '비판'을 잊지 않았다(『日本歷史硏究』 제45집, 2017. 6).

　시간이 지난 후 찬찬히 다시 읽으면서 마무리 작업을 '대충' 끝내지 않았다면 내용이 더욱 충실해지지 않았을까 하는 아쉬움이 있다. 특히 대한제국에 관한 설명이 너무 부족한 점이다. 물론 나의 연구 주제는 메이지 유신 후 일본이 '국시'로 확정한 '정한'을 이토 히로부미를 중심으로 이루어 내는 배경과 과정을 추적하는 것이다. 그러나 병탄을 입체적으로 설명하고 또한 병탄에서 역사적 교훈을 찾아내기 위해서는 병탄의 대상이었던 대한제국의 당시 상황을 좀 더 구체적으로 설명할 필요가 있지 않을까 생각된다.

　일본의 대한제국 병탄이라는 역사적 사건은 당시의 국제정세, 일본의 정책추진, 대한제국의 대응 등이 한데 어우러져 나타난 현실이다. 따라서 대한제국에도 상당한 책임이 없을 수 없다. 어째서 대한제국은 병탄당할 수밖에 없었나, 대한제국의 지배계층은 당시의 상황을 어떻게 판단했고 대응했나, 국가 최고 지도자였던 고종은 어떻게 대처했나, 대한제국은 진정 제국으로서의 모습을 갖추었나 등과 같은 명제에 더욱 솔직하고 냉철하게 정면으로 대면할 필요가 있다. 이러한 과정 없이는 '병탄'의 서러움도 '해방'의 기쁨도 깨우칠 수 없지 않을까 생각한다.

병탄과 이어진 35년의 식민지 시대는 힘든 세월이었고, 또한 그 후유증이 오늘의 분단으로까지 이어지고 있다. 물론 일본을 비난할 수 있다. 그러나 동시에 스스로를 돌아보고, 지난 역사를 직시하고 그곳에서 교훈을 되새길 때 비로소 망국과 해방의 의미를 깨우칠 수 있다. 역사가 콜링우드R. G. Collingwood가 "지난날의 역사를 모르고서는 오늘의 현실을 이해할 수 없고, 또 내일의 향방을 예측할 수 없다"라고 지적한 것은 병탄과정에서 보여준 대한제국의 경우에도 그대로 해당된다. 대한제국의 책임에 관한 연구는 물론 한국사 전공자의 몫이기도 하고, 또한 한국근대사에 어두운 나로서는 감당하기 어려운 작업일지도 모르지만 증보판을 낼 기회가 생긴다면 추가하고 싶다.

아베 신조의 재등장과 일본의 진로

2012년은 현대일본정치사의 이정표를 이루고 있다. 포퓰리즘 색채가 짙었던 3년(2009~2012)의 민주당 정치실험이 실패로 끝나고, 우익 성향이 강한 자민당 시대가 다시 시작됐다. 그리고 그동안 빈번했던 정권교체의 꼬리를 끊고 정치가 변혁의 주체로 등장했을 뿐만 아니라 다시 '강한 일본'을 지향하는 보수적 정책이 그

기조를 이루게 됐다. 아래의 글은 2012년 말 일본의 총리 선출 직전 『조선일보』에 게재된 칼럼이다.

「일본, '大正 데모크라시'의 실패 반복하나」

일본의 침로針路가 흔들리고 있다. 2차 세계대전의 패전敗戰 후 새롭게 국제사회에 등장한 일본은 부국민주富國民主와 평화를 국가 목표로 삼고 출발했다. 그 틀 속에서 정당을 중심으로 한 의회민주주의를 실현하고, 평화헌법을 방패로 국제분쟁에 휩쓸리지 않고 경제적 번영을 이룩할 수 있었다. 그 연장선상에서 소련·한국·중국 등 전쟁과 식민지 지배의 피해국들과 국교를 정상화했다.

과거 침략과 식민지 지배에 대한 '사죄謝罪'와 '망언妄言'이 반복되기는 했으나, 1980년대 이후 일본 정부의 기본 입장은 이웃과의 선린善隣과 역사 인식의 공유를 지향했다. 역사 기록에 좀 더 신중하겠다는 미야자와 기이치 담화(1982년), 일본군위안부의 모집·이송·관리에 정부가 관여했다는 것을 인정한 고노 요헤이 담화(1993년), 식민지 지배와 침략전쟁으로 주변국들에 피해와 고통을 준 데 대한 사과를 담은 무라야마 도미이치 담화(1995년)가 이를 보여주었다. 또 2010년 한국 병탄 100주년을 맞아 간 나오토 총리는 한국인의 뜻에 반하여 이루어진 식민지 지배가 민족의 자긍심에 깊은 상처를 주었다는 점을 인정하고, 이에 '통절痛切한 반성과 사죄의 뜻'을 밝히기도 했다.

그러나 오늘의 일본 정치 지도자들은 기존의 국가 진로를 부정하고 역逆코스로 접어들고 있는 듯하다. 다음 정권은 민주당의 노다 요시히코 총리나 자민당의 아베 신조 총재, 일본유신회의 하시모토 도루 오사카 시장 가운데 한 사람이 담당할 것이 거의 확실시되고 있다. 그런데 세 사람은 역사적 진실을 부정하고, 영토 확장을 강조하며, 헌법 개정을 실현하여 '강한 일본'을 만들겠다는 것을 한목소리로 외치고 있다. 그러면서 '잃어버린 30년'의 늪에서 헤어나지 못하고 초조감에 짓눌려 있는 국민감정에 '폭력적 애국주의'의 불을 지피고 있다.

1999년 영국 런던정경대의 모리시마 미치오 석좌교수는 『일본은 왜 몰락하는가?』라는 책을 출간했다. 경제학자이면서 사회과학적 통찰력을 지녔던 그는 1990년의 상황에서 2050년을 내다보면 일본에는 '몰락' 이외의 다른 길이 없고, 그 '몰락'의 이유는 '정치의 무능과 빈곤'이라고 지적했다. 10여 년이 지난 오늘의 상황에서 본다면 모리시마의 관찰과 예견은 상당히 적중하고 있다. 무능하고 무기력한 일본 정치의 현주소는 헤이세이平成 시대가 시작한 1989년 이후 23년 동안 18명의 총리가 교체됐다는 사실이 잘 말해주고 있다. 고이즈미 준이치로 총리의 5년 반 집권을 제외하면 일본 총리의 평균 수명은 1년에 불과하다.

일본은 사회 변혁의 주체로서 정치의 위상을 빨리 복원해야 하고,

이를 위해서는 본질적인 혁신과 제도적 개혁이 필요하다. 시대정신을 통찰하고 비전을 제시하며 국제적 감각을 지닌 정치 지도자가 성장할 수 있는 정치 토양을 만들어야 한다. 일본 특유의 파벌·세습과 정치의 폐쇄성은 능력과 자질을 가진 인재들이 경쟁과 타협 속에서 정치 지도자로서 성장할 수 있는 길을 차단하고 있다. 중의원과 참의원의 다수파가 어긋나도 국회가 작동할 수 있는 법적 장치가 필요하고, 잦은 의회 해산과 총리 교체를 억제할 수 있는 제도적 개선이 필요하다.

앞으로 일본을 이끌고 갈 전후戰後세대 정치 지도자들은 철학의 빈곤과 리더십의 부재 위에 서 있던 1920년대의 다이쇼大正 데모크라시가 1930년대의 쇼와昭和 군국주의로 넘어가게 된 과정을 되새겨보고, 그 결과가 어떠했나를 성찰해야 할 것이다. 정치의 무능과 빈곤 속에서 신팽창주의를 바라는 '강한 일본'은 동아시아는 물론 일본을 위해서도 결코 바람직한 국가 진로가 아니다. (『조선일보』, 2012. 10. 17)

2012년 12월 26일 아베 신조가 총리로 지명됐다. 그는 취임 기자회견에서 "국민이 기대하고 있는 정치의 혼란과 정체를 하루라도 속히 종지부 찍고, 국익을 지키고 위기돌파를 위하여 전력을 발휘"할 것을 천명하고, "인물중심, 실력중심의 위기돌파내각은 경제재생, 부흥, 위기관리에 전력을 경주한다"는 소신을 밝혔다.

2006년의 제1차 아베 내각이 1년 만에 무너진 것과 달리 제2차 내각은 장기간 지속되면서 강력한 리더십을 발휘했다. 두 번에 걸친 참의원 선거(2013, 2016)와 중의원 선거(2017)에서 승리하면서 아베는 내각의 안정과 장기 집권의 기틀을 마련했다. 또한 1990년대의 '버블'로 침체의 늪에 빠져 있던 경제를 재생시키면서 그는 국민적 지지를 확보할 수 있었다. 아베노믹스로 알려진 통화공급 확대, 엔화 평가절하, 인프라 투자를 확대하는 재정 정책, 적극적인 경제성장 정책 등이 실효를 거두면서 일본은 경제침체에서 벗어나 견실한 성장을 이루고 있다. 정권출범 당시 8,500이었던 닛케이지수가 2018년 1월에는 25,000에 육박했다. 2018년 5월 정부 발표에 의하면 취업률 또한 완전고용에 이르러 대졸 취업률 98.0%이고 고졸자도 98.1%에 이르렀다. '전후체제로부터의 탈각'과 '강한 일본'을 지향하는 아베 정권은 '애국심'을 강조하는 국민정신과 대외정책에 있어서 뚜렷한 우경화 성향을 드러냈다. 아베 정권의 정책기조는 그가 2006년 정권을 담당하기 직전에 출간한 그의 저서, 『美しい國へ』에 잘 드러나 있고, 그 기조는 더욱 강화되고 있다. 늘 이웃과 갈등의 씨앗이 되고 있는 야스쿠니신사 참배 문제도 그는 "한 나라의 지도자가 국가를 위하여 순직한

사람에 대하여 존숭尊崇의 뜻을 표하는 것은 어느 나라에서나 있는 행위"라고 일반화했고, 이를 비판하는 외국의 시각은 "내정간섭"이라고 강하게 비난했다. 실제로 그는 취임 1년이 되는 2013년 12월 26일 현직 총리로서 야스쿠니신사 참배를 강행했다.

한국을 위시한 국제사회로부터는 비판을 받았으나, 국내에서는 '상당한' 지지를 받았다. 참배 직후 『아사히신문』의 여론조사에 의하면 20대 회답자의 60%가 야스쿠니 참배를 '지지(15% 반대)'했고, 30세 이상의 회답자 중 59%가 지지(22% 반대)하는 것으로 나타났다(2013. 12. 30). 이는 전쟁을 체험하지 않은 젊은 세대일수록 '과거사'로부터 자유롭다는 것과 '애국심'을 강조하는 역사교육과 밀접한 관계가 있다.

1950년대 이후 태어나 교육받으며 성장한 전후세대의 국가관, 세계관, 역사관은 아베의 신념에 잘 드러나 있다. 아베는 "우리나라 일본은 아름다운 자연의 축복을 받아왔고, 오랜 역사와 독자의 문화를 지닌 나라다. 그리고 아직도 엄청난 가능성이 숨어 있다. 이 가능성을 펼칠 수 있는 것은 우리들의 용기와 영지와 노력이라고 생각한다. 일본인이라는 것을 비하하기보다 자랑스럽게 생각하고, 미래를 개척하기 위해서 땀을 흘려야만 하지 않겠는

가. 일본의 결점을 이야기하는 데서 사는 보람을 찾을 것이 아니라, 일본의 내일을 위하여 무엇을 해야만 할 것인가를 서로 의논해야 하지 않을까"라고 민족적 자긍심을 고취하고 있다.

아베는 2018년 9월 자민당 총재 선거에서 3연임에 승리했다. 그가 중도에 사퇴하지 않는다면 아베는 2021년 9월까지 "강한 일본을 회복하자(强い日本に取り戻す)"라는 정책을 강력히 추진할 것이고, 국민의 '애국심'은 더욱 강화되는 방향으로 전개될 것이다.

『昭和維新: 성공한 쿠데타인가 실패한 쿠데타인가』

정치 변화와 시대 조류의 전환 속에서 나는『이토 히로부미와 대한제국』을 출간한 후 1930년대의 자료를 다시 찾아보기 시작했다. 1930년대에 관심을 가지게 된 이유의 하나는 국제질서를 지배했던 냉전종식과 전후정치의 기본 틀이었던 '55년 체제'가 해체되면서 이후 전개된 일본 정국의 큰 변화가 다이쇼와 쇼와 초기의 현상과 중첩되는 부분이 많기 때문이다. '잃어버린 20년'으로 상징되는 경제침체, 중국의 부상, 혁신이념의 퇴화, "새로운 역사교과서를 만드는 모임"이나 "일본회의"와 같은 극우성향 단체의 강화, 빈번한 정권교체, 국민감정의 우경화 등은 군국주의

『쇼와 유신: 성공한 쿠데타인가, 실패한 쿠데타인가』
(까치, 2018)

로 전진하는 1920년대와 30년대의 현상과 유사한 경향이 있다. 물론 그렇다고 해서 일본이 과거처럼 군국주의를 지향하고 있다는 것은 아니다. 다만 국내의 혼돈 속에서 내셔널리즘이 강화되고 있고, 정치가 사회 통합과 비전 제시의 역할을 다하지 못하고 있고, 그래서 강력한 리더십으로 갈구하는 국민의 욕구에 영합해서 나타난 총동원체제라는 1930년대의 현상을 오늘의 현상에 투영해 볼 때 역사적 교훈을 찾을 수 있지 않을까 하는 것이다.

또 다른 이유는 앞에서도 지적했지만 1988년 세 번째 출간한 『일본의 국가주의』도 1930년대의 변화를 중심으로 공부한 책이나 주로 대외팽창에 초점을 맞추었다. 이어진 이번 연구에서는 앞 연구에서 소홀히 취급했던 국내적 요인, 특히 국내정치와 국가진로의 격변을 추적했다. 일본이 경험한 1930년대의 변화는 당시 국가를 일선에서 이끌었던 정치인, 특히 정당정치인의 시대정신이나 정치능력과 깊이 연계돼 있었다.

정치는 끊임없이 분출하고 상충하는 개인과 집단의 이해관계를 조정하는 것이고, 정치의 주체인 정당은 국제정세의 변화를 주시하면서 국가 진로를 제시하고 이끌어 가는 배타적 권력을 지닌 집단이다. 그러나 정당을 중심으로 한 의회주의가 꽃피웠던 1920년대와 30년대 일본의 정치는 부패했고, 그 본래의 기능을 스스로 포기함으로써 국가의 운명을 나락으로 떨어뜨렸다.

『昭和維新: 성공한 쿠데타인가, 실패한 쿠데타인가』는 정치테러와 쿠데타 음모, 중국대륙에서 군부의 독단적 군사행동, 실패한 쿠데타 등이 횡행했던 1930년대를 추적하면서 처음에 제기했던 문제, 즉 어째서 일본은 1930년대를 지나면서 정치적 민주주의, 경제적 자본주의, 문화적 개방주의, 그리고 이념적 다양주의가 국수적 총동원 노선을 택했나에 대한 물음에 답하려 했다. 물론 이에 대한 대답은 그리 간단치 않다. 그러나 가장 본질적이고 근원적 해답은 격동의 시대에 사회 통합의 기능을 방기하고 국가 진로의 비전을 제시하지 못한 정치의 무능과 정치인의 무소신, 정치부패에 있었다. 그리고 그 결과는 망국이었다.

현대를 살아가고 있는 대부분의 사람들은 정치를 불신하고 희화화한다. 그러나 국민공동체를 이끌어 가는 정치인의 소명의식과 그들이 만들어 내는 정치의 질이 결국 그 공동체의 운명을 결정한다는 것이 쇼와 유신이 보여주는 역사적 교훈이다.

에필로그

반세기 동안 일본을 공부했다고 하지만 내가 안다고 하는 일본
은 대단히 적고 부분적인 것에 불과하다. 일본 전체의 모습을 그
리기에는 턱없이 모자란다. 이는 마치 장님이 코끼리 다리의 한
부분을 만져보고 전체를 상상하는 것이나 다름없다. 그러나 두 가
지만은 확신할 수 있다. 하나는 일본은 놀랄 만한 저력과 가능성
을 가진 민족 공동체라는 것이고, 다른 하나는 애증관계에 있는
한국과 일본은 함께 살아가야 할 길을 모색해야 한다는 것이다.

일본은 역사의 흐름 속에서 민족적 능력을 실천적으로 입증했
다. 19세기 중엽 중국을 위시한 아시아의 모든 나라가 구질서에
취해 있을 때 일본은 시대의 변화를 간파했고, 그 변화를 자기의
것으로 만들기 위하여 내부체제를 정비했다. 그리고 문명개화를

위하여 국력을 경주하여 부국강병을 이루어냈다. 1945년 패전과 무조건 항복 후 일본은 혼돈과 좌절과 무기력 속에 있었다. 전후 일본 재건의 기틀을 만련한 요시다 시게루吉田茂가 우려했던 것과 같이 패전 후 "일본이 세계 역사에서 사라질 수도 있는" 절체절명의 위기에 처했다. 주권을 상실한 일본은 6년 8개월에 걸친 점령 통치를 감내해야만 했다. 그러나 일본은 난국을 슬기롭게 극복하고 폐허의 잿더미 위에서 다시 부국민주富国民主를 일구어냈다.

일본은 아시아 공동의 번영과 평화를 이끌 수 있는 능력과 지혜와 경험을 지니고 있음을 보여주었다. 그러나 오늘 일본의 위상과 역량은 제한적이다. 왜일까? 여러 가지 이유를 들 수 있겠지만, 전후 70년이 지난 오늘에도 함께 살아가야 할 이웃들이 일본을 신뢰하고 있지 않다는 점이 가장 큰 장애가 아닐까 생각된다. 메이지 국가가 출발하면서 일본은 '문명'을 국가사상의 근간으로 삼았다. 그러나 그 문명의 본질은 결국 서양을 따라잡기 위한 기술知과 힘力이었을 뿐, 문명의 또 다른 본질인 도의道義와 문화는 도외시했다. 후쿠자와 유키치福澤諭吉의 문명론에서 잘 드러나고 있듯이 일본이 추구한 문명은 힘을 키우는 과정이었고, 힘의 행사를 정당화하기 위한 명분이었다. 지난날 일본은 문명이라는 이름으로 전쟁을 수행했고, 문명이라는 이름으로 식민지를 넓혔으며, 문명이라는 이름으로 이웃을 침략했다. 문명이라는 이름으로 진행된 '비문명적 과오', 다케우치 요시미竹內好의 표현을 빌리면 "문명의 허위화虛僞化"라는 일그러진 역사를 지니고 있다. 그리고 메이지의 유산인 '문명의 허위화'는 비록 그 농도는 엷어졌지만 전후에도 여전히 이어지고 있다. 이제 일본은 도의와 힘을 아우른 문명을 좀 더 진지하게 검토해야 하지 않을까 생각된다.

한국 또한 이제는 일본과 맺어진 '과거사'의 얽매임으로부터 자유로워질 필요가 있다. 식민 지배의 해방으로부터 70년이 지난 오늘의 한국은 그동안 식민지 시대의 암울한 역사의 그림자와 분단과 동족상잔의 전쟁이라는 불행을 극복하고 산업화와 민주화와 문화강국을 이루어냈다. 비록 한반도가 분단돼 있지만, 한민족의 강인함과 우수함을 입증했다. 한국은 이제 자긍심을 가지고 지난날의 아픈 역사를 내면화하면서 "함께" 평화와 번영을 꾸려갈 수 있는 이웃으로서의 일본을 바라볼 수 있는 단계에 이르렀다고 믿는다. 물론 지난날의 역사적 사실을 잊을 수도 없고 또 잊어서도 안 될 것이다. 그러나 역사를 기억하고 소중히 여기는 것은 과거에 머물거나 묻히기 위함이 아니라, 보다 풍요로운 미래를 만들어 가기 위함에 있다. 지난날에 너무 집착하고 그것에 구속되어 밝은 장래를 어둡게 만들어서는 안 될 것이다.

한국과 일본은 지리적으로 근접해 있고 문화적으로도 공통점이 많다. 두 나라는 또한 지리적으로 이웃하고 살아갈 수밖에 없다.『총, 균, 쇠』의 저자 재레드 다이아몬드Jared Diamond는 한국인과 일본인을 "성장기를 함께 보낸 쌍둥이 형제"에 비유하고 있다. 그런데도 두 나라의 관계는 그리 원만하지 못하다. 이제 한일 두 나라는 굴절된 렌즈를 통해서 보이는 과거에서 벗어나 '사이좋은' 이웃으로 살아갈 수 있는 긴밀한 관계를 다듬어 나가는 데 더 정성을 들여야만 한다. 이는 진실과 용서와 맞대면할 수 있는 용기, 그리고 상호존중 위에서만 가능하다. 이 글을 시작하면서 제시했던 바와 같이, 근접한 숙명적 지역 공간에서 함께 살아가야 할 한국과 일본은 서로 '절제'와 '예의'를 갖추고 '역지사지'의 태도를 중시하는 것 이외의 길은 없지 않을까 생각한다.

후기

1960년대는 격동의 시대였다. 4·19 혁명과 이승만 체제의 종식, 5·16 군사 혁명와 장면 내각 붕괴, 박정희를 중심으로 한 국가재건최고회의 출범, 정당 해체, 내각제에서 대통령제로의 개헌, 제3공화국의 출범, 화폐개혁, 김-오히라金鍾泌-大平正芳男 메모 유출과 한일국교정상화 반대투쟁, 월남파병 등 정치, 경제, 사회 각 영역에서 소용돌이치는 변화가 끊임없었다.

4·19 혁명 이후 정치·사회적 발언권이 강화된 대학은 이러한 격변의 중심에 있었고, 권력과 빈번한 마찰을 빚으면서 대학 생활은 늘 비상계엄이 아니면 경비계엄 또는 위수령 속에서 보냈고, 자연히 휴교와 휴강이 빈번했다. 격변 속에서 적극적이고 현실참여 지향적인 발언과 행동의 수위가 높았던 당시의 대학 분위기는

학문 탐구의 열기보다 정치와 사회변화에 더 민감했던 것 같다. 나도 이런 분위기에서 자유로울 수 없었다. 저녁마다 친구들과 어울려서 술잔을 기울이고 설익은 시국관을 논하는 시간이 많았고, 아침에 집을 나서면 통행금지 사이렌과 함께 귀가하는 것이 대부분의 날이었다.

대학 3학년이 끝나갈 때쯤인 것으로 기억된다. 아직 잠에서 깨어나기 전인 이른 아침에 아버지가 2층 방까지 올라왔다. 그리고는 이제 졸업할 때도 가까워지고 했으니 좀 더 학업에 정진해야 하지 않겠냐는 뜻의 말씀을 했다. 아마도 대학에 입학한 지 3년이 지나가는데 공부하는 기색은 보이지 않고 책가방만 들고 왔다 갔다 하는 나의 대학 생활이 보시기에 딱했던 모양이다.

한집에서 살면서도 자식들 방을 좀처럼 찾지 않는 아버지가 내 방을 찾아온 것도 이변이지만, 공부하라는 말씀은 더욱 큰 이변이었다. 내 기억으로는 아버지로부터 공부하라는 말을 들어보기는 이때가 처음이자 마지막이 아닌가 생각된다. 아버지는 공부는 다 자신이 알아서 하는 것이지 누가 하라고 해서 하는 것이 아니라는 단순명료한 신념을 가지고 계신 분이었다.

아버지의 말씀에 약간 의외라는 생각이 들었다. 정확한 표현은 기억나지 않으나 "아버님, 염려 마세요. 술 마시고 나다녀도 늘 머리로 공부하고 있습니다. 선생님의 강의나 틈틈이 읽는 책도 다 머리에 들어 있습니다"라는 내용으로 대답했던 것 같다. 그러자 아버지는 "이 녀석아, 공부는 머리나 입으로 하는 게 아니라 궁둥이로 하는 거야! 아무리 머리가 좋다고 해도 의자에 궁둥이를 붙이고 책상 앞에 앉아 있는 자세가 중요한 거야"라고 말씀하시고 아래층으로 내려가셨다. 당시 그 말에 담긴 뜻이 무엇인지 알지도 못했을 뿐만 아니라 또 알려고 생각하지도 않았다. 그저 한쪽 귀로 듣고 한쪽 귀로 흘려보냈다. 그리고 오랫동안 그 말에 담긴 뜻을 깨닫지 못하고 살았다.

그로부터 상당한 시간이 지난 후 미국의 대학도서관 한 모퉁이에서 어느 날 갑자기 '이 녀석아, 공부는 궁둥이로 하는 거야!'라고 하신 말씀이 기억났고, '아 그때 하신 그 말씀이 이런 뜻이었구나!' 하는 내 나름대로 그 말에 담긴 뜻을 깨우칠 수 있었다.

1971년 가을로 예정된 박사학위 종합시험을 준비할 때였다. 근대일본정치사, 현대일본정치, 근현대중국정치사 세 분야가 시험 과목이었다. 물론 그동안의 학습과정을 통해서 시험에 응할 수 있는 어느 정도 준비는 되어 있었지만, 범위도 넓고 마지막 단계이기 때문에 체계적이고도 종합적인 준비가 필요했다. 첫 아이가 아직 두 돌이 되지 않아 집에서 공부하기가 불편했으나, 캠퍼스 안에 살고 있었기 때문에 쉽게 도서관을 이용할 수 있었다. 특히 도서관의 일부는 24시간 개방하고 있어서 대단히 편리했다. 반년 가까이 거의 모든 시간을 도서관에서 보냈다. 학습과정에 읽었던 중요한 책의 요점과 논지를 다시 파악하고, 강의록과 세미나의 주제들을 정리하고, 근현대 일본사와 중국사에 나타난 중요한 사건들을 보는 나 자신의 시각을 정립하는 데 많은 시간을 보냈다. 책상에 앉아 있는 시간이 길어질수록 읽는 책이 쌓였고 지식이 축적되는 것을 실감할 수 있었다. 그러면서 '공부는 궁둥이로 하는 거야'라는 화두에 담긴 참뜻을 깨우칠 수 있었다.

　나 같은 둔재가 그래도 몇 권의 책을 생산해 낼 수 있었던 것은 '공부는 궁둥이로 한다'는 표현 속에 담겨 있는 이치를 깨우치고, 이 이치를 실천하려고 노력한 결과라고 생각한다. 그런 의미에서 아버지는 나에게 일본 공부에 임하는 가장 중요한 자세를 가르쳐 주신 분이다.

　학위논문을 쓰면서부터 일본을 공부함에 있어 '감정'을 배제하고 객관성과 자료에 기초해야 한다는 원칙을 세웠고, 지금까지 그 원칙에 충실하려고 노력했다. 한국과 일본은 '특수한' 역사적 관계를 지니고 있다. 비록 내가 식민지 시대를 몸으로 체험하지 못한 해방 세대라고는 하지만, 나 또한 그 '특수한' 관계의 틀 속에서 성장했고 교육받았다. 그렇기 때문에 오늘이나 과거의 일본 현상을 분석하고 설명할 때 '특수한 감정'으로부터 완전히 자유로울 수 없다. 그럴수록 더 연구의 객관성을 유지하고 자료와 사료에 기초하려고 노력했다. 지금 와서 돌이켜보면 이러한 원칙들이 얼마나 실천됐는지 알 수 없다.

아내와 사별하고 거처를 잠정적으로 큰딸 집으로 옮겼었다. 그러다 딸과 담 하나를 사이에 둔 지금의 집에 정착했다. 매일 만날 수 있어 좋다. 큰딸과 나는 '일본'이라는 공통의 관심 영역을 지니고 있어 세대의 거리를 뛰어넘어 만나면 이야깃거리가 비교적 풍부한 편이다. 대화를 통해서 새로운 공부 주제를 찾아갈 수 있고, 또 필요한 책들을 공급받을 수 있어 학계 일선에서 한걸음 물러나 있는 나에게는 크게 도움이 된다. 『일본, 만화로 제국을 그리다』의 첫 공동 프로젝트 이후 새로운 공동 작업을 꿈꾸어 보는 것도 즐거움이다.

첫 책으로부터 회고록에 이르기까지 출판을 맡아준 출판사들로부터 분에 넘치는 호의를 받았다. 1980년 대륙낭인에 관한 첫 책 출판을 계기로 도서출판 까치의 박종만 대표와 인연을 맺을 수 있었다. 그 후 40년 넘게 이어오면서 그 인연을 소중한 우정으로 가꿀 수 있었다. 그는 늘 원고를 직접 꼼꼼히 읽고 의문점을 지적해 줄 뿐만 아니라, 전체의 흐름과 논지에 대해서도 자신의 의견을 밝혀 주었다. 그런 과정에서 토론하고 때때로 논쟁도 하곤 했다. 결과적으로 치열한 토론과 논쟁을 거치고 나면 책의 내용이 더 충실해지고 좋아졌다. 도서출판 기파랑의 안병훈 대표는 그가 출판업계 이전 언론계에 있을 때부터 알고 지냈다. 언론인으로 활동하면서도 그는 일본에 대해 남다른 관심을 가지고 있었고, 그 연장선상에서 내 연구에도 관심과 격려를 보여주었다. 일본에 대한 그의 관심은 출판에도 이어져 세 권의 책 출판을 맡아주었다. 새물결, 한길사, 오름, 법문사에서도 출판할 수 있는 기회를 가졌다. 모든 분에게 진심으로 감사드린다.

회고록 출판을 맡아준 일조각의 김시연 대표에게 감사드린다. 김 대표는 2006년 딸과 함께 준비한 『일본, 만화로 제국을 그리다』 출간에 많은 정성과 세심한 배려를 베풀어 주었다. 이번 회고록도 직접 읽고 유익한 의견을 제시해 주었다. 끝으로, 산만한 원고가 책으로 나올 때까지의 모든 과정을 인내심을 가지고 다듬어 준 편집부의 한정은 님에게 고마움을 드린다.

『일본 공부 반세기의 회고』를 마치면서 10년 후 "환갑의 일본 공부를 맞으면서"라는 추가 회고 기록을 펴낼 수 있을까 하고 상상해 본다. '상상'이 '현실'로 이루어지기를 기대할 뿐이다.

2019년 4월

한상일

일본공부 반세기의 회고

함께 살아가야 할 이웃 日本

1판 1쇄 펴낸날 2019년 5월 30일

지은이 한상일
펴낸이 김시연

펴낸곳 (주)일조각
등록 1953년 9월 3일 제300-1953-1호(구 : 제1-298호)
주소 03176 서울시 종로구 경희궁길 39
전화 02-734-3545 / 02-733-8811(편집부)
02-733-5430 / 02-733-5431(영업부)
팩스 02-735-9994(편집부) / 02-738-5857(영업부)
이메일 ilchokak@hanmail.net
홈페이지 www.ilchokak.co.kr

ISBN 978-89-337-0762-3 03800
값 35,000원

* 지은이와 협의하여 인지를 생략합니다.

* 이 도서의 국립중앙도서관 출판예정도서목록(CIP)은 서지정보유통지원시스템 홈페이지(http://seoji.nl.go.kr)와
국가자료공동목록시스템(http://www.nl.go.kr/kolisnet)에서 이용하실 수 있습니다.
(CIP제어번호: CIP2019018959)